악인과 담장 위 그녀와의 사랑

샘문시선 4005

한용운문학상 수상 기념 소설집
권영재 제2소설집

옛날 영화 그것도 전쟁 영화를 좋아하는 여자는 별로 없다.
나름대로 김건희 간호사를 달래 보려고 동원한 끄집어낸 수법이다.
하지만 그녀는 나의 이런 얄팍한 말에 감동은커녕 귀조차 기울이지 않는 눈치다.
게다가 요즘은 의사들이 파업까지 하고 있으니,
의사에 대한 적개심의 쉽게 사그라들 것 같지 않았다.
– 쿠오바디스 도미네 Quo vadis Domine (주여, 어디로 가시나이까?)
〈상과 하, 일부 인용〉

K-poetry

극장 대표가 쥐어 준 돈봉투를 카운터에 기세 좋게 던지며 외쳤다.
향촌동 건달 시절 가끔 다니는 노래방이다.
주인은 오늘 역시 공짜거니 하고 억지웃음 지으며
문을 열었다가 돈봉투를 보고 입이 귀에 걸린다.
오랜만에 도움이 불러 조수와 함께 새벽까지 춤추며 노래 불렀다.
이렇게 세렝게티의 밤은 깊어 가고 있었다.
〈세렝게티의 밤, 일부 인용〉

옷도 다 갖추어 입지 못하고 있어 가슴이 먹먹해져 나는 말할 힘조차 없어졌다.
폐지를 처음 본 사람은 잠바이다. 그는 대충 정리까지 해두었다.
그러나 거리에 버린 쓰레기에 임자가 따로 있나? 갖고 가는 게 임자이지.
난닝구의 잘못도 없다. 누구를 편 들 수도 없고 그냥 둘 수도 없었고,
진퇴양난이다. 그날만큼 재미없는 싸움은 처음 본다.
〈약전골목의 결투, 일부 인용〉

_____ 님께

_____ 년   월   일

_____ 드립니다.

도서출판 샘문

한용운문학상 수상 기념 소설집

악인과 담장 위
그녀와의 사랑

권영재 제2소설집

여는 글

젊은 시절 나는 글 쓰는 우리나라 의사들 욕을 많이 했다. 체게바라, 손문, 체호프, 몸 등은 의사이지만 글만 쓰는 작가였다. 그런 탓에 많은 사람들은 아예 이 사람들이 의사면허증 있는 사람인 줄도 모른다. 우리나라 의사들도 글을 많이 썼지만 의업을 포기하고 이들처럼 글만 쓴 사람은 보지 못했다. 그런 탓에 의사로도, 작가로도 성공할 확률이 적을 것이다.

양다리 걸친 우리 의사들이 보기 싫었다. 인기 직업을 등에 업고 심심파적으로 글을 써 부와 명예를 거머쥐려는 얌체들로 보였었다. 그런데 미워하며 닮는다는 말이 있다. 살다 보니 내가 어느새 그 박쥐가 되어있었다. 의사 노릇도 잘하지 못하고 글도 잘 못쓰는 반 거드랭이 존재다.

대학을 다닐 때 딴 길로 가기 위해 자퇴서도 내보았다. 데모하다 경찰서도 잡혀가 보았다. 자질이 모자라는 교수님은 집에 가라고 팀벼들어도 보았다. 학교 수업 시간에 소설도 쓰고 시험 기간 동안 문학책을 보다가 시험을 망친 적이 한두 번이 아니었다. 봄철만 되면 각종 문예지나 유명 일간지의 신춘문예 등단 작가를 보며 언젠가 나도 저 길을 간다고 결심한 지가 많은 해가 흘렀다. 그러나 어느새 나는 의사가 되어 있었다.

손에 넣지 못한 부와 권력, 이루지 못한 사랑과 정의는 땅바닥에 뒹굴고 사기꾼들과 바보들이 선한 자와 현명한 자를 지배하는 세상, 이들을 뒤에서 조정하여 세력을 넓히고 그들의 세상을 만드는 위정자와 종교지도자와 재벌과 노동조합의 간부들, 이런 거지같은 세상을, 이것들을 혁파하여 혁신하려 해도 내 힘으로는 불가능했다.

책에서 답을 찾으려 했다. 하루도 책을 손에서 놓아본 적이 없다. 매일 무언가를 끄적거렸다. 항생제를 아무리 써도 세균들이 없어지지 않는다. 책 속의 현자들이 말을 했다. 정의라는 이름 아래 남을 깔보고 없애려는 것, 역시 무식하고 어리석은 범죄라고 했다.

내가 싸우는 대상인 욕심과 화냄, 그리고 어리석음은 원래는 없는 것들이다. 그것들은 다만 나의 그림자일 뿐이다. 그림자는 칼에도 베어지지 않고 총에도 쓰러지지 않는다. 이런 사실을 깨닫는 그 순간 나에게서 증오와 공격심은 없어져 갔다.

이런 깨달음과 시행착오의 과정을 이 책에서 말하고자 모닥거렸다. 아직도 먼 길을 더 가야 하겠지만 이렇게 나를 완전히 까발려서 세상에 알리면 많은 세상의 선생님들이 현자들이 독자님이 나를 깨우쳐 주리라 생각하고 이 책을 부끄럽지만, 세상에 펼치려는 것이다. 일독 하시고 많은 지도편달 해주시면 감사하겠습니다.

끝으로 저의 제2소설집이 출간될 수 있도록 지도편달 해주시고 감수를 해주신 사단법인 문학그룹샘문에 시인 이정록 교수님께 머리 숙여 감사의 말씀드립니다.
샘문시선 편집부, 출판부 관계자분들께도 감사를 드립니다.

그리고 사랑하는 저의 가족과 친구와 지인과 의료계에서 평생을 함께했던 평생동지들께도 존경과 감사를 드립니다.
감사합니다.

2025. 08. 10.

성하지절 희망의 서재에서 **권영재** 드림

평설

인간의 두 양상 Persona와 Shadow을 드러낸 소설 세계

– 『악인과 담장 위 그녀와의 사랑』 소설집에 나타난

– 강소이(시인, 수필가, 소설가, 문학평론가)

1. 머리말

권영재 작가의 첫 번째 소설집 『나가사키는 오늘도 비가 내렸네』에 나타난 현실 비판과 삶에 대한 통찰을 살펴본 바 있다. 그의 두 번째 소설집 『악인과 담장 위 그녀와의 사랑』도 첫 번째 소설과 크게 다르지 않았다. 현실에 대한 통렬한 비판과 자신의 체험기(어린 시절 추억, 어린 시절에 들은 이야기, 청십자, 적십자 병원에 대한 체험기, 대구 지하철 참사, 환갑잔치)와 샌프란시스코, 중국(칭다오), 일본(신주쿠)을 여행하고 쓴 여행기도 소설집 안에 들어 있다. 제1소설집 평설에서 언급한 것처럼, 여행기는 시적 산문에 가까운 소설이다. 소설 외에 글들인데 병원 생활에 대한 소회 – 정신과 병동 회진 이야기 등, 현실 비판적인 칼럼 등은 fiction이 아니므로, 이 글에서는 소설 문학에 해당하는 〈우리 동네 사람들〉, 〈악인과 담장 위 그녀와의 사랑〉에 대한 것만 언급하기로 한다. 물론 권영재 님의 여행 체험기는 여정 – 견문 – 감상이 잘 표현되어 있기에, 마치 그 여행지에 와있는 듯한 실감이 들 정도로 훌륭한 작품들임을 밝히고 넘어간다.

2. 작품 들여다보기

1) 불교적 세계관 – 〈우리 동네 사람들〉을 중심으로 권영재 님의 글에는 어떤 성격의 글에서도, 불교적인 세계관이 녹아있음을 엿볼 수 있다. 샌프란시스코 하프 돔에서 "탐진치를 훌훌 털고 심신을 세탁하고 가야겠다고 다짐한다"라는 표현이 그것이다. 또한 〈원추리 꽃〉에서도 "식물이라도 산목숨을 함부로 죽이지 말라는 게 부처님의 기본 가르침이다"라는 표현도 그러하다. 불교의 무외시無畏施를 주제로 하는 단편 소설 〈우리 동네 사람들〉을 살펴보기로 한다.

이 소설의 등장인물은 주지 스님과 선녀 보살(무당), 보신탕집 주인 등이다. "서방정토", "승속불이僧俗不二", "서방정토", "옴마니반메훔", "동진출가童眞出家", "보시報施", "선인선과善人善果"라는 불교 용어가 나온다. 파계했던 엘리트 코스를 거친 주지 스님(불교의 법계를 모두 어기고 아이까지 낳음)과 선녀 보살(수녀였던 젬마는 원장 신부와 싸우고 정신병원에 보내졌다가 환속하여 무당이 됨) 등이 보신탕집에 모인다. 각자 걸어온 삶의 길이 굽이굽이 먹구름과 장대비가 내린 이들이었다. 억울한 일을 겪었노라고 본인들은 걸어온 길을 이야기한다. 인물, 사건, 배경이 선명하고 스토리가 분명하다. 소설이 갖추어야 할 구성 요소를 잘 갖추고 있다. 발단 – 전개 – 위기 – 절정 – 결말의 구성 단계도 잘 갖춘 흥미로운 소설이다. 불교와 천주교 성직자의 이면에 숨겨진 이야기가 그려져 있다. 소설 구성의 3요소 중 하나인 "인물"의 양면을 모두 보여주는 좋은 본보기의 소설이라고 하겠다.

C. jung(칼 구스타프 융)은 스위스의 정신분석학자이며 심리학자이다. 정신의학자였던 그는 집단 무의식과 콤플렉스 개념을 도입한 바 있다. 모든 인간은 겉으로 내보이는 가면persona과 가면 뒤에 숨겨진 내면의 그림자shower가 있다는 주장이다.

페르소나는 사회에서 요구하는 규범대로 겉으로 드러나는 인간의 모습(체면) - 가면persona 등을 말한다. 반면, 인간에게는 남에게 보이고 싶지 않은 내면의 욕구 리비도libido 등이 인간의 내면의 그림자shower가 있다고 보는 개념이다. 권영재 님의 소설 〈우리 동네 사람들〉은 페르소나와 쉐도우를 잘 드러낸 훌륭한 소설이라고 하겠다.

겉으로 근엄하고 정숙한 성직자 - 주지 스님이 술과 고기, 성욕 대로 살아 파계한 이야기와 임질에 걸려 수술한 이야기가 소설에서 그려진다. "강아지를 나중에 드리겠다"라고 했던 수녀의 말에 보신탕을 기다렸던 원장 신부의 이야기도 나온다. 이를 지키지 않아 분노에 차 있던 신부가 공소에 다녀오다가 차량을 발로 차며 수녀와 싸운 이야기 - 병원 노조 이야기도 이 이야기에 섞여 있지만, 젬마 수녀를 정신병자로 몰아 정신병원에 들어가게 되었고, 결국 수녀원을 나오게 되었다는 이야기로 귀결된다. 젬마 수녀는 환속하여 수녀로서의 수도자의 길을 떠났다고 하더라도, 수녀와 무당이라는 극단적인 신분의 선택은 소설이기 때문에 fiction으로만 그려질 수 있다. 있을 수 있는 일fiction을 작가의 상상력에 의해 꾸며낸 허구 문학이 소설이지만, 수녀와 무당 신분의 탈바꿈은 독자들의 정서에 슬픔을 선사하는 설정이라는 생각이 든다. 젬마 수녀가 수도자로서 하느님을 따르던 이였다면, 무당이 되었다는 것은 엄청난 상처이기 때문이다. 그래서인지, 보신탕 주인은 이들의 슬픈 과거사를 듣고 나서, "수육 한 접시"와 "진국"을 들고나와 "과거를 잊고 현재에 충실 하입시더"라고 한다. 보신탕 보시 - "보신탕집 주인은 오늘의 이 보시로 서방정토에 태어날 것이다"라는 구절로 소설을 맺는다.

보신탕집에 모여 놀음판을 벌였던 사람들(주지 스님, 선녀 보살 등…)의 이야기다. ["빨리 패 돌리라" 자본주의는 돈이 신이다.]라고 스님의 목소리가 우렁찼던 곳에서 "무외시無畏施"를 주제를 도출해 내고 있다. 무외시는 중생의 두려움을 없애주는 행위를 말한다. 수육 한 접시와 진국을 나누는 물질적 나눔財施으로 서방정토를 얻으리라는 밝은 귀결을 보인다. 돈을 따고 싶어 놀음판에 모인 이들 - 과거사를 털어놓음 - 물외시를 제시하는 작가의 작가 의식이 두드러진 작품이다. 뭔가 인간의 뒷골목 - 인간 양상의 그림자(이면)를 보며 쓸쓸했던 소설의 전체적인 정서가 수육 한 접시와 진국의 보시 - 무지개를 보는 듯한 느낌이다.

2) (Persona와 Shadow)의 소설 〈악인과 담장 위 그녀와의 사랑〉
이 소설은 평범한 일반인들의 일상적인 이야기가 아니다. 환상, 망상 속에 그녀를 늘 끌어안고 사는 이의 이야기다. 소설의 발상이 독특하다. 권영재 님이 정신과精神科 의사의 경력이 많으므로, 어떤 환자의 이야기를 소설로 설정하여 상상력의 옷을 입혀 소설로 작품화했는지도 모르겠다. 위에서 언급한 것처럼, 소설은 작가의 상상력에 의해 창작된 있음직한 허구의 세계를 작품화한 서사敍事 문학이다. 서사문학은 스토리의 전개가 분명하게 드러나는 문학이다. 그런데, 소설 서두에서 결미까지 소설 전체에 "그녀"가 등장한다. 그녀는 담장 위를 걷고 있기도 하고, 주인공이 동네 사람들에게 구타당할 때도 그녀의 "큰 눈"이 보였고, 경찰관의 멱살을 잡고 경찰관의 면상을 향해 주먹을 들었을 때도 "참아, 참아"라는 그녀의 목소리가 들렸다. 꽤 먼 곳, 둑에 개나리꽃 핀 강둑에서도 그녀는 걷고 있었다. 절벽에도 그녀가 서 있다. 주인공은 그녀를 향해 바다로 돌진한다. 그녀가 서 있는 담장 위라든지, 둑 위라든지, 절벽 위라든지, 그녀가 서 있는 공간 묘사나 그녀의 차림새에 대한 묘사가 치밀하고 강렬한 이미지로 그려진다. 한 장의 수채화나 유화를 보는 느낌이 들 정도로 선명한 회화적 이미지를 소설에서 보여주고 있다. 한결같이 요염하고 매력적인 모습이다. 권영재 님의 필력은, 글을 오랫동안 써온 오랜 내공이 느껴진다. 범상하지 않은 문장력이다.

　이 소설을 하나의 큰 틀로 본다면, "하얀 색깔이 칠해진 담장 위를 걷고 있는 그녀"로 시작하여, 긴 부츠에 청바지를 입은 마지막 장면까지 그녀는 요염하고 애교 있게 묘사된다. 그리고 그녀는 안내하듯 왼손이 바다 쪽을 향해 있었다고 했다. 해서 주인공은 바다를 향해, 그녀를 향해 돌진한다는 이야기이다. 주인공을 따라다니며, 시시때때로 나타나는 그녀의 눈동자와 목소리. 이것은 환상, 환시, 환청일 수도 있다. 주인공의 내면에서 그려내고 있는 "여인"일 수도 있으나, 내면에서 울리는 주인공의 다른 자아 - 흔히 말하는, 인간 내면에 있는 부정적인 자아의 모습일 수도 있다. 인간의 내면에는 긍정과 부정 즉 선악이 존재한다고 하지 않는가? 인간의 양가감정 - 자선慈善을 베풀까 말까? 바다로 여행을 갈까 말까? 긍정과 부정의 양면처럼, 이성과 감정, 체면과 리비도, 체면과 욕망, 이타利他와 이기심利己心은 분리될 수 없는, 떼려야 뗄 수 없는 동전의 양면과 같은 것이다.

　이런 인간 내면의 움직임을 그린 소설이라 하겠다. "내 그림자는 왜 당신을 벗어나지 못할까?" "천주님께 수없이 질문"했다고 했다. 한쪽 어깨에서는 천사가 선을 행하라고 속삭이고, 한쪽 어깨에서는 악마가 욕심대로 행하라고 속삭이는 이치라고 하겠다. 인간 내면에 존재하는 천사와 악마의 양대 산맥 중에 어느 쪽을 택하는가가 인간의 자유의지일 것이다. 그런데 이 소설에서 주인공은 "그녀"의 손짓 안내를 따라 자멸한다는 비극적인 결말을 보인다. 큰 틀로 보면 이 소설은 정신분석학적인 심리 소설이다. 그리고 그 큰 틀 속에 하나의 에피소드를 집어넣은 액자 소설의 구성을 보이고 있다. 지나갈 때마다 구정물을 튀겼던 가게 주인(구의원)과의 다툼 - 경찰 조사에서 구의원의 불법적인 행동은 훈방 조치 되고, 전과자였던 주인공은 처벌받는다는 사회 부조리를 고발하는 고발 소설의 면모를 보인다. 진짜 악인惡人과 진짜 선인善人에 대한 사유를 하게 하는 깊이 있는 소설이다. 이해가 쉽지만은 않은 다중 채널을 채택한 심도 있는 소설이다. 이런 소설을 구상해 내는 것이 결코 용이 한, 일은 아닐 터인데, 작가의 상상력과 작품 구상력이 우수한 작품이다.

〈세렝게티의 밤〉, 〈산골 저수지〉와 같은 작품도 훌륭한 소설의 요소를 지닌 뛰어난 작품이지만, 작품 평은 다음 기회로 미루기로 한다.

3. 맺음말

위에서 살펴본 것처럼 권영재 님의 소설은 불교적인 세계관을 갖는다는 것을 알 수 있었다. 〈실개천의 추억〉에서 "베드로 어머니와 파 뿌리" 이야기는 흥미로운 작품이다. "내 고향은 지옥이었을까? 사람들은 가난과 병 그리고 죽음이 없는 평화라는 파 뿌리를 기다리고 있었다"라는 구절을 통해 권영재 님은 "평화"라는 화두를 독자들에게 강하게 전달하고 싶은 것이고 느껴진다. 인류의 가장 큰 바램은 "평화"일 테니까 말이다. 종교를 초월하여 모든 인간이 추구하고 바라는 염원 – 평화일 것이다.

욕심(탐진치)을 씻어버리고, 고집멸도苦集滅道에 이르는 것. 물외시, 자비행慈悲行으로 보리심菩提心을 추구한다는 것이다.

많은 노작勞作에 응원과 박수갈채를 보내며, 더욱 문학에 정진하여 문업文業을 쌓길 기원하며 글을 맺는다. 그 또한 물외시이므로, 그 또한 작가 자신의 정서순화(카타르시스)뿐 아니라, 선업善業이기 때문이다.

[감수 시인 이정록 교수]

샘문시선 4005

한용운문학상 수상 기념 소설집

악인과 담장 위 그녀와의 사랑

권영재 제2소설집

여는 글 / 4

평설

인간의 두 양상 Persona와 Shadow을 드러낸 소설 세계…강소이 / 7

제1화 / 산골 저수지 / 16
제2화 / 살구가 익는 계절 / 24
제3화 / 상과 하 / 28
제4화 / 샌프란시스코 만유기漫遊記 / 36
  1. 케이블카 / 41
  2. 금문교 Golden Gate / 47
  3. 아메리카 차이나타운 / 54
  4. 오라클 파크 / 61
  5. 유나이티드(U.A) 에어라인 / 68
  6. 요세미티 Yosemite 국립공원 / 75
  7. 스탠퍼드 대학교 / 87

　　　　　8. 페블비치 / 98
　　　　　9. 홈리스와 뽕쟁이들 / 99
　　　　　10. 무장 경비원 / 101
　　　　　11. 알카트라즈Alcatraz 연방 교도소 / 103
　　　　　12. 바다사자Sealions / 104

제5화 / 세렝게티의 밤 / 106

제6화 / 신주코新宿의 밤 / 119

제7화 / 실개천의 추억 / 123

제8화 / 악인과 담장 위 그녀와의 사랑 / 130

　　　　　1. 시루스 패션쇼 / 130
　　　　　2. 조직의 절도 행각 / 131
　　　　　3. 구정물 사건 / 132
　　　　　4. 어처구니없는 세상 / 134
　　　　　5. 그녀는 달밤의 그림자 / 135
　　　　　6. 그녀는 스토커 / 136
　　　　　7. 악인과 그녀의 징벌 / 137

[심사평] 이상 심리를 통해 보여주는 부조리의 세계 / 140

제9화 / 약전골목의 결투 / 143

제10화 / 우리 동네 사람들 / 151

제11화 / 원추리 꽃 / 170

제12화 / 잘 가시게 전영발 / 176

제13화 / 정신과 아침 회진 / 180

제14화 / 종환아 / 186

제15화 / 칭다오靑島의 새벽 / 188

제16화 / 한낮의 하라주쿠原宿 / 199

제17화 / 화두話頭 / 203

제18화 / 환각의 팔공산 / 207

제19화 / 적십자병원 설화 / 212

    1. 적십자대구병원 원장 / 212
    2. 이산가족 상봉 / 213
    3. 외국인 무료 진료 / 228
    4. 대구 지하철 참사 / 252
    5. 나가사키 적십자사 / 256
    6. 칭타오 적십자병원 / 268
    7. 선량한 간첩 / 279
    8. 후기 / 285

제 1 화

산골 저수지

'단산'은 못가에 살고 있다. 그 저수지는 읍내로 가는 비포장 도로가 작은 언덕을 넘기 전에 있다. 언제부터인가 혈혈단신孑孑單身으로 동네에 들어와 슬그머니 못가에 자리 잡고 살기 시작한 탓인지 그의 성도 고향도 아는 사람은 없다. 중년이 넘은 나이인데도 어른들은 물론 애들까지도 그의 이름을 불렀다. 단산의 집 근처에는 인가가 없고 가장 가까운 이웃은 고개를 넘기 전 주막집이다. 옥호屋號는 없고 사람들은 도서방 집이라고 불렀다. 못 뒤에 있는 산에는 화전도 하고 약초도 캐는 산 사람들의 집이 몇 채 여기저기 흩어져 있다. 맨 마지막 꼭대기에는 암자가 하나 있다. 중이 사니까 암자라고 하지만 그냥 평범한 양철집이다. 이 스님도 신도가 거의 없으니 호구지책糊口之策을 위해 농사를 짓고 산다. 가끔 읍내에서 애들 이름 지어달라고 오거나 이사 날짜 잡아달라고 온다. 가끔 고시 준비생도 있지만 늘 상 있는 것은 아니다. 한번은 이 암자에서 사법시험 합격한 사람이 있었는데 몇 년 동안은 수험생들이 꽤 나 모여들기도 했다

단산을 동네 사람들이 함부로 이름을 불렀지만, 농투산이 화전민들에게는 청송댁이니 이서방집이니 하고 그들과 같은 명칭을 붙여준다. 소재지 부근에는 파평 윤씨들의 집성촌集姓村이 있는데 산 쪽에 사는 사람들도 이 집안의 부스러기인 모양이다. 이 사람들은 이렇게 어렵게 살 바에야 아예 도시에 나가 살면 될 텐데도 굳이 산중 생활을 하는 것은 소문에는 이들이 빨치산 후손들이어서 그렇게 모여 산다는 말도 있다. 단산은 윤씨네 위토位土를 붙여 먹고 산다. 동네 사람들은 돼지를 잡거나 개를 잡을 때면 의례껏 단산에게 그 일을 맡긴다. 이럴 때 단산은 네발 달린 고기 맛을 보는 날이다.

단산의 초가집 옆으로 산에서 내려오는 실개천이 있다. 그 골짜기 물이 떨어지는 곳에 대나무 광주리를 놓아두면 저녁때 징거미새우, 중피리, 매기, 붕어 등의 새끼들이 걸려 있다. 개울물을 거슬러 올라가며 작은 바위를 뒤집으면 가재와 다슬기도 잡을 수 있다. 이 어획물들은 단산의 친구들이면서 반찬거리도 된다. 이 말은 동네 사람들이 울면서 자기 집 개를 잡아먹는 것과 같은 이치일 것이다. 단산은 욕심이 없다. 읍내 갈 일이 자주 없으므로 옷에 관심이 없다. 주막에 가면 도 서방이 막걸리를 준다. 버리는 옷이나 반찬도 준다. 단산도 가끔은 그 집의 장작도 패주고 산에 갔다 캐어 낸 더덕이나 도라지도 갖다준다. 가끔 들리는 읍내 예배당 전도사는 진심으로 하는 소리

인지 단산이 이 동네서 가장 행복한 사람이라고 말하기도 한다. 왜냐고 물으니, 마음이 가난한 탓이라고 한다. 가난한 사람이 행복하다니 정말 알다가도 모르는 소리다. 가을이면 단산이 불행해진다. 산골짜기 논과 밭을 붙여 지주네의 성묘 상을 차릴 돔배기와 떡을 마련하려면 등골이 휘어진다. 이런 사정을 아는지 모르는지 종갓집 할매는 쌀, 고추, 마늘 그리고 산나물 등 남는 농산물을 갖다 주지 않는다고 야단이다. 나물은 토끼나 노루의 밥이 되고 약한 짐승은 강한 놈에게 잡아먹히는 것이 자연스러운 일이다. 약자인 자기가 강자인 할매에게 고통받는 것은 지극히 당연한 자연의 법칙이라고 생각한다. 단산은 지주에게 아무 말도 하지 않는다. 고통의 계절 가을이 물러갈 때까지 참고 견딘다.

 가을이 가도 살아지지 않는 고통이 단산에게 있었다. 날이 궂거나 비 오는 날이면 영락없이 저수지에서 단산을 부르는 목소리가 들리는 것이다. 그 소리가 들린 지는 몇 년이나 된다. 어려움을 도 서방에게 이야기를 해도 그가 알아듣지를 못하니 더욱 답답하다. 처음에 어느 비 오는 밤 방문 밖에서 "단산아, 단산아"하는 소리가 들렸다. 밖을 내다보았지만 아무도 없었다. 문을 닫자 또 그를 불렀다. 우산을 들고 그 주인공을 찾기 위해 집 주위를 둘러보았다. 못가에서 목소리가 다시 들렸다. 못가로 가보았다. 어느새 목소리는 저수지 한가운데서 들려왔다. 소리가 부른다고 물속까지 갈 수는 없는 일이다. 그 후로 비만 오면 이름을 불렀다. 목소리에는 아무 감정이 없고 높낮이도 항상 일정하다. 단산도 무섭거나 두렵지는 않다. 고통은 그 목소리가 나는 곳까지 갈 수 없다는 것. 그래서 그 소리가 귀찮다는 것이다. 용건이 있으면 대면하지 않더라도 말을 해줬으면 좋겠다는 것이 단산의 소원이다.

스님 아재를 찾아갔다. 그에게 가끔 매운탕도 갖다 주고 땔감도 해주고 눈도 치워주는 탓에 단산에게는 삼촌이나 진배없는 사람이다. 스님은 단산의 목소리 이야기를 진지하게 한 참 듣고 있다. 한 참 이야기를 들은 뒤 서방처럼 콧방귀나 뀌고 미친놈 취급할까 조바심이 났다. "그래 알겠다. 그놈은 서재민이구만" 그럼 스님 아재는 그 귀신하고 서로 아는 사이라는 말인가? "스님 이야기 쉽게 좀 해주이소"라고 단산이 말했다. "그래 쉽게 말하지. 나는 박상희하고 친구였다." "상희가 누군데요?"라고 물었다. "박정희 대통령 둘째 형이다." 이야기가 이상하게 전개된다. 물귀신과 박정희가 관계가 있다니,

스님은 구미에서 박상희와 황태성 셋이 한동네에 살았다. 모두 째지게 못사는 집안이었다. 해방이 되자 공산당이 들어왔다. 그들은 백성 모두가 동무라고 부르며 계급이 없어지고 빈부가 없어지고 귀천이 없는 세상을 만든다고 한다. 세 동무는 공산당원이 되었다. 어느 날 남로당 지휘부에서 대구를 쑥대밭으로 만들라는 내용의 지령이 하달됐다. 1946년 10월 1일 행동 개시를 했다. 무기를 들고 폭력을 하는 행동대원과 시민을 선동하고 폭도화하는 선무대를 둘로 나누어 행동을 시작했다. 처음 비슷했던 정부와 폭도들 사이의 세력이 시간이 가자 정부의 힘이 압도적으로 밀리고 있었다. 선동대원들이 대구 의전에 가서 실습용 시체를 들것에 들고 경찰관에게 총 맞아 죽었다며 외치며

시가행진을 하자 많은 시민이 이들의 패거리에 합류한 탓이었다.

　기세등등해진 남로당은 왜관, 영천, 군위, 의성으로 그 세력을 넓혀갔다. 행동 요령은 지주와 공무원 그리고 친일 세력은 참혹하게 처벌해 인민들이 놀라도록 만들라는 김일성의 지침을 따랐다. 영천에서는 지서장의 얼굴 껍질을 산 채로 벗겼다. 의성에서는 한 양조장 사장 부인을 죽창으로 찔러 죽였다. 보다 못한 미군정청이 계엄령은 선포하고 폭도들을 잡아들이기 시작했다. 박상희 일당이 체포되었다. 구미경찰서에서 취조받던 일당이 창문을 넘어 도주했다. 도중에 박상희는 경찰이 쏜 총에 맞아 죽었다. 스님과 몇몇은 도망에 성공하여 황태성은 북한으로 넘어갔다. 스님은 잔당을 이끌고 팔공산에 들어갔다. 어느 날 스님 일행이 보투(보급투쟁. 補給鬪爭) 후 아지트에 돌아오니 서재민이 먼저 와있었다. 전투경찰관들도 함께 있었다. 대항하던 공비 일부는 그 자리에서 사살되고 나머지는 전부 형무소로 넘겨졌다.

　서재민을 갈아 마시고 싶었다. 놈을 찾아 복수하기 위해 형무소 입소 후 바로 전향서轉向書를 썼다. 그 덕에 일찍 퇴소했다. 천신만고 끝에 이 동네 읍에서 과수원을 하고 있는 그를 찾아냈다. 어느 비 오는 밤 스님은 서재민을 못가로 데리고 왔다. 동지를 배신한 인간은 그냥 쉽게 보낼 수는 없다. 지금 단산이 살고 있는 곳은 그 당시는 공터였다. 놈의 목에 칼을 들이댄 후 단숨에 그어버렸다. 아직 숨도 덜 꺼진 그를 질질 끌어 저수지 가운데로 밀어 넣어버렸다. "지서장 얼굴 피부 벗긴

놈이 서재민이야. 이놈은 혁명보다는 살인을 즐기는 인간처럼 보였어. 그의 손에 죽은 농부도 많다." 단산은 먼 옛이야기 같던 사실을 당사자에게 직접 듣고 있으니 꿈인가 생시인가 구별이 되지 않는다.

"한 번은 농부 한 사람이 토지개혁은 이승만도 했다. 그 바람에 경주 최 부자나 경산 안 부자가 거지꼴이 되었다고 하다가 현장에서 총 쏴 죽였어, 우리가 보호 해야될 노동자, 농민을 그는 쉽게 죽였어, 서재민 죽인 거는 아무도 몰라. 그때부터 나는 지금, 이 산에서 중노릇하고 살고 있는 거라. 저 불단에 놓인 칼이 그때 썼던 거야." 그곳에 놓인 칼을 보니 아직도 시퍼렇게 빛을 내고 있었다.

"그 물귀신은 단산이 자네를 부르는 것이 아니고 나를 부르는 것이야. 내가 그의 극락왕생을 위해 천도재를 지내주겠다."
땡초 아재의 불력이 약한 탓인지 성의가 모자라선지 물귀신 소리는 계속 들렸다. 가끔 단산은 저렇게 간절하게 부르는데 차라리 내가 연못 속으로 들어가 줄까, 하는 생각도 해본다. 스님의 이야기를 들은 후로는 가끔 매운탕을 끓이거나 고기 얻어오면 연못 속으로 재물을 던져준다.

강한 비를 동반한 태풍이 밤새도록 심하게 불어왔다. 이날은 물귀신 소리가 나지 않았다. 아니 악다구니 쓰는 태풍이 그 귀신의 부름이었는지도 모르겠다. 아침이 되자 태풍은 커다란 산사태를 남기고 떠나갔다. 단산의 집은 짚으로 엮은 지붕 일부만 남아 있었고 산에서 내려온 토사물은 신작로를 막고 있었다. 비는 계속 세차게 내리고 있었다. 산 사람들이 도 서방 집에 가서 전화로 군청 직원에게 "뒷산 토사에 밀려 단산의 집과 스님의 암자가 흔적도 없이 살아졌다."라며 도움을 청했다. 산사태에 길이 막혀 양방향으로 차들이 정차해 있었다. 점심때 무렵 불도저가 토사물을 밀어내 차량 통행은 가능했다. 경찰관과 군청 직원들이 단산과 스님을 찾기 위해서 토사물을 헤집고 있었고 불도저 기사는 못가에서 마지막 작업 마무리를 하고 있었다. 갑자기 사람들의 놀라는 소리가 터진다. 못 둑에 있던 불도저가 약한 기반이 무너져 서서히 못 쪽으로 기울고 있었기 때문이다. 기사는 차량을 길 쪽으로 빼내려고 안간힘을 쓰고 있었다. 사람들은 몰려와 온갖 힘을 다해 불도저를 당긴다. 모든 게 허사였다. 오래지 않아 운전기사와 불도저는 저수지 속으로 들어가 버리고 말았다. 단산의 살던 집터에는 떠내려가다 남은 벽 일부가 있었다. **삐뚤삐뚤**한 글씨로 쓴 시가 적힌 벽지가 보였다.

마음

나의 마음은 고요한 물결
바람이 불어도 흔들리고
구름이 지나가도 그림자 지는 곳
돌을 던지는 사람
고기를 낚는 사람
노래를 부르는 사람
이리하여 이 물가 외로운 밤이면
별은 고요히 물 위에 뜨고
숲은 말없이 물결을 재우느니
행여, 백조가 오는 날
이 물가 어지러울까
나는 밤마다 꿈을 덮노라

제 2 화

살구가 익는 계절

 애들이 고목 가지로 주먹보다 조금 작은 돌을 던지고 있다. 살구나무 열매를 맞추기 위해서다. 도지사 관사 마당에 있는 오래된 살구나무는 초봄에는 화려한 꽃들을 피우고 여름이 시작되면 노란 열매를 매단다. 동네 애들은 그 계절만 되면 관사 밖에서 살구 사냥에 여념이 없다. 어른들은 공무원이면 모두 두려워하고 그들 또한 거들먹거리던 시절이었지만 애들은 계급을 모른다. 모험과 먹이활동보다 더 위의 것은 없다. 한국전쟁이 한창이던 그때 정부는 대구로 피난을 왔다. 대구가 수도가 되었고 경무대는 경북도지사 관사였다. 이렇듯 한때 대통령이 있었고 대구 경북에서 가장 높은 계급의 도지사가 사는 관사에서 돌을 던지고 있는 애들은 열매를 먹고 싶은 달콤한 본능과 관사의 아저씨가 무섭다는 두려움의 양가감정이 섞인 채, 돌을 던지고 있다.

　그날 나는 그 집의 쪽문이 열리는 것도 알지 못해 도망갈 줄도 모르고 나 혼자 돌을 던지고 있었다. 동성로에 있던 우리 학교는 U.N군에게 징발을 당하고 애들은 경북의대 병원 앞의 공터에 판잣집을 짓고 공부를 했다. 학교 분위기는 프랑스 외인부대의 그것과 비슷했다. 서울말과 이북 말과 토박이가 쓰는 말이 뒤섞여 학교가 대구에 있는 초등학교가 아닌 것 같았다. 피난민들은 깡통에 구멍을 뚫어 냉면도 뽑아 먹고 솥뚜껑을 뒤집어 빈대떡도 부쳐 먹었다. 못 보던 보신탕집도 생겼다. 다른 민족들과 함께 사는 기분이었다. 배고픈 피난민 애들은 동촌에 가서 익지도 않은 '이와이' 능금을 따먹고 배앓이를 했고 과일 껍질을 주어 말려 먹다 설사도 했다. 복어알을 주어 끓여 먹고 일가족이 죽는 일도 있었다. 경부선 푸른 다리 철로에서 못으로 자석을 만들다가 기차에 치어 죽는 애도 있었다. 예방주사 맞은 후 애가 죽었다고 이웃집에 삽을 빌려 가기도 했다. 전선에서는 청년이 죽고 후방에서는 애들이 병들거나 죽어 나갔다.

　피난민 애들은 구두닦이와 아이스케이크, 신문 장수를 하며 사친회비와 용돈을 벌었다. 간혹 미군 사택에서 '하우스 보이'라고 부르는 잡역부 노릇도 했다. 운 좋은 애들은 나중에 미군 따라 미국으로 가기도 했다. '구두 딱쇼'나 '내일 아치임 대구일보오.' 혹은 '백운당 아이스게끼, 아이스게끼'라고 외치며 손님을 끄는데 이 말들은 전부 북쪽 말이었다. 대구 토박이 애들도 신문팔이나 구두닦이를 할 때는 서울말로 외치고 다녔다.

지사관사의 살구 따기는 이런 애들이 주인공이다. 토박이 애들은 간이 떨려 감히 돌을 던지지 못한다. 돌 던지기는 기도 세어야 하지만 힘과 기술이 많이 필요한 일이다. 집 안에 있는 원 둥지에는 손을 대지 못하고 밖으로 나온 가지에 달린 열매를 겨냥하고 돌은 던져야 되기 때문이다. 집안으로 돌이 떨어진 경우는 무서운 일이 벌어진다. 털보 관리인 아저씨가 나와 범인을 집안으로 데리고 들어간 뒤 흠씬 두들겨 팬 뒤 석방한다. 본보기로 혼을 내어 다시 애들이 못 오게 겁주려는 행동이다. 하지만 삼팔선을 넘어온 애들은 이런 처벌에는 별로 겁을 먹지 않는다. 고학년의 형들은 미군 부대 철조망도 뚫고 먹을 것을 갖고 나오기도 한다. 가끔은 성공하고 가끔은 들킨다. 잡힌 애들은 미국식 처벌을 받고 올 때도 있는데 온몸에 코르타르를 바른 뒤 내쫓기거나 혹은 토마토케첩을 바른 체 석방된다. 이런 진짜 사나이들은 가끔 동네 공터에 동생들을 불러 모은다.

미군과 동거하는 여성에게서 찬조받은 씨레이션과 그들이 철조망 넘는 원정으로 획득한 전리품들로 자주 동네 공터에서 보시하기 위해서다. 바둑 껌이나 초코릿, 크래커와 비스킷은 기본이고 나중에는 커피도 끓여 마신다. 애들은 영어를 몰라 먼저 국방색 봉지를 찢어 맛을 본다. 쓴 것은 커피, 단 결정체는 설탕, 달콤한 가부는 프리마다. 처음에는 설탕과 프리마 가루만 골라 먹었다. 전쟁이 끝날 무렵에는 물자공급이 달려 쓴 커피까지 끓여 마시게 된 것이다. 이런 우리 동네 앙팡 테리블들에게는 동촌 능금 서리나 관사 살구 따기는 정말 누워서 떡 먹기였다.

나는 용기도 없고 기술도 힘도 모자란다. 살구는 잠깐 나왔다 없어지는 과일이고 구하기도 힘들 탓에 얻어먹을 기회가 없었다. 살구는 따기가 힘들어 현장에 같이 있어도 형들은 따는 즉시 먹어버리므로 조무래기들에게 돌아올 것이 없다. 살구가 익는 계절이 되었다. 내 것은 내가 따야겠다고 생각하고 돌맹이를 모아들고 관사 골목에 들어섰다. 초보인 데다 조심해서 던지니 맞을 리가 없다. 애는 많이 쓰지만 아무 수확이 없다. 목만 아프다. 이렇게 작업에 집중하다 쪽문이 열린 것을 알지 못했던 것이다. 사방이 조용하고 예감이 이상해 쪽문을 바라보니 열려 있었다. 문이 열렸다는 것은 곧이어 세퍼드가 뛰어나오고 털보가 나의 멱살 잡기 직전이라는 의미다. 하지만 도망가지 못한다. 발이 얼어붙어 버렸기 때문이다. 꼼짝할 수가 없었다. 문은 열려 있는데도 웬일인지 개가 뛰어나오지 않았다. 털보 아저씨의 고함도 들리지 않는다. 열린 문으로 조용히 나온 사람은 내 또래의 귀티 나는 여자애였다. 수줍은 듯, 어색한 듯한 얼굴을 하며 천천히 다가왔다. 가까이 오자 손을 내민다. 알 수 없는 동작들이 이어지고 있다. 멍하게 서 있는 나에게 내민 손을 펴 보였다. 살구 세 알이다. 무심코 그 과일을 받자, 그 여자아이는 조용히 문을 닫고 들어가 버렸다.

받은 살구를 들고 집에 오다가 지사관사 앞 수채에 섰다. 시멘트 수채 벽에 온 힘을 다해 살구를 내동댕이쳤다. 과일들은 박살이 났다. 흩어진 조각들은 하수구 물로 잠겨 들었다.

제 3 화

상과 하

"모래 하루 월차 내겠습니다." 간호사 김건희가 말했다. 표정이 좋지 않아 무슨 일이라도 있느냐고 물었더니 남편이 테니스 치다가 팔을 다쳐 모래 수술을 받는다고 했다. 손목 인대靭帶가 파열되어 연결하는 수술이라고 한다. 이틀 후 아침 못 온다던 김 간호사가 출근했다. "수술은 어떻게 되었어?"라고 묻자, 수술은 안 해도 된다고 한다. 전날까지 팔을 못 움직이던 남편이 어제는 팔을 꽤 많이 움직여 뭔가 이상해서 남편을 데리고 친구가 근무하는 정형외과를 찾아갔다고 한다. 환자 진찰을 해본 뒤 그 병원 의사가 인대가 조금 늘어났는데 며칠 약 먹고 쉬면 곧 회복될 것이다. 집에 가서 좀 쉬라고 했단다. 수술 날짜가 잡혔다고 하니 그 의사가 눈이 휘둥그레져서 "뭐 수술? 어떤 놈이 그따위 소리해"라고 고함지르더란다. 김 간호사가 나에게 물었다. "원장님 수술하자는 우리 동네 의사는 돌팔이인가요?" "돌팔이는 실력 없는 의사를 말하는 것이고 그 동네 의사는 알면서 그 짓 하니까 사기꾼이라고 부르는 게 정확하겠지"라고 대답했다. 갑자기 '그럼 넌?' 하는 소리가 들렸다.

  마누라에게서 전화가 왔다. 며칠 전부터 튀어 올라온 손목의 혹이 걱정되어 동네 병원에 갔는데 "이거 암일 수도 있습니다. 검사해 봅시다"라고 의사가 말했다고 한다. 금방이라도 죽을 것 같은 목소리다. 손목의 그 혹은 '결절종結節腫'이라고 해서 많이 움직이는 힘줄에 생기는 혹이다. 힘줄은 손상을 막기 위해 밖에 껍질이 싸고 있다. 힘줄이 움직일 때 저항을 줄이기 위해 힘줄과 그 껍질 사이에 윤활 액체가 들어 있다. 이 액체가 간혹 흐름이 막히면 불룩하게 튀어 올라 혹이 생긴 것처럼 보인다. 치료방법은 눌러 터트려도 되고 주사기로 물 뽑으면 된다. 자주 재발하면 칼로 바깥 껍질을 조금 긁어내 주면 된다.

  그 혹에 대해 내가 마누라에게 벌써 설명해준 이야기다. 마누라는 내가 정신과 말고 딴 과는 전혀 모른다고 생각하는 눈치다. 내과, 외과, 산부인과, 소아과 등 모든 임상 과목을 국가고시에서 훌륭한 성적으로 합격한 나는 몹시 억울하다. 평소 친구들의 작태도 매우 불쾌하다. 대학병원서 정신과 의사이면서도 다른 임상과도 잘 안다고 칭찬받던 나다. 그런 나를 몰라보고 감히 내 앞서 저희끼리 당뇨병, 고혈압 등의 질환에 대한 지식을 토론하고 나를 그림자 취급한다.

  혹이라고 하는 그 병원에 가서 의사라는 신분을 밝히고 그

혹에 대한 의견을 물었다. 그 의사가 말했다. "원장님도 아시다시피 '갱그리온(결절종)'도 암이 될 수 있잖아요? 그래서 정밀검사 해야됩니다." 말도 안 되는 소리를 한다. 그 인간 정말 파렴치한이거나 돌팔이 의사다. 어떻게 의사인 내 앞에서 그런 소리를 할 수 있을까. 하긴 의학은 빠르게 계속 발전하는 학문이니까 내 지식은 이미 쓰레기가 되었는지도 모른다. 대학병원 정형외과 과장 마친 뒤 정년퇴직한 친구에게 전화했다. 내 말이 끝나기도 전에 그가 노발대발 고함지른다.

"어떤 놈이 그 소리 하더노? 그 병원 이름 좀 불러 도고. 니도 알잖아, 갱그리온은 절대 암이 되지 않는 병이지,"

그 사기꾼이 바로 자기 대학 출신인 걸 알게 되고는 화가 더 난 모양이다. "빨리 집으로 가"라고 지시 겸 충고를 한다. 그러나 때는 이미 늦었다. 어느새 이미 딴 병원 구급차가 왔고 어쩔 수 없이 우리는 그 차를 타고 가서 그 병원에 갈 수밖에 없었다. 보험도 안 된다며 MRI와 기타 방사선 검사를 수십만 원어치 하고 돈을 주고 겨우 석방되었다.

"아 다행입니다. 암과는 관계없다는 소견이 나왔네요. 하지만 수술합시다. 원장님도 잘 아시다시피 갱그리온은 재발을 잘하는 병이지 않습니까? 이참에 없애버립시다. 지금 그 수술 전문 의사에게 연락 하겠습니다" 놀랍다. 정말 무쇠 심장이다. 하도 상식 밖이라 머리가 어지러워 뭐라 말도 못 하고 겨우 거절하고 사기꾼을 벗어났다. 간호사 김건희의 분함을 달래 주기 위해 나의 이런 쓰라린 체험담을 이야기 해주었다. 사기꾼 의사 이야기가 나오자, 그녀의 분기는 오히려 더 증가했다. "다 돈 때문이지 않아요? 돈 벌려면 장사를 하지 왜 의사가 되었나요?" 평소 말씨름하면 내가 김 간호사를 이긴다. 하지만 그날을 아무 말도 못 했다. "당신도 돌팔이나 사기꾼 두 사람 중에 한 사람이 아니야?"라며 대들까 무서웠기 때문이다.

장기려 선생. 김일성 대학교수 때 김일성을 수술 해주고 그 덕에 월남했다는 소문을 지닌 전설의 의사. 피난 때 부산 가니 많은 사람들이 큰 병도 아닌 병으로 사람들이 죽어가고 있었다. 여느 의사들의 의료봉사처럼 구호품 받아 무료 진료하는 그런 방식은 장 교수의 성에 차지 않는다. 그는 한국 최초로 민간 의료보험을 만들어 근본적 구호를 시작했다. 그가 설립한 청십자 재단은 매일 일수 받듯이 서민들에게 소액의 보험료를 걷었다. 이 돈을 모아 돈 없는 시장상인, 화류계 여성, 쓰레기 줍는 양아치들을 치료했다. 음지의 부산 시민들은 그를 재림한 하나님으로 불렀다.

어느 날 장 교수는 전공인 간 수술에 대한 강의를 마치고 실습 학생을 모아 토론을 하였다. 장 교수는 칼잡이 의사답지 않게 토론의 주제가 상당히 인문적이었다. 지난 시간에는 '인간의 시초는 언제부터인가?'였는데 그날은 "왜 무의촌에 갈 생각은 안 하느냐?"가 주제였다. 내가 물었다. "무슨 돈으로 의약품과 기자재를 마련합니까?" 그때 청십자 재단의 모금 방법을 이야기해 주었다. "그러다 보면 저는 굶을 수도 있잖아요? 바보처럼"이라고 대들었다. "바보라는 말을 들으면 그 인생은 성공한 거야."라는 말이 그분이 화두話頭 같은 말을 나에게 해주었다. "돈이 많이 드는 환자는 한 명만 치료해도 보험료가 바닥이 나잖아요?"라고 재차 묻자. 그런 병에 걸린 환자는 구두닦기 통과 처방전을 주며 '스스로 돈을 벌어 치료하라.'고 지시한다고 했다. 마나님을 이북에 두고 아들 한 사람만 데리고 월남해 재산은 물론 집도 옳게 없이 살다 승천한 장기려 선생의 무덤 비석에는 "주를 섬기며 살다 간 사람"이라고 당신이 늘 말씀하시던 글이 적혀 있다.

민병석 교수. 가톨릭의대 내과 교수. 그 선생이 외래진료하는 날에는 복도에 환자가 넘쳐 앉을 자리가 없다. 미국서 내과 전문의가 되어 바로 대학에 와서 근무를 시작했다. 공부 좀 했다는 의사들은 건방진 사람이 많다. 인격과 학문을 겸비한 사람을 만나기는 낙타가 바늘귀를 통과하는 것을 보기보다 힘들다. 민 교수 방에서 진료받고 나오는 사람들이 울면서 나오는 경우가 자주 있었다. 메어 터지는 환자들인데도 청진기를 내리고 그 사람들 말을 다 들어주었다. 전공인 신장병만 치료하는 것이 아니고 정신치료까지 하는 탓에 진료 시간이 끝나도 환자 수는 줄지 않았다. 민 교수는 학생, 환자는 물론이고 동료 교수들도 존경하는 사람이 많았다.

"사장님은 심장판막의 협착이 있습니다. 그래서 청진상 잡음이 들립니다. 이 소리 실습 나온 우리 선생님들에 듣게 해주실 수 있습니까?" 이렇게 정중히 양해를 구해주는 덕택에 우리는 안심하고 그 환자의 심장 소리를 들을 수 있었다. 보통 '이 소리 들어봐'하고 선생은 가고 학생들이 환자의 가슴에 청진기를 들이대면 환자를 '몰모트' 취급한다며 화 안 내는 사람 없다. 환자는 물론 학생들의 입장도 배려 해주는 그런 인품의 소유자였다. "수녀님은 '감상선 기능저하증'으로 머리카락이 빠지고 있습니다. 실습 선생들에게 한 번 보여주실 수 있습니까?" 이렇게 해서 동료들도 보기 힘든 수녀의 귀한 머리칼을 속인들이 보게 된다. 진지하고 정중한 요청에 어느 수녀인들 머릿수건을 벗지 않을 수 있으리요? 50년도 넘은 시절 이야기지만 아직도 그때의 민 교수의 아침 회진을 잊지 못한다. 민 교수의 최첨단 의학지식은 성모병원이 한국서 최초로 신장이식을 할 때 총책임자로 활약하게 된다. 1983년 10월 9일 민 교수는 갑자기 세상을 떠났다. 대통령 주치의로 버마(미얀마) 수도 랭군(미얀마)까지 갔다가 그곳에서 북괴의 폭탄 테러로 이승을 하직한다.

유원인類猿人 급 인간이 그들이 속한 집단 전체의 명예를 흙바닥에 내동댕이친다. 이 인간들은 의사뿐만 아니라 남자들 전체의 명예를 크게 훼손시켰다. 김 간호사는 나까지도 도긴개긴으로 보고 있음에 틀림이 없다. 음지가 있으면 반드시 양지가 있다는 사실을 강조해 준다든지 혹은 세상은 정과 반이 마주보며 교대로 흘러간다 등의 교언영색巧言令色 수법을 써서 이 위기를 벗어나기를 시도한다. "시시한 사내들 이야기는 지겹지? 기분 전환용으로 진짜 멋있는 사나이들의 감동적 이야기를 하나 해줄까?"라고 제의하자 김 간호사는 마지못해 고개를 약간 끄덕였다.

세계 제2차 대전 때 이야기다. 독일이 소위 'U보트'라는 잠수함을 발명하여 바다 밑에서 연합군의 배들을 군용, 민간 여객선, 어선을 가리지 않고 어뢰로 격침을 시키고 있었다. 미국 영화 '상과 하'는 바다 위와 바다 아래의 적들이 벌이는 한 판, 승부의 영화다. 구축함 함장은 민간 여객선을 타고 가다 독일 잠수함 공격으로 아내를 잃은 '머렐(미국 배우 로버트 미첨)', 잠수함 함장은 두 아들이 비행기와 바다에서 연합국과 싸우다 전사한 '스톨베르크(독일배우 쿠르트 유르겐스)'. 미국과 독일의 최고 배우가 출연한다. 영어 제목은 '아래의 적The Enemy Below'인데 우리나라에서는 '상과 하'로 멋지게 의역意譯했다. 일본의 '눈 아래의 적(眼下의 敵)'보다 낫다.

정면승부를 하면 잠수함은 쉽게 구축함 폭뢰의 제물이 된다. 영화에서는 꽤 오랫동안 구축함과 잠수함이 수싸움을 하지만 결국은 잠수함이 거의 다 부서지고 만다. 최후의 수단으로 스톨베르크 함장은 잠수 한계인 200m를 넘어선 310m까지 잠수하여 침몰을 가장한다. 구축함이 고요한 침묵에 어리둥절하고 있을 때 잠수함이 갑자기 수면으로 솟아오른다. 그리고 4발의 어뢰를 발사하여 구축함에 적중시킨다. 구축함은 파괴되어 움직일 수 없게 되었지만, 다행히 침몰은 면한다. 머렐 함장은 위기를 기회로 바꾼다. 배에 불을 질러 곧 침몰할 것처럼 가장한다. 물 위로 올라와 마지막 일격을 가하기 위해 스톨베르크의 잠수함이 달려온다. 이런 전법을 예상하고 기다리고 있던 머렐의 구축함이 충돌이란 예상 밖의 수법을 써 잠수함을 순간적으로 고철로 만들어 침몰시킨다.

1957년에 나온 옛날 영화이지만 아직도 생생하게 기억되는 장면이 마지막 두 사나이의 모습이다. 구축함 위에서 내려다보고 있는 로버트 미첨의 눈길과 밑에서 올려다보고 있던 쿠르트 유르겐스의 눈길. 감동적인 연기였다. 잠수함에서 마지막 선원이 구출되고 혼자 남은 쿠르트 유르겐스가 로버트 미첨에게 거수경례를 한다. 미첨도 동시에 거수경례를 한다. 잠수함 장의 인사는 부하들을 구출해 준 적장에게 올리는 감사의 인사일 것이다. 그리고 경기에서 이긴 적에게 경의를 표하며 자신은 잠수함을 따라 바닷속으로 들어가는 작별의 의식일 것이다. 잠수함이 침몰하기 직전 미첨이 유르겐스을 손을 잡아끌어 구축함으로 올라오게 한다. 그 순간 잠수함은 물속으로 갈아 앉는다. 멋있는 장면이다. 옛날 영화 그것도 전쟁 영화를 좋아하는 여자는 별로 없다. 나름대로 김건희 간호사를 달래 보려고 동원한 끄집어낸 수법이다. 하지만 그녀는 나의 이런 얄팍한 말에 감동은커녕 귀조차 기울리지 않는 눈치다. 게다가 요즘은 의사들이 파업까지 하고 있으니, 의사에 대한 적개심의 쉽게 사그라들 것 같지 않았다.

　- 쿠오바디스 도미네Quo vadis Domine.
　 (주여, 어디로 가시나이까?).

제 4 화

샌프란시스코 만유기漫遊記

'세샘' 트리오가 미국 '나성羅城(로스엔젤레스)에 가면 편지를 띄우세요'라고 노래를 불렀다(1978년). 얼마 전 나도 미국 상항桑港(샌프란시스코)에 갔으니, 그곳에서 편지를 한 번 띄워야 될 듯하다. 어릴 때 미국은 천국인 줄 알았다. 한국전쟁 중에 학교 건물은 군인들에게 징발되어 노천수업하는 신세이면서도 서양 사람들이 학교에 와서 청바지, 남방셔츠 등의 옷가지와 고무공, 요요, 팽이, 인형 등의 장난감, 그리고 크레용, 콤파스, 각도기 같은 학용품과 그리고 그 외 여러 가지 구호물자들을 갖다주길래 그들이 천사인 줄 알았다. 전쟁 중 그들이 주는 탈지분유는 우리를 굶어 죽지 않게 했고 군인들이 던져준 C-레이션에서 나온 초콜릿, 비스킷, 바둑껌 등은 일평생 기억에 남는 추억의 간식들이다. 사실 그런 구호 사업들 상당 부분이 U.N에서 주

관한 것들이 많았지만 초등학교 때는 그거 다 미국 사람들이 해주는 줄 알았다. 미국은 그런 신기하고 맛있는 물건들이 차고 넘치는 천국인 줄 알았고 또 그 나라 사람들은 천사라고 생각했다.

해방되자 미군들이 한국 들어오면서 부르던 유행가 '당신은 나의 태양You are my sunshine'의 인기가 채 끝나기도 전에 한국전쟁이 터졌다. 전쟁이 끝 무렵 온갖 서양말 제목의 유행가가 비 온 뒤 대나무 싹처럼 발표되기 시작했다. 그런 노래 중에 단연코 최고의 인기곡은 백설희가 부른 '샌프란시스코'와 '아메리카 차이나타운'이다. 안 그래도 미국을 천국으로 알고 있던 우리는 그 노래들 때문에 한껏 미국에 대한 꿈이 더 크게 부풀어 올랐다. 나에게 미국 하면 샌프란시스코였고 샌프란시스코 하면 미국이었다. 광대한 태평양을 안고 있는 그 도시에는 바다 위에는 붉게 빛나는 거대한 금문교가 있고 아름다운 언덕에는 낭만과 꿈이 넘치는 차이나타운이 있다고 한다. 이런 환상적 명소에 살아생전 한번 가고자 하는 것이 많은 한국인의 꿈이었다.

얼마 전 샌프란시스코의 유나이티드 항공사에서 미국 왕복 비행기 표를 보내주었다. 괜히 그 사람들이 나 같은 미물에게 표를 보내줄 이유가 있겠나 사실은 그 회사에 근무하는 우리 아들이 돈 주고 표 사서 보낸 것을 농담으로 과장해 본 말이다. 보통 항공사들은 자사의 직원 가족들을 무료로 비행기를 태워주는 것이 관례지만 이번에는 자리가 없어 아들이 제 돈

내고 대신에 할인된 요금으로 표를 사서 보낸 것이다. 이런 사연으로 갑자기 계획도 없던 샌프란시스코 여행을 가게 되었다. 청춘 시절 '미국 사람들은 전부 미제만 쓴다'라고 농담하며 우리는 부러워했다. 일제 강점기는 '하쿠라이舶來品(박래품)'라고 해서 수입품을 동경하며 쓰던 말과 같다. 이민 가면서 '이제 미제물건 마음 놓고 쓰게 되어 좋다.'는 진담이 담긴 농담을 하고 떠난 친구가 했던 말이 다시 떠오른다.

어릴 때 미국 구호품과 C-레이션 그리고 백설희에게 세뇌되어 꿈에 그리던 천국 미국하고도 샌프란시스코를 가게 되니 가슴이 설레지 않을 수 없었다. 비행기가 미국 갈 때 알래스카로 돌아서 간다고 들었는데 기내의 비행경로 표를 보니 비행기는 일본 하늘을 통과해서 직선으로 태평양을 넘어 바로 미국 본토로 갔다. 좁은 비행기 속에 춘향이 칼 쓰고 옥에 갇힌 형국으로 10시간 넘게 앉아 가니 정신이 오락가락한다. 비행기가 샌프란시스코에 착륙했다고 하는데도 한동안 도착한 곳이, 천국인지 지옥인지 한동안 정신을 차리지도 못하는 가운데 시내 관광은 시작되었다. 샌프라시스코에 간다니 주위 사람들이 가거든 L.A도 가서 친구들도 만나서 오랜만에 회포도 풀고 콜로라도 협곡에 가서 운기조식運氣調息하고 요세미티 하프 돔Half Dorm 가서 호연지기浩然之氣를 연마하고 오라고 권한다. 여웃돈 있으면 라스베이거스 가서 용돈도 좀 따보고 오라고 했다. 어릴 때 조상들의 고향인 안동서 어른들이 오면 언제 간단 말도 없이 우리 집에 마냥 머물었다. 공장을 하는 우리 집에서는 수십 명의 직원들 밥해 먹이기도 바빴는데 그 어른에게는 따로 삼시 세끼 따로 밥상을 차려 어머니가 직접 갖다 바치자니 고생이 이만저만이 아니었다. 친구들도 미국 가면 시도 때도 없이 L.A를 들른다고 하니 객지에서 겨우 벌어서 먹고사는 친구들의 입장이 얼마나 힘이 들까? 옛날 우리 모친 생각이 절로 난다. 마음이 가난한 나는 아들에게 부탁했다. 샌프란시스코를 멀리 벗어나지 않고 그 부근에서 돌아다니자고 했다.

샌프란시스코는 기원전 3,000년부터 사람이 살았다고 한다. 서양 사람으로는 스페인 귀족 '가스파르데 포르톨라'가 처음으로 이곳에 왔다(1769년)는 기록이 있다. 그 무렵에는 '올로니'족의 '예라무' 무리가 살고 있었는데 스페인 사람들이 드나들다 이윽고 원주민의 땅을 뺏고 만다(1776년). 1821년 멕시코가 스페인 식민지에서 독립하면서 이곳은 주인은 다시 멕시코로 바뀌게 된다. 이때까지 '예르바 부에나'로 불리던 이곳에는 미국 동부에 주로 살던 유럽 정착민들이 대륙을 횡단하여 대거 이곳으로 모여들기 시작했고 결국 미국과 멕시코 두 나라는 영토 싸움을 하게 된다. 미국이 전쟁에서 이기자 이 도시는 다음 해에 미국의 영토가 된다(1846년).

이런 역사적 흐름으로 이 도시는 건물이나 조형물이 미국에서 자주 보는 영국식이 아니고 스페인 스타일이 많고 지명도 스페인 말로 된 곳이 많다. 시내를 돌아다니다 보면 이곳이 미국인가 하는 의문이 들 정도로 이국적이다. 도시는 원래가 갖고 산과 바다가 어울려 운치가 있는 지형에다 이런 다양한 문화의 요소가 가미되어 최소한 겉보기에는 아기자기하고 꿈속

같은 감미로운 분위기다. 인구가 고작 800명 남짓한 작은 어촌 마을이었던 이 동네가 어느 날부터 갑자기 큰 도시가 된다. 인근에 있는 '시에라네바다' 산에서 금광맥이 발견되었기 때문이다(1849년). 금 나온다는 소문을 듣고 일확천금을 노린 미국의 온갖 인간들이 다 몰려온다. 도시 이름도 '예르바 부에나' 혹은 '예바브웨이나'에서 조금 더 세련된 '샌프란시스코'로 바뀐다. 이때 몰려온 금 사냥꾼들을 통틀어 '포터 나이너스(49년 사람들)'라고 불렀으며 그 호칭은 아직까지 계속되고 있다.

태평양 전쟁 때는 수많은 군인과 비행기, 선박들은 여기서 출격, 발진하는 주요 항구가 되며 또한 해군 조선소의 활동 중심지가 되었다. 이런저런 이유로 일자리가 늘어나자 많은 사람이 모여들었는데 특히 아프리카계 미국인들이 많았다. 전쟁이 끝나자, 해외에서 돌아온 군인들과 일자리 때문에 모여 있던 직장인들로 도시는 크게 붐비고 있었다. 이런 각양각색의 서로 종류가 다른 인간들이 모여들자 도시는 전통적 미국의 문화와는 또 다른 하나의 문화 형태가 탄생한다. 1950년대 '비트 제네레이션' 작가들은 '샌프란시스코 르네상스'를 유발시키며 '노스비치'에 그 중심지를 만들었다. 1960년대는 히피족들이 '하이트 애슈버리'로 떼 지어 들어오고 전쟁 중 심신의 상처를 입은 군인들, 그들의 이익을 외치는 이민자들과 성 혁명과 평화운동, 베트남 전쟁 반전파와 반체제 세력, 1970년대는 동성애자 마을이 탄생하고 1978년에는 시장 '조지 모스콘'의 주동으로 동성애자 권리 운동의 중심지가 된다. 1987년에는 '사랑의 여름' 패거리들이 함께 모여 최고의 극성을 떨었었다. 이렇게 모여든 온갖 종류의 인간들이 무리 지어 큰소리치며 설쳐대니 백인들의 10% 이상이 이 도시를 빠져나가고 말았다.

현재 백인들은 인구의 반도 안되고(48%), 중국인(21%), 라티노 혹은 히스패닉(15%), 아프리카계(6%), 필리핀(5%), 베트남(2%)인들이 모여 살고 있다. 빈부의 격차는 하늘과 땅이며 각종 인간전시장, 공인된 마리화나와 뽕쟁이, 그리고 거지와 광인들이 비틀거리며 다니는 도시. 강도와 절도범이 안심하고 죄를 짓는 도시, 샌프란시스코. 미국이라고는 하는데 백인은 적고 건물과 지명도 스페인식으로 되어있는 곳. 미국에 갔으면서도 미국에 온 것 같지 않은 나날이 시작되었다. '이상한 나라의 엘리스'가 된 기분이다. 앞으로 몇 회에 걸쳐 미국식으로 '샌프란'이라고 불리는 도시의 여기저기 본 이야기를 해볼까 한다.

1. 케이블카

내 마음 샌프란시스코여/
나를 초대하는 높은 언덕 위의 거리/
별로 향한 길을 올라가는 조그마한 케이블카/
아침의 안개는 차갑지만/
나는 개의치 않네/
나의 연인이 기다리고 있는 샌프란시스코/
바람에 넘실거리는 푸른 바다의 저쪽/
내가 그대 곁으로 돌아갈 때/
샌프란시스코여/

그대의 황금 태양을 나를 위해 비추어다오

- 〈샌프란시스코에 두고 온 내 마음, 인용〉
(I Left My Heart In San Fransisco)

토니 베넷Tony Bennett이 1961년 샌프란시스코 페어몬트에서 이 노래를 불렀다. 노래가 유명해지자 1969년 샌프란시스코시 지정 공식 곡이 되고 오늘날까지도 전 세계의 사랑받는 곡이 되었다. 이 가사는 연인이 사는 높은 언덕의 거리로 올라가는 케이블카 이야기인데 이와 비슷한 가사의 노래는 이탈리아에도 있다. 연인에게 "하늘을 보려면, 가자, 가자, 꼭대기로 가자. '푸니쿨리, 푸니쿨라Funiculi funicula"라는 가사가 반복되는 노래가 있다. 나폴리시가 관광수입을 올리기 위해 베수비오산에 올라가는 푸니쿨리 푸니쿨라(케이블카의 이탈리아어)를 1880년에 만들어 운행했지만 타러 오는 사람이 없었다. 화산 폭발이 두려웠기 때문이다. 시에서 '루이지 덴차Luigi Denza'에게 작곡을 의뢰하고 '페피노 투르코Peppino Turco'에게 작사를 맡겨 산꼭대기 올라가는 케이블카 홍보 노래를 유행시켰다. 계획했던 대로 노래가 성공을 거두자 케이블카도 함께 대인기를 끌었다고 한다. 그러나 인기는 오래가지 못했다. 화산 폭발이 계속되었기 때문이다. 결국 푸니쿨라는 1943년에 운행을 중단하고 만다.

샌프란시스코도 1906년 대지진이 발생하여 3,000명 이상이 죽고 1989년 또 지진이 일어나 63명이 죽는 비극적인 일을 당했다. 참혹한 재해 후 이탈리아의 푸니쿨라는 없어졌지만, 샌프란시스코의 케이블카는 살아남았다. 고색창연하게 색칠된 아름다운 외모를 뽐내며 오늘도 언덕길을 열심히 오르고 내리고 있었다. 우리나라에서 5, 60년대는 서양 유행가를 팝송이라는 세련된 말을 쓰지 않고 '뽀뿌라 송Popular song'이라고 일본식 발음을 따라 썼다. 한국전쟁 후 정부에서 '방공반일防共反日'라는 표어를 전국 방방곡곡의 주요 건물에 붙이는 바람을 일으키자, 방공은 멸공滅共이란 단어로 진화되고 일본식 표현의 단어들도 우리식으로 정화된다. 이 바람에 뽀뿌라 송도 파퓰러 송으로 발음이 바뀌고 이윽고 팝송으로 정착이 된다. 이 무렵의 대유행한 미국노래가 바로 '내 마음 샌프란시스코에 두고'였다. 이런 여러 가지 시대적 변화 속에 유행가도 한몫해서 우물 안 개구리 나라 국민이 세계로 진출하는 계기가 된다. 샌프란시스코의 케이블카 노래도 아메리칸드림의 촉진제 역할을 했다.

샌프란시스코 시내의 꼬부랑 언덕길을 힘겹게 오르던 말들이 하루도 멀다 않고 미끄러져서 다치거나 죽고 하던 중 1869년에는 한꺼번에 5마리가 죽는 사건이 발생했다. 이 일이 계기가 되어 1873년에 영국인 '앤드류 스미스 할레데'가 케이블카를 발명해 온 시내를 운행하게 했다고 한다. 이 도시의 언덕길을 다니다 보면 부산역 앞 산복도로山腹道路를 다니는 느낌이 든다. 부산에서도 영주동 오름길, 초량 이바구길 168계단, 그리고 소망 계단에는 모노레일이 다닌다. 하지만 샌프란시스코 것들과는 크기나 운영 편수에서 겨눌 수가 없다. 옛날에는 케이블카가 샌프란시스코의 주요 대중교통의 수단이었지만 현재는 관광용으로 3개의 노선을 다닐 뿐이다. '무니'라고 불리는 자치

철도가 주된 대중교통 수단이고 고무바퀴 달린 무궤도 경편철도와 지하철 그리고 자가용차와 자전거가 보조 수단이 된다. 이곳의 케이블카는 우리나라 남산이나 팔공산에 올라가는 그런 케이블카와는 운영 방법과 모습이 전혀 다르다. 겉모습은 60년대까지 서울 종로에 다니던 전차와 똑같다. 단 하나 차이는 전원이 땅에 묻혀있어 하늘에는 전선이 없고 전차 지붕에도 전선 연결용 쇠 작대기가 없다는 것이다.

케이블카의 노선은 언덕을 오르내리며 한 바퀴 도는 '비치 엔드 하이드Beach & Hyde' 노선과 '테일러 엔드 베이Tayler & Bay' 두 노선과 동서로 캘리포니아 거리를 운영하는 한 개. 총 3개의 노선이 있다. 그중에 비치 엔드 하이드 노선이 인기가 많다. 이 노선은 도중에 유명한 지역이 많고 언덕에서 내려다보이는 바다 경치가 좋기 때문이다. 요금은 8달러다. 이 노선은 '롬바드 스트리트Lombard Street'를 지나는데 동네가 아름답기에 잠깐 내려 돌아다녀 보니 동네 집들이 꽃들로 예쁘게 꾸며져 있는데 집 모양도 다 다르다. 태평양이 내려다보이는 상가에는 아기자기한 물건을 파는 가계들이 빼곡하게 있어 무어라도 기념되는 물건을 사고 싶은 유혹을 느낀다. 더 위쪽 역인 '하이드 스트리트Hyde Street'는 동네 자체보다는 '알카트라즈Alcatraz'라는 악명 높은 형무소가 내려다 보이는 걸로 유명하다. 더 위쪽으로 올라가면 '기라델리 스퀘어Ghirardelli Sqare'가 나오는데 유명한 '기라델리 초코릿' 공장이 거기에 있다. 그곳에서는 체험도 하고 싼값에 초코릿을 큰 부담 없이 사 먹을 수가 있다고 한다. 회사 직영 가계에 들려 구경만 하고 있는데 뚱뚱한 히스페닉 풍의 중년 여

점원이 웃으며 다가온다. 사지 않아도 좋으니 찬찬히 들러보고 온 김에 맛이나 보라며 초콜릿을 한 줌을 준다. 한국전쟁 때는 가난한 나라의 어린이로 미국 군인들에게 초콜릿을 얻어먹고 오늘은 어른이 되어 본토에서 여성 점원에게 또 이렇게 얻어먹고 있다. 초콜릿을 샀다. 내 돈 내고 본토에서 처음으로 초콜릿을 사서 먹으니 왠지 울컥한 마음이 든다.

산마루에 온 케이블카는 언덕 아래로 내려간다. 다 내려가면 해변에 있는 '어부들의 부두Fisherman's Wharf'를 만난다. 이곳은 해변에는 해물 식당과 기념품 가게가 즐비하고 바다에는 바다 사자들이 나무판자 위에 모여 일광욕을 하고 있다. 여러 항구 포구로 떠나는 연락선과 어선들이 모여 있어 평일인데도 꽤 복잡하다. 케이블카는 그 지역의 '피어Pier 41'과 '피어Pier 39'역을 거쳐 '유니언 스퀘어'역으로 갔다가 다시 롬바드 스트리트로 올라간다. 케이블카는 주로 관광객을 위해 운행하는 만큼 느린 속도로 경치를 구경하게 해준다. 내가 간 날은 안개로 악명 높은 이 도시가 그 심술을 감추고 화창한 햇살을 비추고 달콤한 산들바람까지 불며 예를 갖추니 큰 대접받는다는 생각에 기분이 최고다. 폼을 재는 남자들은 자리에 앉지 않고 아슬아슬하게 발판에 매달려 바람을 쐬며 간다. 이런 광경을 보고 있으니, 동심으로 돌아가 잠깐 세간의 시름을 잊게 한다. 한참 언덕을 올라갔다가 산 아래 있는 '파월Powell'역에 가니 많은 사람들이 모여 있었다. 전차를 타려는 사람들인 줄만 있는 줄 알았는데 그런 사람도 있었지만, 나중에 보니 다른 목적으로 온 사람들도 많았다. 언덕 아래 내려온 케이블카는 기계식 회차 장치가 없다. 직원 둘이 차에서 내려 천천히 팔과 엉덩이로 무거운 차를 밀어 방향을 언덕 쪽으로 다시 돌린다. 지금이 어느 시절인데 이런 노예노동이 아직도 계속되는 걸까? 하지만 예상과 달리 덩치 큰 직원 둘이서도 겨우 차를 돌리면서도 얼굴 찡그리지 않고 웃고 있다. 역시 대륙 사람이라 통이 큰가 보다. 여기저기 다니며 보니 힘든 일도 웃으며 하는 모습을 자주 보았다. 저 역무원들은 단지, 먹고 살려고만 저렇게 힘든 일을 하는 것 같진 않았다. 이런 모습에서 노동을 신성시하던 초기 기독교 이민자들의 정신이 아직도 남아 있다는 느낌을 받는다. 내일은 어떤 곳에 어떤 이상한 사람을 만날지 몰라도 오늘의 케이블카에서는 손님이나 직원이나 모두가 즐거운 모습이었다. 노선 옆에는 체험용으로 세워 둔 차가 있었다. 모두 그 자리에 올라 웃으며 앉아 본다. 추억에 남기기 위해 사람들은 많이 모였고 느꼈던 감정도 찍히기를 바라면서 카메라 촬영에 열을 올린다. 나도 5원에 표 두 장 사서 종암동 가는 전철에 올랐다. 땡땡하고 운전수 겸 차장이 울리는 출발 종소리가 들렸다. 상항에서 60년대 서울을 느꼈다.

2. 금문교Golden Gate

이화여대서 연세대학 가는 철둑 옆 골목길 그곳에 줄지어 서 있던 목로주점들, 목포집에서 작부들과 막걸리잔을 들고 수작酬酌하며 부르던 노래.

비너스 동상을 얼싸안고 소곤대는 별 그림자/
금문교 푸른 물에 찰랑대며 춤춘다/
불러라 샌프란시스코야 태평양 로맨스야/
나는야 꿈을 꾸는 나는야 꿈을 꾸는 아메리칸 아가씨

(샌프란시스코, 백설희 노래-손로원 작사, 박시춘 곡)

사상계思想界를 정기구독하고 박인환의 '목마와 숙녀' 쯤은 읊조리며 '생택쥐페리'쯤은 끼고 다녀야 멋있는 대학생이다. 웃음 파는 엘레나와 젓가락 장단 맞출 줄 알면 풍류깨나 아는 지성인 대접받는 세상이 있었다. 보통 사람들은 외국을 가지 못하던 그 시절 벌써 미국대학 가서 학위 공부하던 친구들도 있었다. 한 잔술에 취한 젊은이들에게 금문교는 미국하고도 가보고 싶은 꿈속의 다리였다. 10시간 남짓 비행을 해서 S.F(샌프란시스코)에 가니 금문교가 거기에 있었다. 그 동네서는 골든 게이트Golden Gate라고 부르는 그 다리가 태평양 위에 도도하게 걸려 있었다. 세계에서 가장 높은 현수교(수면 위 66m), 기둥 간 거리 1,280.16m, 주탑 2개의 웅장한 모습에다 아름다운 주홍

색으로 칠해진 다리, 마침 저녁때라 황혼빛에 붉은 다리는 금빛을 뿜어내며 매달려 있었다. 다리 난간은 해군에서 노란색과 검정색을 요구했다는데 건축가 '어빙 모로'의 고집으로 밝은 오렌지색으로 도색 했다고 한다. 헤어졌던 친구를 다시 만나는 기분으로 금문교와 포옹하고 있는 동안 자동차는 10분 남짓한 사이에 다리를 건넜다. 태평양 냄새를 맡아보려고 해변으로 내려갔다. '마샬 비치Marshall's Beach'와 '베이커 비치Baker Beach'라고 불리는 동네였다. 해산물 식당과 횟집이 즐비한 해변 그 길바닥에 앉아 바다 아낙들이 파는 멍게, 해삼을 안주 삼아 소주 한잔하려고 했다. 좌판은 없었다. 마른 가자미나 미역, 우뭇가사리 등을 파는 곳은 없었다. 빼꼼한데 없이 온갖 색깔 페인트 낙서로 칠갑漆甲된 방파제와 둑방만 있었다. 무심한 낚시꾼 몇 사람만 서 있었다. 다리 밑에서는 파도만 모래밭으로 철석거리며 기어오르고 있었다.

샌프란시스코는 배산임수背山臨水 명당에 자리 잡고 있다. 도시 앞에는 광활한 태평양이 넘실거리고 좌청룡 자리에는 캘리포니아주의 마린 군이 있고 우백호 자리에는 샌프란시스코 베이의 오크랜드가 있다. 자리는 좋아도 교통은 불편했다. 전 세계가 대공황(1920년)으로 고전할 때 대통령 프랭클린 D루스벨트가 경기 부양과 샌프란시스코의 교통 소통을 위해 '금문만'에 교각 설치를 지시했다. 지형이 험난해 모든 사람이 실현 불가능한 꿈이라고 했다. 그러나 이미 40여 개의 교량을 설계한 고집불통의 사나이 '조셉 B 스트라우스'가 1931년 설계를 완성했고 의회도 3천 5백만 달러의 채권을 승인했다. 역시 난공사라

30명의 희생자가 생긴다. 이 중에는 특히 중국인 이주민이 가장 많았다고 한다. 세계에서 가장 긴 다리 공사는 1933년에 시작되어 파란곡절波瀾曲折을 겪으며 1937년에 완성되었다. 다리 이름 골든게이트(금문교)의 작명 유래에 대한 명백한 설명이 없다. '황혼빛을 받았을 때 다리가 금 색깔이 되어 붙였다.'라고도 하고 '다리가 놓인 해협이 골든 베이기 때문이다.' 또는 '교량 아래로 금을 실은 배들이 많이 다녀 붙였다.'라는 등 말이 많지만, 확인된 것은 없다. 육군 대위 존 프리몬트John C Fremont가 '이 지역을 넘어서 동방과 무역을 하는 황금의 문이다'(1846년)라는 말을 했다는데 그 말이 기원이라는 설도 있다.

  다리를 건너오면서 보니 6차선인데 양옆에는 인도와 자전거도로가 있었다. 북행 차량은 통행료가 없고 남쪽으로 넘어올 때는 통행료를 받는다고 한다. 오토바이는 8.75달러, 차량은 35달러 받는다. 이런 규정은 남산 1호 터널이 시내로 들어오는 차량에 혼잡통행료 2천 원을 받는 것과 같은 이치일 것 같다. 다리가 기둥에 매달려 있어 흔들릴까 봐 두려웠는데 몇 번 지나다녀 봐도 별 요동을 느끼지 못했다. 아들의 말을 들으니 가끔은 크게 흔들거린다고 한다. 1951년 12월 1일(시속 111km), 1982년 12월 23일(시속 113km), 1983년 12월 3일(121km). 거센 바람으로 3번 운영 운행이 중단 일이 있다는데 별일은 없었다고 한다.

  날은 저물고 금문교와 해후邂逅 댕기풀이 술은 마시지 못해 아쉬운 기분이 들어 차마 해변을 떠나지 못하고 우두커니 서 있다. 뱃고동 소리 들려 돌아보니 큰 컨테이너 수백 개를 실은 거대한 화물선이 유유히 다리를 향해 오고 있었다. 교각에 배 꼭대기가 꼭 부딪칠 것 같아 보는 주먹이 쥐어진다. 조마조마 하다. 그러나 수로안내선도 없이 배는 매끄럽게 다리 밑을 통과해 갔다. 보면서도 믿기지 않는 멋있는 광경이다. 설계할 때 해군에서 큰 군함도 다니게 해달라는 요구해 다리가 높게 만들어졌기 때문이다. 그 덕에 87년이 지난 지금까지도 크기 관계없이 아무 배나 다 다닌다. 항공모함도 거뜬히 다닌다고 한다. 비슷한 시기(1932년) 같은 목적으로 부산 광복동에서도 '들린 다리'를 설계하고 1934년 11월 23일 공사가 완료된다. 영도다리는 낮게 가설된 탓에 배를 모은 뒤 다리를 들어 올려 통과시켰다(매일 오후 2시 15분). 미국 다리는 들지 않아도 매끄럽게 잘 들어가고 한국 다리는 들어올 때마다 번쩍 들어올려야 했다. 부산에서는 다리들기가 구경거리가 되어 2013년 관광용으로 재개장했고 샌프란시스코에서는 들지 않는 다리가 구경거리가 되어 관광객들이 온다.

첫날은 금문교와 상견례만 하고 다음 날 금문교를 본격적인 탐방을 한다. 아침을 든든하게 먹고 일찍부터 시내서 다리를 건너 '배터리 스펜서'와 '포트 베이커'로 불리는 산으로 올라간다. 금문교의 전 광경이 다 보이고 가장 아름답게 사진이 찍히는 곳이라고 해서다. 좀 더 시야를 넓히기 위해 '브리지 뷰포인트'까지 올라간다. 그곳에서 내려다 본다. 과연 붉은 다리가 푸른 바다와 보색 대비를 하여 요염하게 아름다움을 과시한다. 다리 너머로 S.F의 도심지까지 다 보이고 항구인 '피셔 맨스 워프'가 보인다. '차이나타운'도 보인다. 바다에는 '알카트래즈

교도소'도 보인다. 부두에서 이 다리 쪽으로 연락선 여러 척이 오고 있다. 그 배들에는 해변에서 바다사자를 구경한 뒤 알카트래즈 섬에 들려 악명 높은 교도소를 보고 금문교 해변에 내리는 손님들이 타고 있을 것이다. 관광객들의 욕심은 그것으로 끝이 아니다. 태평양 바람을 맞으며 다리를 산책하기도 하고 자전거를 타고 금문교를 오가고 싶은 사람, 다리 건너 뒷산으로 오르고 싶은 사람. 그리고 바닷가에서 낚시를 즐기고 싶은 사람들 이런 여러 가지 목적을 가진 사람들이 타고 있을 것이다.

한참 앉아 금문교를 보고 있노라니 아들이 높지 않다며 뒷산 길을 걸어 정상까지 올라가자고 한다. 산길 도중 무인지경에는 버려진 많은 낡은 콘크리트 구조물과 건물들이 보인다. 여기는 당시 미국이 세계에 자랑하던 나이키 유도탄 발사지가 있던 군사요충지였다고 한다. 지금 보이는 것들은 그때 군인들 포대, 벙커와 막사 그리고 그 가족들의 관사의 흔적들이다. 이곳에서 세계대전과 냉전까지 치르며 고생했던 군인들의 얼굴이 아직도 남아 있는 것 같다. 태평양 넘어있는 여러 나라를 겨냥한 무력을 가진 힘 있는 미국의 자신만만한 모습이 부럽다. 핵폭탄을 탑재한 장거리 미사일들이 날아다니는 판이니 짧은 거리 날아가서 폭발하던 나이키는 장난감 정도로 전락 되어 여기 부대는 폐기 처분된 모양이다. 금문교가 내려다보이는 고요한 산속에 버려진 군용관사들을 보니 세상에 변치 않는 것은 없구나, 하는 생각이 들었다. 산 정상 능선 뒤쪽 넓은 초원 '크리시 피드'에는 전투기 비행장도 있었다는데 이제 비행장은 없어지고 넓은 활주로는 생태계가 복구되어 일반에게 공개되고 있었다. 산

정상에 올라서 보니 시내는 물론이요. 일망무제一望無際 검푸른 태평양이 사방으로 다 내려다보인다. 통쾌한 바다 풍경이다. 발돋움하여 산을 뛰어 저 바다로 풍덩 날아들고 싶었다.

샌프란시스코에는 '베이 브리지'라는 금문교와 라이벌을 이루는 다리가 하나 있다. 이 다리는 샌프란시스코 시내와 오클랜드를 연결하는 다리인데 금문교보다 한 해 먼저인 1936년에 완공된다. 공항에서 시내 들어가는 곳에 더 가까이 있고 밤에는 화려한 조명을 하는 탓에 외모는 금문교보다 훨씬 더 멋있고 교통량도 더 많다. 금문교와 다른 점은 색깔이 화려하지 않고 인도가 없고 광안대교처럼 2층 복층으로 되어있다는 것이다. 많은 사람이 이 다리를 보고 와서 금문교를 봤다는 사람이 많다. 두 다리의 구분 점은 금문교는 공원이나 유명동네를 찾아가는 길목에 있어 일부러 찾아가는 곳이며 붉은색에다 주탑이 2개다. 베이 브리지는 시내와 가까워 통행을 많이 하는 곳이라 아무 곳에서도 자주 보인다. 밤에 많은 불이 켜져 있어 화려하게 보이고 주탑이 4개이며 낮에는 회백색이면 베이 브리지로 보면 된다.

'화려한 꽃도 열흘 이상 피지 않는다'라고 한다. 한때 세상에서 최고라며 으스대던 금문교도 세월이 가면서 그 명성을 잃게 된다. 1964년 이후 더 긴 다리가 10개 이상 더 생겼고 현수교의 높이도 일본의 '아카시 해협 대교'보다 낮다. 샌프란시스코에서도 형태나 기능 면에서도 베이 브리지 같은 다리보다 유리한 점이 없다. 그래도 금문교는 아직도 사람들의 기억 속에 지워지지 않고 있다. 다리가 수면에서 높아 항공모함까지 통과하고 많은 수출입 무역선이 다닌다는 점과 금문교에서 내려다보이는 아름다운 경치와 다리 부근에는 다양한 박물관, 공원과 아기자기한 가게를 가진 관광지들이 많아 그 유명세가 아직도 시들지 않는 것 같다. 유명세 중에 명예롭지가 않는 점도 있는데 자살의 명소라는 것이다. 난징 양쯔강 다음으로 두 번째 자살 많이 하는 곳인데 몇 년 전 건국대 부총장 김유조 교수가 그 다리 박물관에 갔다 보관된 자살자의 신 1,558켤레를 목격했다는 유명한 일화가 떠올라 그 신들을 찾아봤지만 보이지 않았다. 다리에 투신하면 물밑까지 75m는 시속 120km로 4초 걸리는데 대게는 즉사하는데 드물게 사는 경우도 있다고 한다. 이런 경우 대게 다리의 시설물에 몸을 다쳐 장애자가 되는 비극을 맞이한다. 다리 공사 때부터 사고가 많아 안전망을 설치했지만, 그것은 공사 인부들만 위한 것이었다. 시청에서는 다리의 아름다움을 지키기 위해 안전망을 오랫동안 설치 않고 버틴다. 그러나 워낙에 많은 자살자가 생기자, 최근에 멀리서 잘 보이지 다리 아랫부분에 안전망을 설치해 많은 인명을 구조하고 있었다.

늙은 사자가 죽어가고 있었다. 쥐 한 마리가 그 앞을 지나다가 앞발로 사자의 귀 쌈을 때리며 놀렸다. "네 놈이 백수의 왕이라며 우리 친척들을 얼마나 많이 잡아먹었느냐! 이 나쁜 놈" 그러자 사자는 아무 대꾸도 않고 그 쥐를 잡아먹었다. 꿈에 그리던 금문교는 광안대교보다 더 멋있어 보이지도 않고 베이 브리지 교보다도 작았다. 하지만 그 금문교는 가지에 새와 짐승을 깃들게 하고 그림자에 초목을 키우는 고목처럼 우뚝 서 위엄을 잃지 않고 있었다.

3. 아메리카 차이나타운

'김일성의 난'이 일어나자, 정보도 없고 능력도 없으면서 태평한 상태로 있다가 꼼짝없이 당한 정부는 남쪽으로 줄행랑치느라 정신이 없다. 입법, 사법, 행정 조직들과 경무대가 대구로 피난 오고 계속 북괴군에게 밀리자, 육군본부만 남고 정부 기관들과 대통령은 아예 부산으로 멀찍하게 도망간다. 난리 중에 국립극장도 대구로 피난을 와서 동성로의 키네마극장을 징발해 쓴다. 어느 나라도 전쟁 중 '죽을 놈'은 죽어도 쇼는 계속된다. 국립극장에서는 가요와 춤을 엮어 만든 신파 연극 형식의 '바라야데 쇼Variety Show의 일본식 발음'가 한창이다. 일제 강점기 천막과 악기를 청노새에 싣고 전국을 떠돌던 악극단이 이제는 극장 안으로 자리를 잡은 것이다. 장소팔과 고춘자의 만담이 끝나자 '아메리칸 마도로스'라는 악극이 시작된다. 화려한 중국옷으로 차려입은 백설희가 무대로 나온다.

아메리카 타국땅에 차이나 거리/
란탄 등불 밤은 깊어 바람에 깜박깜박/
라이라이 호궁이 운다/
라이라이 호궁이 운다/
검푸른 실눈썹에 고향 꿈이 그리워/
태평양 바라보면 꽃구름도 바람에/

깜박깜박 깜박깜박/
깜박깜박 깜박깜박/
아~ 애달픈 차이나 거리

빨간 다리 금문교와 커다란 중국 요리 집이 그려진 창가에 기대서서 바다를 보며 부르는 백설희 노래가 간드러진다. 무대 아래는 뭇 남성들의 침 삼키는 소리가 요란하다.

"아메리카 타국 땅에 차이나 거리/
귀걸이에 정은 깊어 노래에 깜박깜박/
라이라이 꾸냥이 운다/
라이라이 꾸냥이 운다/
목단꽃 옷소매에 고향 꿈이 그리워/
저 하늘 빌딩 위에 초생달도 노래해
깜빡깜빡 깜빡깜빡/
깜빡깜빡 깜빡깜빡/
아 애달픈 차이나 거리

- 〈아메리카 차이나타운 인용〉
(손로원 작사, 박시춘 곡, 백설희 노래-1953년)

그때는 대구에도 중국 처녀들이 많았지만, 그녀들이 '꾸냥'인 줄 몰랐다. 미국 차이나타운에 가야 꾸냥이 있는 줄 알았다. 언젠가 꾸냥을 한 번 보는 것이 청년들의 꿈이었다.

요코하마, 고배, 나가사키에 세계적인 차이나타운이 있다. 온통 붉은색과 황금색으로 가게가 물들여져 있고 용이나 기린, 코끼리 등 온갖 상서로운 동물 모형 장식들이 식당을 감싸고 있어 별유천지別有天地에 와있는 느낌이 든다. 일본 차이나타운에는 주로 중국 음식점만 있다. 진열장의 샘플 요리만 보아도 눈이 행복해지고 배가 불러 진다. 요리 한 가지라도 먹고 나면 백팔번뇌가 사라진다. 일본의 차이나타운이 꿈의 한 장면이면 원조인 상항桑港(샌프란치스코)에 가면 얼마나 화려한 중국요릿집이 꽉 차 있을까 기대에 가슴이 부푼다. 게다가 란탄 등불을 단 그 중국집에는 목단꽃을 화려하게 수놓은 옷을 입은 긴 속눈썹의 꾸냥들이 우수에 찬 눈으로 금문교를 바라보고 있다는 말을 들었으니 차라리 요리보다 이 모습에 흥미가 간다.

어렵게 샌프란시스코에 왔으니 갈 곳은 꿈에 그리던 차이나타운이다. 그곳에 가자면 보통 무니MUNI Metro 또는 케이블카로 가면 된다. 우리 가족은 아들의 승용차로 그곳에 갔다. 차이나타운 역시 S.F 답게 언덕에 자리를 잡고 있었다. 용 두 마리가 서로 엉켜 용틀임하는 형상이 새겨진 초록색 문(드래곤 게이트)이 보이는데 그곳이 입구라고 한다. 가운데 큰문에는 忠孝仁愛(충효인애)라고 쓴 간판이 걸려 있다. 좌측의 작은 옆문의 간판에는 天下爲公(천하위공), 우측 옆문에는 信義和平(신의화평)이라고 초록색으로 글씨를 써놓았다. 이제 '중국인들의 동네 왔구나'하는 실감을 한다. 언덕을 오르니 동서양의 기법이 섞인 이름답고도 아기자기한 고전적인 건물이 줄지어 서 있다. 설 다음 날이라 아직 군데군데 新春大吉(신춘대길) 이라고 쓴 휘장들이 많이 걸려있다.

아메리카 차이나타운은 먹자골목이 아니었다. 식당뿐만 아니라 여러 가지 선물이나 상품을 파는 가게와 은행, 보석 집과 골동품점이 서로 섞여 있었다. 길잡이 하는 아들이 쇼핑 좋아하는 사람들은 '스톡턴 스트리트' 거리로 간다고 한다. 그곳에는 작은 시장들이 있고 닭과 거북이 등 여러 동물을 파는 곳도 있다고 한다. 어느 골목길에 많은 사람들이 줄을 서 있다. 간판은 '골든 게이트 포튠 쿠키 팩토리Golden gate fortune cookie factory'라는 거창한 이름을 붙이고 있지만 속을 보니 허름한 과자포춘 쿠키, Fortune Cookie를 파는 작은 가게였다. 과자를 반으로 쪼개면 안에 운세가 적혀 있는 종이가 있다. 판매대 뒤에는 직원 세 사람이 쿠키를 접으며, 그 사이에 운수 종이를 끼워 넣고 있었다. 설날 신년을 맞아 재미로 일 년 신수를 보려는 사람들이 이렇게 모여 있는 모양이다. 오후에 도착한 탓에 각종 상가의 구석구석은 다 보지 못하고 동네의 높은 곳으로 올랐다. '소돔과 고모라' 같은 이곳을 정화하려는 걸까? 상가 동네에 어울리지 않게 성당과 절간이 우뚝 서 있었다(올드 세인트 메리 대성당, '틴 하우 사'). 차이나타운 전체를 볼 수 있는 언덕 가장 높은 곳에는 '역사박물관(웨벌리 플레이스)'이 있었다. 그 건물 안으로 들어가 성모님과 부처님께 인사라도 드리려고 기웃거리는데 '식당 예약 시간이 다 되어 가니 내려가자'라고 아들이 재촉한다.

예약된 중국집은 상호가 '迎賓閣(영빈각)'과 'Great Eastern

Restaurant'이라는 서로 뜻이 다른 단어가 따로 적혀 있다. 무슨 연유가 있을 것인데 끝내 알지 못하고 말았다. 이 가계는 오바마가 대통령 시절 왔었다는 유명한 딤섬 전문 식당이라고 한다(2012년 2월 16일). 우리 가족들은 백 가지도 넘어 보이는 딤섬 메뉴 중 몇 가지를 골라 시킨다. 나는 중국 본토에서 족발이 맛이 있었던 생각이나 혼자 족발을 주문했는데 종업원이 그런 요리는 없다고 한다. 돼지 발 요리라고 다시 영어로 번역해 주방장에게 특별 주문을 한다. 막상 나온 요리는 족발과는 전혀 관계가 없는 이름 모를 돼지고기 요리였다. 아마 요리사도 그날 처음 만들어 본 요리일 것이다. 가족들은 행복한 듯 오바마 요리를 먹었지만, 나는 겉으로 맛있는 체하고 '유사 요리'에 젓가락질을 했지만, 유명한 딤섬 맛도 못 보고 '이게 뭐람, 국 쏟고 허벅지 대었군' 하고 속으로는 크게 후회하고 있었다.

찾아간 날이 설날 다음 날이다. 설날 기념으로 불꽃놀이, 거리 행진, 사자춤, 북 치기, 미스 차이나 뽑기 등의 행사가 있었다고 한다. 거리와 가게 앞에는 붉은 폭죽 껍질, 음료수 빈병, 음식물 봉투 등의 온갖 쓰레기로 지저분하다. 왜 안 치우고 있을까? 이름난 관광지인데도 왜 저럴까? 아직도 재고가 남았는지 수시로 폭죽이 터져 사람을 놀라게 한다. 지저분하고 놀라서 기분이 매우 찜찜하다. 허기도 면하고 시간도 넉넉해 찬찬히 동네 구경을 하며 언덕길을 내려간다. 'R & G 라운지'라고 쓴 식당이 보이는데 광동식 요리, 돼지고기 요리가 전문이라고 한다. 진작에 이 집에 왔으면 족발을 먹었을 텐데 하며 때늦은 후회를 한다. 그 이웃에는 '밍 리 트레이딩Ming Lee Trading'이란 오래된 식료품점이 있었다. 그곳에는 사탕, 간식, 젤리, 초코릿 등의 과자와 소금에 절인 과일, 국수, 녹차, 향신료가 가득하게 쌓여 있다. 차이나타운을 거의 다 내려오는 중에 또 줄을 서 있는 집이 보였다. '골든 게이트 베이커리Golden Gate Bakery'라는 간판을 단 집인데 버터 향 나는 중국 전통적 계란 커스터드 전문집이라고 한다. 보기에는 별맛도 없어 보이는 간식들에게 왜들 저렇게 목을 매는지, 이해가 안 된다. 동네를 거의 다 내려가니 꽈배기, 칼빵, 공갈빵, 월병 등의 중국 전통 과자가 잔뜩 쌓인 가계가 있었다. 잠시 '고향 음식을 여기서 보는구나'하는 착각을 했다. 기념으로 월병을 샀다.

이제 해가 진다. 차이나타운은 낮과 밤이 분위기가 사뭇 다르다. 화려하고 달콤했던 낮이 가고 향기는 대마초 냄새로 바뀌고 음산하고 을씨년스러운 밤이 온다. 가계는 해지면 바로 문 닫는다. 좁은 골목이 여기저기 얽힌 이곳에 밤이 오면 비밀 클럽과 사조직이 몰려 있어 조폭들의 세력 다툼이 끊임없다. 골목에는 아편과 주류를 밀매되고 있어 아무나 들어가는 곳이 아니다. 넓은 공원인 '포츠머스 플라자'는 아침에는 동민들이 광장에 모여 태극권을 하고 저녁에는 뒷골목 사나이들이 카드와 마작하는 장소가 된다. 군데군데 호궁이나 기타를 연주하는 초라한 악사도 보였다. 휘청거리며 걷는 행인도 간혹 보인다. 가만히 보니 이 동네 밤길에는 쿵후깨나 하지 못하면 가까이 가지 않는 것이 상책일 것 같다.

샌프란시스코는 다양성과 통합을 도시의 기본적 가치로 삼고 있는 도시다. 미국에서 가장 먼저 '피난처 도시' 혹은 '이민자 보호 도시'를 선언한 곳이다. 1989년에는 정치적 탄압과 박해를 피해 이주한 난민을 보호하기 위해 불법 이민자에 대한 연방정부의 신병 확보와 구금 요청을 금지하는 피난처 조례까지 통과시킨 도시다. 골드러시(1848년) 때 세계 각국에서 캘리포니아로 사람들이 몰려올 때 중국인들도 들어오고 대륙횡단 철도 가설(1860년)이 끝났을 때 중국인들이 또 몰려든다.(1848년에 3명에서 시작해서 1880년에는 10만 5,465명까지 늘어난다.)

철도가 완성될 무렵 미국의 경제가 침체가 되자, 많은 백인 노동자는 이 원인을 중국인 노동자들의 숫자 증가와 급료 인하 때문이라고만 생각했다. 분노한 노동자들은 '중국인 물러가라'라는 구호가 생기고 반중국인 정서를 근간으로 하는 '캘리포니아 노동당'까지 생기게 되었다. 결국 중국인 노동자의 이주를 금지하고 시민권 획득을 금지하는 '중국인 배척법'까지 만들어진다. 이런 정서가 미국 전역에 거세지면서 차별에 갈 곳이 좁아진 중국인들은 자구책으로 샌프란시스코에 모여들어 차이나타운을 만들게 된다. 새크라멘트 한 블록에서 시작한 차이나타운(1854년)이 1880년대는 주변 15개 블록으로 늘어나게 된다. 차이나타운의 중국인들은 갖은 어려움 끝에 그들의 뛰어난 상술로 큰 재화를 축적한다. 돈 냄새를 맡은 마피아, 동성애자, 히피, 반전 세력, 마약중독자들이 차이나타운으로 몰려오기 시작한다. 이 동네 분위기가 낮과 밤이 완전한 반대인 온탕, 냉탕의 정체성을 띠는 것은 이런 동네 형성의 역사적 배경을 되새겨 보면 이해가 쉽다.

아메리카 차이나타운에 가서 혹시 유신 정권 때 쫓겨난 우리 동네 있던 '영남반점', '동문루', '춘양각'이 거기에 있는가 두리번거리며 찾아보았다. 우리 동네 살던 중국집 장꿰이(장거.掌柜)들. 친구 위 부알레가 거기 있는가, 간판을 보고 창문을 열심히 올려다보았다. 그들을 만나면 동성로의 '중화반점', 약전골목의 '복해루', 종로의 '영생덕', 북성로의 '기린원'(덕영대반점으로 개명)이 아직도 잘 있다고 전해주고 싶었다. 아무도 못 만났다. 중국 음식점에는 란탄 등불도 없었고 목단꽃 무늬 옷을 입은 꾸냥도 없었다. 저 멀리 검은 바다 위의 금문교가 달빛에 희미하게 비취 보였다.

4. 오라클 파크

대구의 여름 야구 관람은 화탕지옥火湯地獄 체험학습이다. '대프리카'의 고성동 야구장 관중석은 한 줄기 바람마저도 둥근 담장이 가로막고 있어 운동장 열기가 고스란히 관중들에게 전달된다. 한참 앉아 흐르는 땀을 닦다 보면 눈앞이 어른어른 머리가 어질어질 혹시 이러다가 죽지 않을까, 하는 생각도 든다. 왜 노약자, 심신미약자 출입금지 구역으로 지정되지 않을까 궁금했다. 우여곡절 끝에 경산에 삼성 구장 '라팍'이 생겨 열사병 주의보는 겨우 면하게 되었다. 어디 산 좋고 물 좋은 곳에서 시원한 바람 쐬며 야구 경기를 구경하는 것이 꿈이었다. 꿈은 이루어진다고 하더니 미국 서부에 가니 그런 야구장이 있었다. 관중석에 앉아 있으면 바다를 배경으로 경치 아름답고 알맞은 온도의 바람이 불어오는 환상적인 경기장. '샌프란시스코 자이언츠'의 홈구장인 '오라클 파크'가 바로 그런 경기장이었다.

약속된 오전 10시 반이 가까이 되어 S.F의 '킹 스트리트 24 윌리스 메이스 프라자'에 있는 오라클 파크 정문 앞에 갔다. 약 스무 명쯤 되는 사람들이 서성거리고 있다. 정각이 되자 기운이 하나도 없어 보이는 청년이 나와 천천히 문을 연다. S.F에는 물이 그런지 이런 힘이 없는 젊은이들이 많았다. 그는 문을 닫지 않고 서 있다. 어디 가나 지각하는 사람들은 있는 모양이다. 10분 뒤 헐레벌떡 몇 사람이 뛰어온다. 무기력 청년이 쇠문을 닫자, 소형 마이크를 목에 건 자그마한 할머니 한 사람이 우리들 앞에 나타났다. 오늘의 안내인이라며 자신을 소개하고 작은 방으로 일행을 데려갔다. 모두 의자에 앉자 야구장과 구단의 전체적 설명을 한다. 영어책을 보고 딴 박사학위 소유자인데도 영어 듣기를 잘못한다. 나누어준 팜프렛을 보며 눈과 귀로 대충 감 잡는다. 청년은 끝까지 우리를 따라다니며 눈에 띄지 않는 안내를 해주어 나 같은 어리버리한 인간들에게는 그 사람이 매우 유용했다. 헛길로 가면 소매도 끌어주고 서로가 미국말을 하지만 안 통한다. 그럴 때 손짓으로 설명도 해주니 할머니보다는 청년이 내겐 더 쓰임새가 컸다.

오라클 파크는 1997년에 기공해서 2000년 4월 11일 개장을 했다. 수용인원 41,915명. 좌중간 : 123m, 중앙 : 122m, 우중간 : 128m. 그동안 구단주와 구장이 여러 번 바뀌느라 구장도 '퍼시픽 벨 파크', 'SBC 파크', 'AT & T 파크' 등으로 이름이 바뀐다. 현재의 이름은 2019년부터 쓰기 시작했다고 한다. 샌프란시스코 자이언츠는 구단은 원래는 '뉴욕 고담스(1885년까지)'라는 이름으로 뉴욕에서 창설되었다. 그 후 '뉴욕 자이언츠(1957년까지)'라는 이름으로 운영되다가 1,957년 연고지를 샌프란시스코로 옮겼다고 한다. 1958년 뉴욕을 떠나 S.F로 오고 나서 총 9군데 홈구장을 바꾼다. 전체적 소개가 끝나자, 현장 안내가 시작된다.

 1층 한 곳에는 투수가 연습 볼을 던지는 곳이 있었는데 그곳에는 투수와 포수의 공 받고 던지는 실물 크기의 레고가 있었다. 몇몇 사람들은 대열을 떠나 설명은 듣지 않고 웃으며 기념사진을 찍는다. 하긴 시험 칠 것도 아닌데 죽기 살기로 설명 듣기 안 해도 된다. 미국은 대륙 국가가 되어선지 아등바등하지 않고 슬금슬금 즐기는 사람들이 자주 눈에 띈다. 기념관에는 그동안의 월드 시리즈 8번 우승, 통산 23번의 리그 우승, 지구 우승 9번 한 트로피와 기념품들이 유리 통속에 진열되어 있고 전설의 감독 윌리 메이스, 선수 베리본즈 등과 현 구단주 빌 뉴컴과 감독 밥 맬빈 등의 사진이 벽에 걸려있다. 딴 벽면에는 그 이름을 기리기 위한 영구 결번 선수들 명단도 붙어 있었다. 2002년 월드 시리즈에서 최초 여성 장내 아나운서로 이름을 알렸고 그동안 자이언츠를 위한 온갖 행사에 참여했던 '레넬 브룩스 문'의 사진도 걸려 있었다. 그녀는 올 3월 18일 퇴직했다고 한다. 넓은 방에는 선수 전용의 체육관이 있었다. 트래드 밀을 비롯한 여러 종류의 운동 기구들이 갖추어져 있어 간단히 몸 푸는 곳이 아니라 바디 빌 선수들의 연습장 분위기였다. 선수들의 옷장이나 개인용품 수납장이 있는 락커 룸, 식당, 휴게실 등의 여러 방을 보여주었다. 운동장의 화려한 선수들의 모습만 보다 이런 은밀한 장소를 보니 그들의 피와 땀과 눈물이 느껴져 가슴이 아렸다. 이런 시설 중 일부는 관객들의 관람용으로 만들 것이라고 한다. 진짜는 따로 있다는 말이다. 관중 중에 이 방면 도사 한 사람은 딴 구장은 전부 다 공개하는 곳도 있다고 했다. 이 구단이 기업과 선수들의 기밀 유지와 기물 훼손방지를 위한 조치는 이해가 가나 무척 아쉬운 느낌을 지울 수 없었다.

위층으로 올라간다. 어느 야구장이든 음식물판매 코너가 인기 최고다. 시즌이 아니라 텅 빈 식당이지만 경기가 있는 날은 난리가 난다고 한다. 특히 외야 쪽 전광판 뒤에 있는 '스코어보드 프라자'에는 여기서만 파는 최고의 음식이 있다는데 작은 게 위에 시큼한 빵을 얹어 그릴에 구워 파는 '클레지 크랩 샌드위치'라고 한다. '길로이 가릭 파이어' 가게에서 파는 파슬리와 마늘을 곁들인 감자튀김도 인기 상품이라고 한다. 그 외에도 '기라델리와 사워도어 브레드' 안에 클램 차우더를 넣은 '부딘 베이커리' 또한 관중들이 많이 찾는 이름 있는 간식거리라고 한다. 이 음식들의 사진만 보고 침만 삼키며 자리를 뜬다.

드디어 학수고대鶴首苦待하던 본부석 뒤 높은 관중석에 앉아본다. 구장 좌우 담장 뒤편이 바로 태평양 바다('미션 만'인데 속칭 '맥코비 만'이라고 불림)다. 야구장이 커다란 배처럼 느껴지고 지금 막 바다로 출항하고 있는듯한 착각이 든다. 시원한 바람이 산들 불고 바다를 정면으로 보고 앉았으니, 경기가 없어도 기분 최고다. 좌측 담장에는 커다란 글러브와 코카콜라 병의 모형이 붙여있다. 안내인 설명을 들으니 커다란 야구 글러브 안에는 'Super slide'라는 미끄럼틀이 들어 있다고만 하는데 왜 만들었는지 말해 주지 않았다. 글러브까지 거리가 멀고(150m) 크기도 작아선지 아직까지 그 속으로 들어가는 홈런을 친 선수는 없다고 한다.

우측 담장 아래는 이 도시 명물인 퇴역한 케이블카가 놓여 있었고 뒤에는 'Levis landing'이라고 쓰인 청바지 회사 선전 간판이 붙어 있다(타자의 공이 여기 맞으면 상금을 주는 곳으로 생각이 된다). 그 간판 옆에는 102라는 쓴 숫자가 쓰인 하얀 레온 불빛이 켜져 있었다. 'S.F 자이언츠 선수들 중에 우측 담장을 넘겨 직접 바다까지 간 현재까지의 홈런을 스플레시 히트Splash hit라고 부른다. 숫자는 그 히트의 개수를 표시하는 것이다. 좌측 담장까지의 거리는 92m밖에 안 되는 짧은 거리지만 담장이 7.3m로 높고 바람도 구장 안으로 불어와 오른손 타자는 아무리 힘이 세어도 그렇게 밀어 치가 매우 어렵고 왼손 타자들이나 가능한 일이라고 한다. 전설의 좌타자 레리 본즈는 35개의 스플레시 히트를 기록했다. 즉 102개 중에 1/3은 그가 친 것이다. 다음으로는 9개를 때려낸 브랜든 벨트가 있다. 레리 본즈가 출전하는 날은 맥코비 항구로 많은 배들이 돌아다녔다고 한다. 그의 홈런공을 건지기 위해서다. 이승엽의 전성 시절 매미 채 들고 온 팬들이 생각났다. 오른쪽 타자의 스플레시 히트의 신기록이 나올 뻔한 적이 있다. 2021년 내셔날 리그 디비전 1차전에서 '버스터 포지'가 투런홈런을 쳤는데 그 공은 관중석 후

단 분수 기둥을 맞고 넘어가는 바람에 기록은 세울 수 없게 되었다.

오라클 파크 개장 기념 첫 경기가 있었다(2000년 4월 12일). 홈구장 개장 후 첫 공식 경기이고 게다가 상대는 같은 주에 있으면서 앙숙인 L.A 다저스다. 중요한 경기다. 자이언츠는 시민들의 기대를 저버리고 지고 만다. 다저스의 승리투수는 박찬호였다. 이날 경기 후 샌프란시스코 팬들은 '찬호 박'을 미워하게 된다. 다음 해 그가 배리 본즈에게 1회와 3회에 연타석 홈런을 두들겨 맞는 망신을 당한 후 어느 정도 팬들의 분이 풀렸다고 한다. 김병헌 투수도 이곳 팬들의 입방아에 오른 적이 있다. '보스턴 레드삭스' 시절 '펜 웨이 파크'에서 홈 팬들의 야유에 화가 나 손가락 욕(2003년)하다 한 차례 곤욕을 치른 적이 있던 그가 '콜로라도 로키스'의 투수 시절 오라클 파크에서 배리 본즈에게 통산 715호 홈런을 두들겨 맞았다. 화가나 뒤돌아서서 X발하고 욕하다 중계 카메라에 잡혀 애를 먹기도 했다(2006년).

원정팀 타자의 홈런은 스플래시 히트로 쳐주지 않고 기록상 '맥코비 만에 떨어진 다른 홈런Other home runs into McCovey cove'라고 부른다. 원정팀이 담장 넘겨 바다로 직행시킨 비공식 스플래시 히트 공은 61개라고 한다. 이 기록 속에는 한국인 선수들도 있다. '플로리다 마린스'의 최희섭(2004년 4월 30일)이 아시아 최초이며 원정팀 6번째 홈런을 쳤고 '텍사스 레인저스'의 추신수(2020년 8월 2일)가 50번째 기록을 세웠다. 조금 다른 홈런 이야기가 있다. 2007년 올스타전에서 일본 출신 스즈키 이치로가 소위 말하는 '런닝홈런'을 쳤다. 그의 타구가 오른쪽 담장을 맞아 불규칙 바운드가 되었는데 발 빠른 이치로가 잽싸게 홈으로 뛰어들어와 올스타 게임 최초로 '인사이드파크 홈런'을 친 것이다. 그 공로로 그해 올스타 게임 M.V.P상을 받았다. 2013년에 앙헬 파간이 역시 인사이 파크 홈런을 끝내기로 친 기록도 있었다. 자이언츠에는 1번 황재균(2017년)이 있었지만, 우타자라 기대에 미치지 못했고 2024년 올해 바람의 손자 이정후 선수가 샌프란시스코 자이언츠에 입단했다. 그는 현재 안타, 홈런 등 요란한 소리를 내며 공을 쳐 낸다. 좌타자 선수라 기대가 크다. 오라클 파크 오른쪽 담장에 몇 년째 고정되어 있는 흰 숫자 102는 머지않아 이정후의 손에 의해 103, 아니 104, 105로 바뀔 것이다.

한 시간 반 동안의 긴 관람은 끝났다. 관람객들은 다리가 아프고 피곤해서 앉기도 하고 딴전을 부렸건만 60대로 보이는 '근력 가득' 할머니 안내인은 카랑카랑한 목소리로 끊임없는 정보를 제공 해주었다. '무기력' 그 청년은 아무 하는 일도 없이 우리를 따라다니는 것 같았지만 생색나지 않는 많을 일을 했다. 영어 난청객, 길 잃거나 화장실 찾는 관객, 목마른 사람들에게 요긴한 족집게 안내를 해주었다. 우리가 운동장을 떠나자, 그 청년이 역시 힘 하나도 없는 모습으로 다음 입장할 관광객들의 숫자를 세고 있었다. 시합이 없는 기간에는 기념품 가게는 운동장 밖에서 운영하고 있었다. 임시로 있는 가계라 별 물건이 없었다. 눈 구경만 하고 나왔지만, 화려한 크루즈 배를 탄 것 같았던 오라클 파크의 호사스러운 체험과 그 운동장에서 들었던 많은 우리나라 젊은 야구 선수들의 활약상과 샌프란시스코의 거인들 이야기는 두고두고 귀한 선물로 남을 것이다.

5. 유나이티드(U.A) 에어라인

맑은 아침, 태평양을 스치고 온 봄바람은 애교스럽게 나의 몸을 간지르며 지나간다. 하늘에는 방금 바다를 박차고 올라온 태양이 빛난다. 제 직장인 U.A(유나이티드 항공)를 안내한다는 아들을 기다리느라 비행장 바로 옆 바닷가를 서성거리고 있다. 간밤에 빠져나간 썰물이 아직 덜 들어와 바다 바닥은 검고 칙칙한 색깔의 뻘밭과 바위를 들어내고 있다. 검은 뻘밭과 푸른 하늘은 쌍을 이루어 추상화 한 폭 보고 있는 느낌이다. 삼면이 바다인 샌프란시스코 국제공항은 4개의 활주로가 있다. 이착륙 비행기들이 많아 24시간 쉬지 않고 뜨고 내린다고 한다. 어릴 때 대구 하늘은 전쟁 중이라 하루 종일 비행기로 가득했다. 그것들은 나의 장난감이고 꿈을 실어 나르는 도구들이었다. 그때 각인(刻印)된 비행기 사랑은 성인이 되어서도 변함이 없다. 이국의 비행장에 서서도 비행기는 정감있게 느껴진다. 굉음을 울리며 이륙하는 비행기, 흰 비행운 달고 날아가는 비행기는 내 어릴 때 고향의 풍경이며 추억이다

비행기가 막 날아오르고 있는데 옆 활주로에서도 약간의 시차를 두고 또 다른 비행기도 떠오른다. 얌전하게 줄 서서 차례차례로 비상하는 비행기들만 보다가 이런 용감무쌍한 광경을 보니 가슴이 조인다. 주먹이 쥐어진다. 게다가 이런 틈에 착륙

하는 비행기까지도 있다. 잠시 후 더 놀라운 쇼가 벌어졌다. 3대가 거의 동시에 각각의 활주로에서 날아오른다. 그것들이 어느 정도 고도를 잡자, 가운데 비행기는 직진으로 상승해 가 버리고 양옆의 비행기들은 난초 모양으로 좌우로 휘어져 날아오른 뒤 각각 제 갈 길로 간다. 기상천외의 통쾌하기 짝이 없는 스펙타클한 장면이다. 멋있다. 여기서 이런 쇼만 봐도 하루가 쉽게 갈 것 같았다.

아들이 왔다. 자신이 근무하는 '유나이티드 항공사(U.A, 연합항공)'의 사무실과 공장으로 간다. 난초비행蘭草飛行을 봤던 이야기를 하자. 그건 보통이고 어떤 때는 한꺼번에 두 대가 착륙하면서 다른 활주로에서는 두 대가 동시에 이륙할 때도 있다고 한다. 두 대가 동시에 이륙하거나 착륙하는 것을 '드래그 레이스Drag Race'라고 하고 이착륙 동시에 드래그 레이스 하는 방식을 '라소LAHSO, Land and Hold Short Operation'라고 한다는데 미국의 바쁜 공항에서 종종 쓰는 테크닉 이라고 한다. 우리나라 공군의 '블랙 이글' 곡예비행단 쇼 보고 심장이 콩알만 해졌는데 이 동네는 민간 비행사들이 자주 이런 쇼 아닌 쇼를 밥 먹듯이 한다니 다만 입만 벌어질 따름이다. 1,000명의 목숨이 걸린 그 쇼를 하는 비행사와 그 쇼를 지휘하는 관제탑 요원들의 노련한 기술과 숨은 노고에 고개가 숙여진다. 이 진짜 사나이들에게는 빨간 마후라 두 벌씩 목에 두르게 해야 한다고 생각했다.

공항에는 이런 멋있는 사나이 이야기만 있는 것이 아니다. 되뇌기 싫은 가슴 아픈 이야기도 있다. 인천서 오던 아시아나

항공 214편 비행기가 S.F 비행장 거의 다 와서 착륙 8분 전에 추락했다(2013년 7월 6일 낮 11시 28분). 그날 활주로는 조용해서 라소는 물론 드레그 레이스도 없었고 날씨도 쾌청했다. 주부 조종사들도 모두가 2,500시간을 비행한 베테랑들이었다. 그냥 그대로 내리면 되는 쉬운 상항이었다. 그러나 주 조종사는 그 동안 A320기만 몰고 다녔고 사고 난 B777 기종의 비행시간은 얼마 되지 않았다고 한다. 게다가 두 조종사는 수동 조종 경험도 200시간도 채 되지 않는 신인급이었다. 이날 아시아 항공이 조종사의 조작 미숙으로 너무 높게 활주로 접근하다 관제탑 요원의 지적을 받고 고도를 낮추려고 오토파이럿을 끄고 수동 비행을 했다. 이때 엔진 출력이 너무 낮아 양력을 잃은 비행기는 급속 하강하여 추락하며 동체의 후미가 방파제에 충돌했다. 그리고 270도 회전 후 비행기 몸체가 활주로로 내던져졌다. 운 좋게 동체도 두 동강 나지 않고 날개도 멀쩡했다. 이 덕에 연료 폭발이 일어나지 않아 대형 사고가 일어나지 않았다. 승객, 291명, 승무원, 16명이 타고 있었는데 부상자는 187명이었지만 사망자는 3명에 밖에 되지 않았다.

이런저런 비행 기술에 대한 해설을 듣는 동안 우리는 유나이티드 항공 사무실과 정비공장이 있는 커다란 건물에 도착했다. 비행장 먼 서쪽 끝에 자리한 탓에 활주로는 보이지 않았다. 아들의 말로는 922대의 자사 항공기가 세계 하늘을 누비고 다닌다고 한다. 우리 가족들은 무슨 기술자도 아니고 기계를 봐도 그 게 뭔지도 모른다. 설명을 들어봤자 공염불이 되겠다. 그러나 자신 직장 유나이티드 항공은 이 정도라고 자랑하고자 하는 아들의 심정에 우리도 덩달아 신이 나서 기웃거리고 다닌다. 1926년에 회사가 생겼다고 한다. 본사는 시카고 윌리스 타워에 있고 수익 분야 세계 3위라고 한다. 원래 보잉이 만든 보잉 항공이 모태였지만 1934년에 비행기 제작업체가 항공사까지 소유하면 안 된다는 법이 통과되어 비행기 만드는 보잉과 항공사인 '유나이티드 항공' 그리고 부품 조달 업체인 '유나이티드 테크놀로지'로 나누어졌다고 한다. 1990년대는 미국 제1항공사가 되었다. 그러나 9.11테러 때 4대의 비행기가 추락했는데 이 중에서 2대가 유나이티드 항공이고 2대는 A.A 소속이 이었다. 이 재난에 경영난까지 겹쳐 회사가 문을 닫을 뻔했다. 그러나 2010년 '컨티넨탈 항공'을 인수하며 경영의 상승세를 타고 이윽고 '델타항공'을 재치고 1위가 되었다는 이야기다. 허브 공항은 동부, 서부, 중부, 남부, 괌 등에 5곳이 있으나 서부는 '샌프란시스코 국제공항', '로스앤젤레스 국제공항', '덴버 국제공항' 등 3곳이 있다고 한다.

  회사 전체 개요를 설명 듣고 사무실과 공장이 모여 있는 건물로 내려간다. 공장이 크고 넓어 안내자를 바싹 따르지 않으면 길을 잃게 될 것 같다. 2층으로 올라도 가고 좌로 우로 돌아다니다 보니 기계 구경보다 안내자를 잃지 않기 위해 조깅 수준이 된다. 어떤 곳에는 공군 부품을 개발하고 정비하고 있으므로 함부로 기웃거리거나 사진을 찍으면 체포된다고 주의를 주어 무섭다. 엔진이 있는 수리창에 가서 그 곁에 서보니 정말 컸다. 집채 만하다. 유나이티드 항공은 보잉 787의 모든 형식을 운용하는 회사라는데 보잉 777는 '런치 커스터머'라고 한다.

무슨 소린지 모르겠다. 하여간 그런 비행기들의 엔진과 부품을 만들고 고장 수리 정비하는 공장이라는 이야기겠지 하고 고개를 끄덕인다.

공장과 공장 사이가 넓은 탓에 기술자들이 꼬마 세발자전거를 타고 이동한다. 덩치 큰 미국 아저씨들이 대낮에 애들처럼 자전거 놀이하는 것처럼 보여 혼자 웃었다. 이 자전거는 금문교 보수 공사장 인부들도 타고 다니는 걸 보았다. 한 참 공장을 돌아다닌 뒤 아들의 사무실이 있는 전자 부분 공장으로 갔다. 10여 명의 직원들이 책상 앞에 앉았다가 우리를 보고 모두들 웃음을 띠고 손을 흔든다. "아이고, 수고하십니다"라고 말을 하고 싶은데 영어 작문이 되지 않는다. 눈치 챈 아들이 나를 떠민다. 그냥 가자는 말이다. 한 남자 직원이 튀어나와 이 코너는 자기가 팀장이라며 안내하겠다고 한다. 전자 부품 작업은 특히 세밀하고 정확한 기술과 집중력이 필요로 하는 곳이라며 은근한 자랑을 한다. 나머지는 뭐라고 하는지는 우리말로 해도 못 알아들을 소리다. 뭔가 몰라도 비행기 부속 중에서도 특히 복잡하고 필수적 장비를 개발하고 정지하는 무진장 중요한 곳인 모양이었다. 마지막에 이 회사에서 초음속 여객기를 2025년에 개발을 마치고 2029년부터 여객 서비스를 하게 된다고 아들이 화룡점정의 설명을 들으며 견학이 끝났다.

경황이 없어 사무실에 오면서 빈손으로 왔는데 업무 중에 일부러 시간을 내어주는 직원들이 고마웠다. 차마 그냥 헤어질 수 없어 현금을 얼마간 직원에게 전해주었다. '선물을 마련 못해 미안하다. 실례인 줄 알지만 쉬는 시간에 차라도 한잔하라.'

고 우리말로 했다. 손을 내저으며 화를 내면 어쩔까, 걱정을 하면서 촌지를 전했다. 다행하게 무사히 진심이 전달된 모양이다. 그 직원은 웃으며 감사하다며 돈을 받았다. 나중에 듣고 보니 직원들이 그 돈으로 가장 비싼 참치샌드위치를 사서 점심으로 먹었다고 아들에게 감사해하더란다. 공장에는 일하는 사람은 주로 백인들이었지만 베트남, 필리핀, 중국, 한국 등 동양계가 많이 보였고 남미와 아프리카 쪽 사람들도 드문드문 보였다. 많은 현장 직원은 기름으로 얼룩진 작업복을 입고 일을 하고 있었고 어떤 이는 아슬아슬 높은 사다리에서 거꾸로 매달려 비행기 속의 부품을 맨 만지고 있다. 어떤 기계 앞에서는 배불뚝이 중년 사나이와 덩치 큰 콧수염이 뭔가 심각하게 이야기하고 있다. 그들은 주위에 사람들이 돌아다녀도 투명인간 보듯 아무 관심을 보이지 않았다. 기술자의 오만함이나 이방인에 대한 경계심은 전혀 보이지 않았다. 안내하는 사람에게 모든 것을 맡기고 그들은 자신 일에만 몰두하고 있었다. 가끔 큰 회사에 견학 보면 제 자랑만 늘어놓고 싸구려 기술 얻어 쓰는 주제에 건방 떠는 놈들 하도 많이 보다가 미국에 오니 그런 피라미는 없었다. 샌프란시스코는 시내 어디 가도 이런 사람들이 이렇게들 일하며 살고 있었다. 피부 색깔과 복장 관계없이 구경하는 사람들을 구경하고 일하는 사람들은 그냥 일만 하는 모습을 보았다. 평상심으로 살고 있었다.

   샌프란시스코 가서 항공사 사무실이나 정비공장을 가보았다는 사람은 드물다. 거대한 비행기 동체와 엔진부터 나무 실뿌리 같은 수많은 가지를 가진 전자 제품과 부속품에 개미같이 많은 인간들이 들어붙어 말없이 일하는 모습만 보였다. 정치

이야기로 입에 거품 품는 사람이 앉아서 담배 피는 인간, 스마트 폰 들여다보는 인간 하나 없었다. 공항에 일하는 사람들은 종교 단체의 신도처럼 보였다. 종이 한 장 차이로, 몇 초 차이로 몇 백 명이 죽어나는 사고. 이런 일을 소통시키고 예방하는 작업이 어떻게 건성으로 이루어질 수 있을까? 사고 예방과 편안한 비행기의 순항을 위한 그들의 한결같은 염원은 그것이 주기도문이며 반야바라밀다심경일 것이다. 비행사는 이륙 착륙할 때, 주유원이 기름 넣을 때, 정비공들이 기계의 성능 테스트할 때, 관제사는 비행기를 유도하고 있을 때 이들은 자리와 하는 일을 모두 달라도 다 같은 목적과 같은 마음으로 비행기를 이착륙시킬 것이다. 비행기는 그들의 하나님이며 부처님이다. 샌프란시스코 공항에서 수많은 기술자와 기능공의 표정과 동작이 예사롭지 않았던 이유는 바로 이들에게는 그들의 성상聖像인 보잉 비행기가 있고 밤낮으로 이것에 예불을 드리고 있어 그들에게서 나는 수도자의 냄새를 맡는 것이다.

  유나이티드 항공사 견학을 마치고 활주로 바닷가에 한 참 서 있다. 아픈 다리도 쉴 겸 언제 다시 이곳에 올 수 있을까 하는 아쉬운 작별을 한다. 마침 비행기 세 대가 동시에 굉음을 울리며 동쪽 하늘로 날아오른다. 가운데로, 좌로, 우로 안녕, 샌프란시스코 국제공항 유나이티드 항공사여!

6. 요세미티 Yosemite 국립공원

샌프란시스코 여행은 시내 명소 구경을 다 한 뒤 최소한 그랜드캐니언, 콜로라도 협곡, 요세미티 공원까지 가보는 것이 기본이라고 한다. 한 수 더 뜨는 사람들은 우리나라 사람들이 많이 사는 L.A도 가봐야 되고 태평양 해안도로를 따라 페블비치까지 바다 구경 드라이브 정도는 해야된다고 한다. 게다가 라스베가스가서 돈도 좀 따고 오면 금상첨화錦上添花가 된다는 것이다. 듣는 데로 다하다 보면 아예 미국에 눌러살게 될 판이다. 나는 애써 무엇을 보러 어디 가지 않는다. 목적지에 가면 아무 준비 없이 발 닿기 쉬운 아무 곳이나 가서 있는 데로 보다 온다. 이번 여행에서도 아들이 사는 동네 뒷산 오솔길이나 골목길을 어슬렁거리며 다닌다. 꽃 많이 핀 집은 가까이 가서 기웃거려 보고 언어와 피부 색깔이 다른 이 나라 사람들과 스치고 지나가며 말도 섞어보고 사는 모습도 흘낏거린다. 고깃배와 연락선이 뜬 바다 구경하다 다리 아프면 작은 공원을 찾아 쉰다. 출출하면 허름한 식당에서 싸구려 간식으로 요기도 하고 그러다 올 요령이었다.

자식들도 머리가 굵어지니 내 말이 먹혀들지 않는다. 가족들은 막무가네다. 비싼 돈 들여 먼 태평양까지 건너와서 기껏 금문교 보고 샌드위치나 먹고 갈 수는 없다며 내 말에 비명 지르며 넘어진다. 미국 오기 전부터 몇 군데의 명소에 가기로 이미 계획을 짜놨다고 한다. 동네 순례 따위는 혼자서나 하라고 한다.

요즘 와서 세상사 내 뜻대로 되는 것이 없다! 아침 8시 반이 되자 산호세에 산다는 교포 가이드가 승합차를 갖고 나타났다. 요세미티 국립공원을 간다고 한다.

  어리버리하다 보면 정말 혼자 동네 돌아다니다 길 잃고 뚱뚱이 할멈 그리고 흑인들과 함께 서서 핫도그 점심 먹는 하루를 보내게 될 것 같은 불안한 예감이 든다. 유비무환有備無患이라고 한다. 잽싸게 차에 오른다. 빨리 가야 4시간은 족히 걸리므로 동작은 빠르고 정확하게 하라는 가이드님의 주의 말씀을 듣고 성실하게 지시를 잘 따르겠다고 다짐하며 안전띠를 맨다. 출발은 이렇게 꾀죄죄하여 기분이 매우 좋지 않았다. 그러나 시내를 벗어나 허파에 바람이 들어가며 간이 조금씩 커지자 말 타고 서부를 달리는 멋있는 사나이 '존 웨인'이 된다.

  시내에서 조금 벗어났는데도 하늘은 높아지고 대지도 광활해진다. 통쾌한 서부 풍경에 가슴이 뻥 뚫린다. 길가에서 보이는 농장에는 과일의 본바닥 캘리포니아주답게 봄철 과수들이 백화쟁명白花爭鳴, 올망졸망 귀여운 꽃망울들을 경쟁하듯 달고 있었다. 조생종무生種이 대부분인 아몬드 나무들은 이미 흰 꽃들을 활짝 피우고 있다. 넓은 초원에는 소와 말과 양들이 풀을 뜯고 있었고 그사이 드문드문 농가들이 보였다. 서부를 달리다 보니 어느새 차는 말이 되고 존 웨인은 탈옥한 '링고(역마차 주인공)'가 되어있었다. 분위기에 맞게 '쓸쓸한 초원에 날 묻지 말아다오Oh, bury me not on the lone prairie'라는 영화 '역마차' 주제가가 들린다.

길가에는 농부들이 생산한 과일과 채소를 직접 파는 '파머스 마켓'이 간혹 보인다. '존 스타인 백'의 소설 '분노의 포도'가 떠오른다. 경제 대공황 때 살림이 거덜이 나고 은행에 땅마저 빼앗긴 '조드' 일가, 그들은 그냥 앉아서 굶어 죽을 수 없어 오클라호마주에서 고물 트럭을 타고 목숨을 걸고 사막을 건넌다. 그들이 그리던 풍요로운 과일과 일거리가 넘치는 꿈의 낙원이 바로 여기 캘리포니아가 아니었던가. 이 농부들은 그 포도 농장 일꾼들의 후예後裔일 것이다. 포근한 풍경에 그냥 지나칠 수가 없다. 잠깐 내려 매대에 놓인 사과 몇 알을 손에 잡는다. 이 동네 사과는 모양도 여러 가지이고 맛도 다양하다. 녹색 사과, 황색 사과 그리고 빨간색 그것도 진한 붉은 색과 분홍빛 사과가 있다. 껍질을 대충 닦고 버석버석 베어 문다. 대구 사과보다 맛이 더 나아 속이 약간 상한다. 푸성귀도 욕심이 났지만, 마나님이 제자리에 그냥 두라는 눈짓을 보내 두말하지 않고 차에 오른다. 가이드가 '딘 마틴Dean Martin'의 노래 '애마와 소총과 나(My Rifle, My Pony And Me. 영화 리오 브라보의 주제가)'의 노래를 틀어주며 나에게 긍정적 보상을 해준다. 샌프란시스코 시내 돌아다니는 것보다 여기 오길 잘했다는 생각이 든다.

산이 보이지 않는 넓은 초원을 한 참 달린 뒤 작은 촌 식당에서 쉬면서 점심을 먹는다. 가족들이 핫도그를 주문한다. S.F의 대표적 음식이라고 한다. 혼자 햄버거를 시키는데 종업원이 잘못 알아듣는다. 귀찮아서 일부러 애먹이는가 하는 의심도 든다. 샌프란시스코에서는 보통 햄버거를 샌드위치라고 부른단다. 종업원이 멍청해서 말귀를 못 알아 듣는다며 아들이 기죽은 나를 부추겨 준다. 기분 탓인지 음식이 우리 동네 것보다 맛이 없었다. 그 동네는 로데오 경기로 유명한 곳이라고 하는데 그날은 경기가 없어 미친 듯 날뛰는 말이나 소는 못 보고 경기장 시설과 기념품 전시관만 본다. 서부영화에서 많이 본 풍경이라 동네가 낯설지 않다. 가이드는 미국 개척 시절 소몰이꾼들은 다 총 잘 쏘고 말 잘 타는 사람들인 것처럼 설명한다. 동의할 수 없는 이야기다. 초기 개척자들은 영국과 프랑스 쪽 농부들이어서 말 타고 소칠 줄도 몰랐다. 스페인 사람들이 말타고 가축을 기르던 기술을 영국계 서부 개척자들에게 전수한 것이다. 캘리포니아는 원래 스페인 땅이었으므로 풍습이나 지명, 건축물 등에서 아직도 스페인을 많이 느낄 수밖에 없다. 로데오 역시 그런 풍습이 남은 것이다.

    서부영화에 수백 명의 아메리카 인디언들이 말을 타고 총을 쏘며 백인들과 전투하는 장면이 가끔 나온다. 재미는 있지만 사실과는 먼 이야기다. 이들의 묘기와 활약은 영화 제작자들이 재미로 만든 만화 같은 이야기들이다. 북미 대륙에는 원래 야생말이 없었고 원주민들도 농사짓는 사람들이라 말과 별 관계 없이 살았다. 유럽 사람들이 미국에 들어와 원주민들에게 준 말을 번식시키고 추장급 사람들이 타고 다닐 정도였다. 총도 백인들에게 몇 자루 얻어 갖고 있었을 뿐이다.

    동네 분위기에 맞게 카우보이 걸음을 흉내 내며 서부의 동네 길을 걸어본다. 이발소에는 '닥 홀리데이'가 면도를 하고 있고 보안관 사무실 밖 흔들의자에는 '게리 쿠퍼'가 앉아서 악당을 기다리고 있다. 방금 도착한 역마차에서는 귀부인과 가짜 약장

수가 내린다. 달콤한 환상에 젖어 미녀의 짐을 들고 호텔로 안내하고 있는데 요란한 밴의 클랙슨 소리에 정신을 차린다. 가족들이 빨리 차를 타라고 성화를 부린다. 차에 오르니 라디오에서 '스콧 맥킨지Scott Mckenzie'의 '샌프란시스코에 가면 머리에 꽃을 꽂으세요If you're going to San Francisco, Be sure to wear some flowers in your hair'라는 팝송이 나온다. 그제야 정신이 들어 지금이 서부 개척 시절이 아님을 깨닫게 된다.

미국 캘리포니아주 서쪽에는 '시에라 네바다Sierra Nevada' 산맥이 길게 자리 잡고 있다. 산맥 서쪽 사면에 약 1백만 년 전쯤 빙하가 침식작용을 일으켜 화강암 절벽과 U자형의 계곡이 만들어졌다. 약 1만 년 전쯤에 그 빙하가 녹아 계곡이 텅 비게 되자 그 자리에는 300개 이상의 호수, 폭포가 생겼다. 그렇게 형성된 계곡이 '요세미티 밸리Yosemite Valley'다. 공원의 면적이 3,061km² 로 넓고 경치 또한 빼어나 1984년에는 유네스코 자연유산에 등록까지 되었다. '요세미티Yosemite'라는 말은 여기에 살다 스페인 '마리포사' 대대에 의해 쫓겨난 원주민 '미워크Miwok'족들이 붙인 이름이다. '죽이는 자(살인자)'들이라는 뜻이란다. 19세기 캘리포니아에 골드러시가 일어나며 많은 유럽인들이 이 땅으로 몰려들자 1851년에는 땅을 지키려는 원주민과 뺏으려는 백인들 사이에 '마리포사Mariposa 전쟁'(혹은 '요세미티 인디언 전쟁')이 일어난다. 이 전쟁에서 원주민들은 패배하고 뿔뿔이 흩어졌다. 이 지역은 원래는 '아와니치(Anwahneechee, 큰 입)'라는 미국 원주민이 살고 있었다고 한다. 이 공원의 참고 자료를 읽어보니 최소한 한 달쯤 머물며 구경해야 할 것 같다.

글로 쓰자면 최소한 책 한 권쯤은 되어야 제대로 전달이 될 것이다. 이번 요세미티 유람은 시간이 짧아 산수 속에 들어 간단하게 운기조식運氣調息하고 호연지기浩然之氣를 키우는 정도만 하고 와야 된다. 이번 여행 계획도 처음부터 미국 서부 농장지대와 산악지방을 드라이브하며 주변을 느끼고 경험하는 것이 주된 목표이고 그 전환 지점을 요세미티로 정한 것이다. 그러므로 단 하루 본 요세미티를 전달한다는 것은 말도 안 된다. 두터운 책을 읽으려면 먼저 목차를 봐났다가 나중에 시간 내어 내용을 숙독한다. 이 계곡의 숲과 폭포와 산봉우리들 그리고 동물들을 기억 해두었다가 나중에 시간 내어 다시 만나려고 한다.

아슬아슬한 높은 산길(41번 도로)을 굽이굽이 꺾으며 가고 돌며 또 간다. 이제는 지쳤다 하는 무렵 눈앞에 터널이 보였다. 그 터널을 지나자, 가이드가 공터에 주차한다. 목적지 입구에 왔다고 한다. 이 '워오나 터널'은 요세미티 공원의 대문이다. 산에서 계곡으로 내려가기 전에 가이드가 터널 앞 언덕이 공원의 유명한 장소인 '앨 캐피탄', '하프 돔' 그리고 '브리아들 베일' 폭포가 한눈에 다 보이는 '터널 뷰'라며 사진을 찍으라고 권한다. 멀리 공을 반쪽 자른 듯한 2,695m의 큰 바위산인 '하프 돔Half dorm'이 보인다. 상품명 노스페이스의 로고가 바로 저 바위산이다. 일행들은 사진 찍느라 정신이 없다. 하프 돔을 배경으로 그것이 그려진 옷이나 신을 같은 상품을 한 장면에 넣어 합성사진을 찍기도 하고 폭포의 물을 입으로 마시는 모습의 사진을 연출하느라 난리가 났다. 아슬아슬한 높은 둑에 올라 온갖 포즈를 잡는다. 뒷걸음치다 절벽 아래로 떨어져 영 못 올라온 사람이 여럿이라는 데도 용감무쌍하게 둑 끝에서 뜀뛰기까지 하며 사진을 찍는다. 동춘 서커스 주연 배우들의 공연을 보는 느낌이다.

터널을 지나 산 아래로 내려가니 긴 계곡이 시작된다. 많은 폭포가 산에서 흘러내리고 있었다. 떨어진 물은 개울을 이루어 길옆을 따라 흐른다. 이 공원의 주인공들은 바위산들과 계곡과 그리고 폭포들이다. 산에서 떨어진 물은 나무를 키우고 숲을 이루고 개울을 만들었다. 나무가 많고 물이 가득하니 동물들도 많았다. 특히 곰들이 많이 살고 있다고 한다. 언제든지 불쑥 나타나므로 늘 곰을 조심하며 산속을 걸어야 했다. 차 타고 가다 잠깐 내려 산으로 올라가 보는데 2월인데도 아직 눈이 쌓인 곳이 많이 있었다. 아무도 밟지 않은 명산의 처녀 눈을 밟다니 황송할 따름이다. 산 공기를 마음껏 들여 마시니 아침 여행의 피로와 짜증은 말끔히 사라진다. 몸이 가벼워지고 정신이 총명해진다. 몇 시간 계속 비슷비슷한 수많은 계곡과 폭포를 걷다 보니 드디어 몸이 지친다. 그래도 마음은 상쾌해 차를 타기도 하고 걷기도 하며 계곡 속으로 계속 들어간다.

계곡으로 들어서서 얼마 되지 않아 높은 수직 절벽을 만났는데 높이가 900m라고 한다. '앨 캐피탄El Capitan Rock(대장 바위)'이라고 부르는 암벽인데 모양이 역시 이름값을 한다. 이 바위산은 전문 등반인들과 베이스 컴퍼들에게 인기 최고의 암벽이라고 한다. 바위 이름은 1851년 요세미티 계곡으로 전쟁하러 온 마리포사 대대가 붙여준 스페인말이라고 한다. 바위산에서 얼마 안 가니 '브라이들 베일 폭포(Bridal Veil Fall, 면사포 폭포)'라는 이름의 폭포가 보인다. 산에서 떨어지는 물줄기의 모양이 딴 폭포보다 더 우아하고 아름답게 보인다고 이름도 예쁘게 면사포라고 붙였다고 한다. 높이는 190m. 엘 캐피탄 절벽을 지나 요세미티 밸리 남쪽에 가니 '센티넬 바위(보초 바위, Sentinel Rock))'라는 암벽이 있었고 그 바위 서쪽에 '센티넬 폭포'가 있었다. 이 폭포는 여느 것과 달리 한 줄기로 떨어지지 않고 여러 개가 각각 따로 연속적으로 떨어지기 모양 때문에 유명해졌다고 한다. 이런저런 폭포들을 지나니 종 같은 큰 바위가 보였는데 '케세드럴 바위(종탑 바위)'라고 하며 그 특징적인 모양 때문에 이름 있는 돌산이 되었다고 한다.

때로는 계곡물에 발을 담그기도 하고 얕은 골짜기는 산속으로 올라도 가본다. 경건한 마음가짐을 갖고 자연의 위대함과 신비함을 숭배하고 느껴야 하는 곳에 왔다. 그러나 기껏 왔었다는 징표를 위해 경치는 건성으로 보고 사진만 찍고 있다. 나중에야 이런 경거망동한 행동에 반성을 많이 하게 된다. 비슷비슷한 많은 물과 산을 짧은 시간에 반복해서 보고 가자니 드디어 계속되던 감탄사가 신음으로 바뀐다.

이쯤 되자 가이드가 색다른 곳으로 인도한다. 어느 골짝에 들어서니 갑자기 정신이 바짝 든다. '마리포사 그로브Mariposa Grove'라는 골짜기인데 놀라서 입이 다물어지지 않는 곳이다. 전시용으로 나무 자른 그루터기와 그 옆에는 잘린 나무 단면 몇 개를 숲 입구에 세워 놓았다. 사람의 키를 훌쩍 넘는 거대한 세쿼이아 나무들이다. 이런 크기의 나무 수백 그루가 집단을 이루고 서 있지 않는가!. 세상에 나무가 이렇게 클 수가 있단 말인가! 2백 년 된 회나무나 느티나무만 보아도 목신木神이라고 섬기며 절하던 우리가 2,000년 넘는 거대한 나무들의 떼거리를 만나니 지금 지구가 아닌 딴 혹성惑星인 것 같았다. 그 나무 중에 가장 유명한 자이언트 세쿼이아는 '와워나 터널 트리Wawona Tunnel Tree'라는 이름을 가진 2,100년 된 나무였는데 1969년 겨울 모진 풍파에 노구를 견디지 못하고 붕괴가 되었다고 한다.

목신의 오후에의 꿈은 식당이다. 이제는 배를 채우는 시간이다. 많은 식당이 있었는데 그중에서 '커리 빌리지Curry village'와 '피자 덱Pizza the deck'이 싸고 맛도 좋다고 한다. 커리 빌리지에 들러 스몰사이즈 피자 두 판을 시켜서, 먹는다. 어떤 한국 사람은 즉석 라면을 끓여 김치와 먹기도 하고 스타벅스 커피도 사서 마신다. 몇 년 전 고관대작 부인들과 함께 중국을 공식 방문한 때가 생각난다. 점심시간 중국 정부에서 맛있는 음식점에서 우아한 오찬을 대접했다. 만두만 해도 몇 가지가 나왔다. 산해진미로 눈이 어질어질하다. 갑자기 분위기가 어수선해 무심코 그쪽을 보니 부인들 중 누군가가 고추장과 김치를 끄집어내어 일행들에게 나누어 주고 있었다. 행사를 주최한 중국 관리들의 표정은 애벌레 씹은 사람 표정이다. 요세미티에 와서도 굳이 라면과 김치 찾아 먹는 이 사람들은 젊은이들인데도 옛날의 그 아주머니들과 별반 다르지 않구나, 하는 생각이 들었다.

점심 후 슬슬 일정을 마감할 준비를 한다. 계곡의 어디를 가도 보이는 요세미티 폭포로 간다. 이 폭포는 높이와 그 낙하 모습이 특이해서 유명하다고 한다. 물줄기가 한꺼번에 떨어지지 않고 '어퍼 폭포(1,430피트)', '캐스케이드(675피트)', 그리고 '로어 폭포(320피트)' 3줄기로 되어 낙하하고 있다. 높이는 739m 라고 하며 세계에서 6번째 높은 폭포라고 한다. 이 폭포는 요세미티 계곡의 어머니라고 부를 만하고 아버지는 오늘의 모든 풍광 중 화룡점정畵龍點睛인 '하프 돔Half Dome'이라고 할 수 있겠다. 8,700만 년 전에 생긴 화강암 바위산으로 옆에서 보면 칼로 자른 듯 반듯한 타원의 단면이다. 원주민들은 '쪼개진 돌(티스사악)'이라고 불렀다고 한다. 높이는 2,695m로 계곡의 최고 봉인 라이엘(MT.Lyell. 3,997m)보다 낮지만, 계곡 어디가도 다 보이는 크고 잘생긴 봉우리다. 의류나 운동화 등 상품에서 흔히 보이는 하프 돔은 바로 이 하프 돔을 그림으로 상표화한 곳이다.

　서울서 한때 바위산이 건강에 크게 도움이 된다는 낭설이 퍼져 하루에 세 개의 바위산 오르는 것이 유행인 적이 있었다. 한동안 수락산, 불암산, 도봉산, 백운대는 줄 서서 다니기도 했다. 우리나라 유명한 절이 있는 곳은 거의 바위산이다. 관세음도량으로 이름난 동해 낙산 홍련암, 서해 여수 향일암, 남해 금산 보리암. 모두가 돌산 속에서 바다를 앞에 둔 기도발 높은 영험한 절들이다. 하프 돔도 기록을 보면 미국 원주민들의 기도처였다고 한다. 현재도 영험을 지속하기 위해 역술인들이 정기적으로 찾아온다고 한다. 우리 같은 무지한 인간들 눈에도 하프 돔은 세계 최고의 기도발 높은 산일 것 같다. 삶에 지친 사람들은 하프 돔에 올라가면 어떤 소원도 다 들어줄 것 같다. 산정에 오르기는 어렵지 않다. 허가만 얻으면 전문등반가들은 로프 타고 오르면 되고 허약한 사람들은 케이블카를 타고 오르면 된다. 알프스에도 케이블카와 전기차가 오르내리는 판인데 걸핏하면 자연훼손이라며 허약한 이의 관광이나 기도길조차 방해하며 케이블카 시설하지 않는 한국 정말 이상한 나라다. 언제 날 받아 영험이 있는 하프 돔에 오래 머물며 기도하며 탐진치 貪瞋痴를 훌훌 털고 심신을 세탁하고 가야겠다고 다짐을 한다.

해는 산 너울에 어른거리고 갈 길은 멀다. 발걸음을 재촉하는데 가이드가 이곳만은 꼭 보고 가야 된다며 차에서 내리게 한다. '말꼬리 폭포Horsetail Fall'라는 곳이다. '불꽃 폭포'라고도 불리는데 해 질 무렵 햇볕에 반사되는 물길 모습이 붉은 말꼬리같이 멋있게 보인다고 해서 붙여졌다고도 한다. 하룻밤을 자고 갈 사람들인지 아니면 성격이 느긋한 사람들인지 많은 사람이 갈 생각을 하지 않고 폭포 아래에 몰려 있다. 하루 종일 비슷한 풍경에 지쳤다. 이제는 말 대가리고 꼬리고 간에 별 흥미가 나지 않는다. 석양의 말꼬리를 보지 말고 그냥 가자고 고집 피우고 계곡을 떠난다. 험준한 고개를 넘어 먼 샌프란시스코 시내로 돌아가는 우리는 아쉬운 작별을 할 수밖에 없었다.

서둘렀는데도 산중 속에 들어오니 초저녁에 벌써 밤중이 된다. 높은 산길은 아직 시작되지 않았다. 미리 저녁을 먹어 놓지 않으면 도중에 인가가 드물어 늦은 저녁이 된다고 한다. 가이드가 첩첩산중에서 어떤 길로 들어가니 신통하게도 식당이 있다.

창문 쪽을 보니 처량하게 생긴 청년 하나가 밖을 내다보고 있다가 손을 흔든다. 식당에는 피자 외에 선택할 메뉴가 별로 없다. 식사가 나올 동안 가게를 돌아보니 한 곳에 간단한 과자들이 놓여 있었다. 종류도 몇 가지 없을 뿐만 아니고 수량도 별로 없다. 아까 그 청년은 이 주전부리 과자 파는 게 그의 담당인 모양인지 다가와 그의 상품을 소개한다. 이 점원은 아르바이트생의 서툴러서인지 장애의 탓인지 말과 행동이 어색하다. 물건을 집어주고 담아주는 어설픈 동작에다 무언가 부자연스러운 표정이다. 다 팔아도 몇 푼 되지 않을 물건을 팔고 있는 산중 가게 청년의 꿈은 무엇일까? 이 게 그의 직업일까? 아니면 잠깐 가게를 돕는 아르바이트생일까? 저 사람 앞날은 어떻게 될까? 시간이 여러 날 흐른 지금까지도 그때의 측은지심惻隱之心을 버리지 못하고 있는 까닭은 무엇일까?

저녁 식사 후 드디어 차는 산 위로 올라가고 절벽을 도는 곡예 운전이 시작된다. 아래가 보이지 않으니 올 때보다는 덜 무섭다. 한참 진땀을 빼고 나니 산길이 끝난다. 드문드문 불빛이 보이는 서부의 대지를 차가 달린다. 안도의 가슴을 쓸어내린다. 난기류를 통과한 비행기를 탄 느낌이다. 가이드가 나의 지루함을 달래준다며 흘러간 미국영화의 주제가와 칸트리 송 그리고 우리나라의 가요를 틀어주고 간혹 노래도 불러 주었다. 고마운 마음에 차마 만류를 못 한다. 딴 사람들에 많은 폐를 끼치고 있어 좌불안석하며 노래에 억지 장단을 맞추고 있었다. 멀리 베이 브릿지의 등불이 보이기 시작했다. 고향의 그것처럼 정답게 느껴졌다. 왕복 10시간 넘게 태평양 해안 드라이브를 했다. 서부의 산야와 시골 풍경을 만끽하였고 높은 산을 넘고 계곡까지 가서 숲 체험을 하였다. 전환점인 요세미티 계곡에서는 영험이 있는 바위산과 아름다운 골짜기와 폭포. 그리고 거대한 나무숲을 만나 오랫동안 기억에 남을 추억의 여행을 하였다. 요세미티 계곡에 처음 들어서니 산과 물이 있었다. 그 속을 한참 돌아다니다 보니 산은 물에 잠겨 있었다. 계곡을 벗어나며 되돌아보니 산은 산이었고 물은 물이었다.

7. 스탠퍼드 대학교

지평선이 보이는 광활한 텍사스의 한 목장을 청춘 남녀 둘이 머리칼을 휘날리며 무개차無蓋車로 달리고 있다. '빅 베네딕트(록 허드슨)'가 막 시집온 아내 '레슬리(엘리자베스 테일러)'에게 5만 마리의 소를 가진 자신의 농장을 자랑삼아 구경시켜 주는 모습이다. 종마種馬를 사러 버지니아주에 갔다가 '린튼' 가의 아름다운 처녀 '레슬리'를 만나 결혼하고 집에 막 데려온 참이다. 새로 산 소들은 빅 베네딕의 개인 화물 기차에 싣고 왔다. 자동차로 종일 달려도 끝이 없이 넓은 목장. 서부영화 천재 작곡가 '드미트리 디옴킨'이 만든 '이곳이 바로 텍사스다This then is Texas'라는 주제가 영화 '자이언트'의 상징적인 이 장면을 관객들의 뇌리에 영원히 심어준다. 멕시코의 통치를 갓 벗어나 가난을 면치 못하던 땅 텍사스 주를 목장에서 석유까지 개발하여 거대한 부의 땅으로 전환 시킨 '글렌 멕카시'의 실제 삶을 영화화한 것이다.

중년의 두 부부가 샌프란시스코에 있는 8,180에이커에 달하는 거대한 그들의 말 목장을 차로 달리고 있다. 운전하고 있는 '릴런드 스탠포드'는 '란초 스탠퍼드'에 넓은 땅을 사서 '팔로 알코'라는 말 목장을 만들었다. 목장은 발전하여 범죄의 도시로 낙후 되어있던 인근의 '메일 필드'까지 전부 사서 목장 땅을 넓혔다. 사업은 발전했지만, 가정에 비극이 찾아온다. 16세 체 못된 외동아들이 장티푸스로 죽은 것이다. 비극을 이기기 위해 부부는 "캘리포니아의 젊은이들을 모두 우리의 자녀로 삼자"고 선언하고 자신의 목장에 학교를 만들기로 결심한다. 주위 사람들은 이 부부가 슬픔을 딛고 학교 만들 장소를 보러 다니는 희망의 모습을 자주 본다.

릴런트 스탠퍼드는 6년간의 준비 작업과 토목공사를 마친 뒤 1891년 10월 1일 아들의 이름인 '릴런드 스탠퍼드 주니어 (약칭 스탠퍼드 대학교)'라는 이름의 대학교를 개교한다. 이 학교의 애칭 '목장The farm'은 여기서 유래한 것이다. 학교의 건축과 조경은 뉴욕시의 센트럴 파크를 설계한 유명한 '프레더릭 로 옴스테드'에게 맡겼다. 그는 여느 대학의 틀에 박히고 진부한 캠퍼스의 모습을 떨쳐버리고 앞서가는 대학의 혼을 표현하기 위해 일생현명—生懸命의 힘을 기울인 덕에 캠퍼스는 예술적이며 신비한 공원 같은 분위기가 된다. 텍사스와 캘리포니아에 이런 멋있는 부부들이 있어 신생 미국은 위대한 나라가 된다.

샌프란시스코의 명물 중 하나는 미국 동부 '아이비 리그' 중 한 곳인 스탠퍼드 대학교다. 학교의 넓이가 여의도 4배나 된다. 마거리트Margurite라는 이름의 학교 버스가 다니는 교내 캠퍼스

노선만도 20개다. 그 학교를 한번 보아야겠다고 가족들과 함께 나섰다. 캠퍼스를 모두 돌아보려면 하루도 모자라겠다는 생각이 들었다. 시간 절약을 위해 계획을 잘 세우고 행동을 빠르게 하기로 마음을 다잡고 학교로 갔다. 볼 곳은 일단 캠퍼스의 중심에 가서 일정을 잡아보기로 했다. 학교 정문을 들어서니 '팜드라이브Palm drive'라는 이름의 진입로가 곧게 나 있었다. 길 양쪽으로는 생뚱맞게도 키 크고 멋있게 자란 야자나무들이 1마일 이상 길게 심어져 있었다. 열대 지방도 아닌 곳에서 야자수를 그것도 대학의 가로수로 심어 놓은 광경을 보니 소문대로 스탠포드는 일상적 인간들의 보편적 사고를 뛰어넘는 '이상한 나라의 엘리스' 같은 학교구나 하는 생각이 들었다. 서울대학이 관악산으로 이사 가기 전 법대와 문리대는 동숭동에 있었다. 그 대학로에 마로니에 나무가 심어져 있었는데 그 나무들은 '마로니 길'이라는 멋있는 이름에 비해 정작 나무는 별 볼 품이 없었다. 그나마 심어진 마로니에도 몇 그루 없는 허름한 짧은 가로수 길이었다. 그러나 나무 이름이 덕인지, 감미로운 박건의 노래 덕인지 하여간 당시 젊은이들에게는 누구나 그 길은 한번 가보고 싶어 하는 거리였다. 연세대학교에도 유명한 '백양로'라는 길이 있었다. 정문을 들어가면 길 양쪽으로 백양 나무들이 줄 서 있었다. 백양나무는 당시 가로수로는 흔하지 않는 나무였다. 나무의 흰 잎이 바람을 맞아 반짝이면 아름답게 보이긴 했지만 백양로도 그저 그런 밋밋한 길일 뿐이었는데도 실제보다 과하게 이름이 나 있었다. 스탠포드의 진입로 팜드라이브는 멋있었다. 마로니에길이나 백양로와는 질적으로 차이가 났다. 가로수인 야자수도 크고 잘생겼고 진입로도 길게 뻗어 있어 이 길 보는 것만으로도 구경이 될 정도였다.

　야자나무의 사열을 받으며 팜 드라이브의 끝에 다다르자 '메인 쿼드Main quad'라고 불리는 넓은 직사각형의 광장이 있었다. 이 광장 주위로는 38개의 2층 건물과 그 건물들을 서로 연결하는 회랑이 있었다. 그 많은 건물 중에도 미국식 건물은 한 채도 없었다. 모두가 로마네스크 양식과 스페인 식민지 시대 양식으로 지어진 예술적인 건물들이었다. 모든 건물의 벽은 고풍스러운 연황색으로 통일되어 있었고 지붕은 예쁘게 디자인이 된 붉은색 자료로 덮어 놓았다. 학교를 처음 지을 때 예술성을 고려해 건물마다 모양과 높이를 다르게 설계했고 일부러 산호세에서 옅은 노란색 사암을 채굴해 와서 건물의 재료로 썼다고 한다. 나중에 자료가 모자라자, 사암과 비슷한 노란색을 넣은 벽돌을 썼다고 한다. 그 후 콘크리트를 보강할 경우에도 페인트 칠을 그렇게 해서 초기 색깔을 유지한다고 한다.
　캠퍼스는 야자나무 외에도 구석구석 여러 종류의 기화요초琪花瑤草가 심어져 있었다. 식물원이라고 불러도 손색이 없는 조경이었다. 이 숲 같은 정원에는 조각 공원이 있는데 로댕의 작품들을 전시하고 있었다. 전부 복제품이기는 하지만 프랑스가 보증한 진품 대접을 받는 작품들이다. 조각 정원 외에도 메인 쿼드 입구, 도서관 등에 '지옥의 문', '생각하는 사람', '칼레의 시민' 등에도 로댕의 작품들이 놓여 있었다. 이런 고색창연하고 예술성이 높은 건축물과 체육관. 골프장 등을 갖춘 정원은 이곳이 대학 캠퍼스가 아니라 고급 리조트라는 기분이 들었다. 이 대학의 창의성과 진취성은 대학을 구성하는 인적요소 외 이런 건물과 예술품들의 영혼도 함께 스며든 결과일 것이다는 생각이 들었다.

 중앙 광장 한가운데는 '메모리얼 처치Memorial church'라는 이름의 큰 성당 모양의 건물이 자리를 잡고 있다. 이 건물은 천주교와는 관계없고 창립자인 스탠퍼드가 학생들의 영적 활동을 하라고 만든 상징적 건물이라고 한다. 건물 안을 들여다보니 이탈리아 장인이 정성껏 만들었다는 모자이크와 스테인드글라스가 방문객의 영혼을 평온하게 해주고 있다. 어떤 종교도 이곳에서 활동이 가능한 곳이라고 한다. 광장을 둘러쌓고 있는 건물 중의 한 곳으로 들어가 보니 벽 한가운데 이 학교의 휘장이 크게 그려져 있었다. 둥근 원 두 개로 되어있는 휘장의 바깥 큰 원에는 'LELAND STANFORD JUNIOR UNIVERSITY'이라는 교명과 1891이라는 창설 연대가 쓰여 있었고 안쪽의 작은 원에는 독일어로 'DIE LUFT DER FREIHEIT WEHT(자유의 바람이 불어온다)'라는 모토가 적혀 있었다. 왜 독일어로 적었을까? 이유를 알 수 없다. 서울대학교가 모토를 우리말로 쓰지 않고 'VERITAS LUX MEA(진리는 나의 빛)'라고 라틴어로 쓴 이유와 같은 것일까? 서울대학 것을 참고로 했는지 하버드대학교도 VERITAS(진리)라는 모토를 쓰고 예일대학교는 'LUX et VERITAS(빛과 진리)라는 라틴어를 모토로 쓴다. 미국대학들이 그들의 모토를 구태의연舊態依然하게 성경의 말씀을 라틴어로 옮겨 놓은 것인데 비해 역시 스텐포드는 고집스럽게 제 갈 길로 가는 모습 같아 박수를 보냈다.

저명졸업생들의 이름이 잔뜩 적힌 방이 있었다. 85명의 노벨상 수상자, 20명의 튜링상 수상자, 5명의 필즈상 수상자 이름이 있었다. 정관계에는 31대 대통령 허버트 후버, 35대 대통령 존 F 케네디, 영국 총리 리시 수낙, 제93대 일본 내각 총리 하토야마 유키오 등의 이름이 보였다. 경제계는 74명의 억만장자가 이름이 있었고 그중에서 내가 아는 유명 인사로는 나이키 창업자: 필 나이트, 전 마이크로소프 CEO : 스티브 발머, 유한양행 창업자: 유일한, 테슬라 창업자: 일론 머스크, 구글 창업자: 세르게이 브린, 제리 양, 야후 창업자: 데이비드 파일로, 인스타그램 창업자: 케빈 시스트롬, 넷플릭스 창업자: 리드 헤이스팅스 등의 이름이 있었다.

문화계의 낯익은 이름은 노벨문학상 수상자. 존 스타인 벡-, 이 작가가 이 학교 출신이라는 것이 믿기지 않는다. 앵커 테드 코플, 배우. 니콜라스 곤잘레스, 테드 댄슨, 리스 위더스푼, 폰 윈필드, 영화감독. 알렉산더 페인, 작곡가. 크리스토퍼 틴의 이름이 있었다.

한국인들의 명단에 내가 아는 사람으로는 김재익, 권도형, 진대제, 홍석현, 홍정욱, 유일한, 정기선, 오세정, 등이 눈에 띄였다. 그 이름들의 분포를 보니 역시 실리콘 벨리 창업의 배후 대학답다는 생각이 들었다.

학교 연혁沿革이 적혀 있는 방에 들어가 보았다. 철도왕으로 불리던 스탠퍼드는 개교 후 1920년까지 학생들에게 등록금을 받지 않고 학교를 운영했다고 한다. 지금은 경제적으로 형편이 좋은 학생에게는 수업료를 받는다. 그러나 부모의 연간 소득액이 100,000불 이하이면 등록금과 생활비를 전면 면제 해주고

150,000불 이하이면 등록금을 전액 면제 해준단다. 우리나라도 육영 사업하는 부자들도 없지 않았지만 등록금은 다 받았다. 역시 대륙 사람들은 가슴이 넓다. 창립 초기에는 장학금 운영이 어려웠겠지만 지금은 동문의 기부금이 넘쳐나 돈 쓰느라 정신이 없어 보인다.

  동문이 실리콘밸리를 만들었고 대학은 지금도 그 뿌리 노릇을 하고 있다. 졸업생들은 그곳을 중심으로 끊임없는 상품개발과 아이디어 창출로 억만장자들이 쏟아져 나오고 있다. 그 동문들이 모교에 무한한 기부를 하고 있다. 이 학교는 돈벼락을 맞고 산다. 한 예만 들어보자. 동문 중에 '존 아리야가John arrillaga'라는 부동산 재벌이 있는데 이 사람은 식당, 동쪽 체육관, 서쪽 체육관. 필드, 동창회관 아리야가라는 똑같은 이름을 붙인 건물 10여 개를 기부하는 바람에 학생들과 교직원들이 그 이름 때문에 약속 장소 정하기가 힘들다고 한다.

  교정은 넓고 방은 많다. 단순하게 구경만 하러 왔다가 나 같은 좀생원들로서는 상상도 안 되는 동화 같고 기이한 세계가 이 대학에서 실현되고 있는 모습을 본다. 미국에서 가장 들어가기 힘든 종합대학 2위이고 학생들이 그리는 꿈의 학교 순위에서는 1위라고 한다. 학교의 합격률은 5%가 되지 못한다. 2018년 하버드의 합격률이 4.6%, 스탠퍼드가 4.3%였다고 한다. 악명 높은 합격률 때문에 2019년부터는 합격률 발표를 하지 않는다고 한다. 꼭 알고 싶은 사람은 시험 1년 뒤 국립 교육통계센터에 알아보면 된다. 가난한 학생은 무료로 다닐 수 있는 이 대학에 어떻게 입학할 수 있었는가? 한 학생을 만나 입학한 요령을 물어보았다. 기본적으로 SAT, ACT 성적이 매우 높아야 한다고 했다. 다음으로 이 대학 특유의 입학사정관들을 평가 기준을 통과하여야 한다. 사정관들은 딴 대학과 달리 여러 사람이 한 지원자를 평가한다고 한다. 이들은 스탠퍼드 특유의 기준은 갖고 있는데 그것은 지원자가 이 대학에서 얼마나 많이 보고 듣고 배우고 싶어하는지의 '지적 열정Intellectual vitality'을 본다는 것이다. 다양한 전문가들이 그런 점을 세세하고 속 깊게 평가한다. 또 다른 한 가지 특징은 골고루 뛰어난 학생은 물론이고 그 외 과학, 수학, 언어 등 한 가지 분야에 특출한 재능을 보이면 그런 학생도 합격시킨다는 것이다.

입학 허가가 나면 학생들은 4월에 합격자 '주말Admit weekend'이란 체험을 한다. 4일 동안 기숙사에 머물며 매일밤마다 댄스 파티를 열며 새벽 3시까지 미친 듯이 놀게 해준다. 공짜 점심은 없다. 이 축하 파티는 학기가 시작되면 죽기 살기로 공부해야 하는 죽음의 시간에 대한 보상이라고 생각할 수 있겠다. 학생 대 교수진 비율이 4:1로 매우 낮은 데다 21명의 노벨상 받은 교수(2022년 말 기준)들이 공부를 가르치고 있으니, 학생들이 딴짓할 겨를이 없다. 매주 60시간의 숙제를 하는 것은 기본이고 컴퓨터 공학과 같은 자연계는 그보다 훨씬 더 많은 시간을 공부해야 된다.

'공부만 하고 놀지 않으며 아이가 바보가 된다(All work no play makes jack dull boy)'는 미국 속담이 있다. 10월 중순이 되면 '쿼드의 보름달Full moon on the quad' 행사가 열린다. 이날이 되면 학교 교정 한가운데 있는 직사각형 운동장인 메인 쿼드 Main quad에 7천 명의 학부생들이 술을 한껏 마시고 춤을 춘다. 자정이 되면 주변 사람들을 잡고 키스를 한다. 특히 '스텐포드 트리 마스코트'를 입은 학생은 10분 동안 600명 넘게 볼 키스를 한 적도 있다고 한다. 이렇게 한 번씩 기분 전환을 하고 또 죽도록 공부하는 것이 이 대학 풍습이란다.

아무리 똑똑하고 훌륭한 인재를 입학시켰어도 선생이 좋지 못하면 다 헛것이다. 그리고 졸업하고 먹고살지 못하면 대학의 존재의의가 없다. 학교 설립자 스탠퍼드가 죽자 학교 설립 초기의 이념도 희미해지고 후계자들의 추진 의지와 능력도 시들해져 갔다. 이런 학내 분위기에다 1906년에는 샌프란시스코에 대지진이 일어나 도시가 폐허가 된다. 엎친 데 덮친 격으로 2차 세계대전까지 겪게 되자 대학은 겨우 숨만 쉬며 버티고 있었다.

이런 절체절명의 시기에 '프레더릭 터먼Frederic emmons terman'이란 걸출한 인재가 나타났다. 본교 출신인 터먼은 모교에서 학사, 석사학위를 받고 MIT에서 박사학위를 받았다. 그 후 모교에서 공대 교수로 재직하다가 2차 세계대전 동안 하버드 대학에서 전파 기술 연구팀을 이끌고 있었다. 전쟁이 끝난 후 모교의 공대학장으로 다시 돌아왔다. 그는 외쳤다. "졸업생 너희들이 회사를 세워라! 학교가 도와준다." 터먼은 전쟁 중 하버드에서 쌓은 국방부 등 여러 인맥을 통해 막대한 연구비를 끌어오면서 졸업생들에게 벤처 붐을 이끌었다.

학교가 재탄생한 것이다. 1957년 학교 옆에 '페어차일드 반도체(나중에 인텔과 AMD의 모체가 된다)'가 설립되었다. 이것이 학교 주변에 실리콘밸리가 형성되는 시작이다. 실리콘 시대에 이어 구글의 인터넷 시대가 되면서 졸업생들의 활약도 가속이 붙는다. 구글, 야후, 시시코 시스템즈, 선 마이크로 시스템즈, H.P, VM ware, 나이키 등 세계적으로 유명한 회사들이 이렇게 시작된 기업이다. 학교의 위상도 점점 더 높아지기 시작했다. 성공한 동문의 기부금과 학생들이 재학 중 설립한 회사의 소유 지분이 학교로 엄청나게 쏟아져 들어온다. 미 동부의 콧대 높던 아이비리그 출신들도 고개를 숙였다. 빅테크 취업하고 I.T 기업 창업을 하려면 스탠퍼드대를 졸업하고 실리콘밸리로 가야 성공한다는 말을 정설로 받아들이기 시작했다.

며칠 전 신문(2024년 6월)에 "미국 캘리포니아주 팔로알토 에디슨가 367번지에 있는 허름한 차고를 주 정부가 실리콘밸리의 탄생지로 명명하고 사적으로 등록하였다."라는 기사가 났다. 1939년 스탠포드대 출신 윌리엄 휴렛과 데이비든 팩커드가 이곳에서 H.P(휴렛, 팩커드)를 창업한 역사를 기억하기 위해서다. H.P는 이런 보잘것없는 곳에서 외롭게 탄생하여 그 시작은 미미하였으나 세월이 지나면서 전 세계의 정보 기술 산업을 호령하는 창대한 업적을 이룩했다.

서점으로 들어갔다. 예상대로 이 층으로 된 굉장히 넓은 곳이었다. 책의 종류나 수량도 엄청나다. 쌓여 있는 책들은 바닷가에서 파도치는 바다를 보는 통쾌한 기분을 준다. 최신판 정신과나 심리학책 몇 권을 사볼 생각으로 인문학 코너로 갔다. 예상외로 그 방면 책들이 보이지 않는다. 정신 약물이나 정신분석학책들도 없었다. 넓은 서점을 그냥 빙빙 돌다 나왔다. 조사 기관의 보고서를 보니 이 학교 동문이 캘리포니아에 설립한 회사만도 18,000개라고 하며 총수입이 2.7조 달러라고 한다. 억만장자만 해도 74명이라고 한다. 학생들의 관심이 온통 실리콘밸리에 몰려 있으니, 의학이나 인문학에는 관심이 적은 모양이다. 자료집을 보니 이 대학의 의학전문대학원의 순위도 낮아 요즘 분발하고 있다고 되어있었다. 하긴 서점에서 책을 사야 공부를 할 수 있는 세상은 아니다. 60년대 새 학기가 되면 종로 1가에 있는 범문사에 가서 외국 교과서를 사서 보물단지처럼 안고 다니던 그때를 잊을 수 없다. 종이책을 가까이 두고 읽으며 줄 치고 보고 또 봐야 학문이 된다는 것이 나의 생각인데 뭔가 시대착오적 생각을 하고 있는지도 모르겠다.

짧은 시간이었지만 큰 충격을 받았고 많은 교훈을 얻고 스탠포드를 떠난다. 타이거 우즈가 한때 밟고 다녔던 넓고 푸른 골프장과 체육관. 그리고 실험실과 도서관. 예술 작품 같고 꿈속의 궁전 같은 강의실, 울창한 식물원과 리조트 같은 대학 캠퍼스. 배산임수背山臨水의 길지에서 큰 인물이 난다고 한다. 이 대학의 창설자와 그 협력자들의 앞서가는 숭고한 의지와 앞서가는 사고가 오늘날의 스탠포드 대학교를 세계의 대학을 만들었다. 신의 가호가 영원하기를 빈다.

8. 페블비치

아침 일찍 출발했는데도 8시간 이상 걸리는 건 거리를 온 탓에 이곳 벌써 오후의 해가 거물거리고 있다. 골프장만 보고 가기로 작정하고 온 탓에 처음부터 동네는 힐끗거리지도 않고 골프장으로 갔다. 골프 치는 사람치고 페블비치 골프장을 모르면 간첩이다. 오면서 잠깐 쉴 때 해변을 보니 온통 자갈밭이다. 모래는 없고 자갈도 둥글고 예쁜 것은 없다. 돌산을 깨어 철로에 까는 모난 돌들이 이 동네 해변의 자갈이었다. 우리나라 해변에 있는 아름다운 몽돌은 전혀 없었다. 손님들이 수십 팀이 있었다. 우리가 가기 전날 PGA 경기가 있었다. 골프는 못 쳐도 세계적인 선수들의 얼굴이라도 보고 싶었지만, 예사 재주로는 예약할 수가 없다. 주차 즉시 골프장으로 뛰어갔다. 눈앞에는 그렇게나 중계방송과 사진에서 보아왔던 그 풍경이 그대로 있었다. 바닷가 소나무 한 그루가 서 있는 마지막 홀 그린. 김홍도의 세한도와 비슷한 그림이다. 아직 해는 덜 빠진 탓에 여러 팀이 계속 18번 마지막 홀에서 경기를 마치고 잔디밭을 떠난다. 한참 뒤에 뒤를 돌아본다. 커다란 클럽 하우스가 있었다. 식당은 안에도 있건만 바깥 좌석이 꽉 차도록 남녀노소 손님들이 앉아서 자갈을 달구어 고기를 구워 먹는다. 모두들 얼굴과 옷차림에서 귀티가 난다. 웃으면서 술잔을 부딪치며 합창하듯 웃고 떠든다. 부럽다, 은근히 질투가 난다.

클럽 하우스 옆은 어제 경기하면서 남겨둔 마지막 홀의 계단식 관중석을 철거하느라 인부들이 정신없이 바쁘다. 아마 해가 지기 전에 일을 마치려고 서두르는 것 같았다. 계단의 나무판과 철판을 뜯든 사람, 철거한 자재를 어깨에 메고 차에 가서 싣는 사람. 설치와 철거 전문가들처럼 보였다. 어느 나라처럼 뒷짐 지고 서서 잔소리하는 사람, 한쪽 귀퉁이에 서서 담배를 피며 교통 정리하는 사람. 아무도 없다. 개미처럼 말없이 모두가 일 만 한다. 우리나라에 처음으로 아파트라는 주거 공간을 지을 때 이야기다. 도배하는 사람. 타일 박는 사람. 이삿짐 옮기는 사람들이 아파트 방이나 마루에 작은 상처를 많이 내었다. 질투가 나서다. 페블비치 계단 의자 철거하는 사람들이 괜히 큰소리로 동료에게 말하거나 합판을 소리나게 던지지 않더라. 못을 빼고 덮힌 천을 걷어도 먼지 하난 날리지 않게 일하더라. 불고기 먹고 술 마시는 인간들은 저희만 있는 양 웃고 즐기고 시설철거 작업하는 사람들은 관람 계단만 있는 것처럼 조용하게 일하고 있었다.

9. 홈리스와 뽕쟁이들

60년대는 세계적으로 혼란기, 파리, 동경, 월남전, 반전파, 히피, 어느 한 나라의 흐름만이 아니다. 동성애, 거지 미국의 패전, 모택동의 홍위병 등, 샌프란시스코는 옛날에는 예바브웨이나 Yerba Buena라고 불리던 인구 800명 남짓한 어촌이었다. 1849년 이 도시 부근에서 금광이 발견되자 소위 '포티나이너(49)'라고 불리던 보물 수색자들이 온 나라에서 다 모여들었다. 인구는 단숨에 25,000명을 넘어서게 되었다. 도시 이름도 멋있게 샌프란시스코로 바꾸었다. 우리나라에서 로스엔젤레스를 나성羅城이라고 부를 때 이곳은 상항桑港으로 불렀다. 이 무렵을 시작으로 백인들은 물론 중국, 필리핀, 베트남 등 아시아계 사람들과 아프리카계 미국인, 히스패닉 등 온갖 인종들도 다 모여들었다. 2차 세계대전이 끝나자, 히피 반문화와 함께 자유를 원하는 사람, 전후 군인들, 대규모 이만자가 뒤 섞여 성 혁명, 평화운동, 베트남 전쟁 개입 반대운동, 사랑의 여름, 성소수자 권익수호 운동 등으로 센프란시스코는 미국 자유 운동의 중심지로 굳어졌다.

아침에 차타고 가는데 풀 냄새가 차창으로 들어온다. 마리화나 냄새라고 아들이 설명한다. 여기서는 합법이라고 하니 어리둥절해진다. 유신 시절 마리화나 했다고 연예인들이 강제로 서울시립정신병원에 입원당하고 그들의 활동을 영구 정지했던 기억이 난다. 조금 더 가니 하늘을 향해 뭐라고 고함지르며 길을 가는 정신병인지 마약 환자인지 모를 거지가 보인다. 모처럼 미국으로 휴가를 와서 쉬는데 나의 정신병동 환자를 다시 보는 것 같아 쓴웃음이 나온다. 주차할 때마다 아들이 여기는 가방을 들고 내려야 된다. 여기는 그냥 두어도 된다고 주의를 준다. 도둑들이 차창을 깨고 짐을 들고 간다고 한다. 경찰관에게 신고를 해도 100만 원 이하 절도는 훈계방면 해준다고 한다. 유치장 문을 깨도 경찰관이 '우리도 그런데 웬만하면 그냥 가쇼' 하고 한단다.

샌프란시스코 산에는 나무가 없다. 년 평균 온도가 8~22℃

인데, 봄, 여름, 가을에는 비가 오지 않고 겨울에 조금 온다고 한다. 사막과 같은 환경이어서 산에 나무가 못산다. 가끔 보이는 나무는 일부러 관리해서 키운 것이라고 한다. 이런 조건이 거지에게는 최고의 환경이다. 전체 인구의 5%가 거지 노릇하고 산다고 하며 어디서 분위기 흐리고 있어도 함부로 이주를 못 시키게 법으로 정해주고 연금 카드도 준다고 한다. 돈이 더 필요한 사람은 도둑질하면 된다. 보통 3,000만 원 이상이 되어야 절도 피해 신고를 할 수 있다고 한다. 마약도 더 독한 것들이 개발되어 요즘은 팬타릴을 많이 쓴다고 한다. 우리나라에도 들어 왔다는 이야기를 들었다. 극단적인 진보주의자, 자유주의자가 이런 거지와 마약중독자를 양산했다는 생각이 들었다. 오르락내리락 산악도시에 푸른 바다가 휘감고 있어 그림 같은 도시에다 각양각색의 인종들 참 멋있는 곳이다. 그러나 과유불급으로 지나친 자유와 인권 주의는 인간을 이렇게 더럽게 타락시키고 아름다운 도시마저 소돔과 고모라로 돌아가게 하는 현장을 보았다. 우리나라의 장래가 이럴 것이다.

10. 무장 경비원

샌프란시스코의 유니언 스퀘어는 백화점과 기념품 그리고 고급 물건을 팔고 있는 가계가 즐비하고 건물들 역시 구라파풍 고전미가 흘러넘치는 우아한 모습이다. 유리창 넘어 보이는 많은 명품들이 진열대에 그득하여 비록 내 것은 아닐지언정 마음이 푸근했다. 그러나 그 마음은 오래지 않아 달라지기 시작한다. 모든 가계의 문 앞에는 무장한 경비원들이 서 있었다. 한 명은 마땅하고 어느 가게는 둘도 서 있었다. 어떤 가게는 경찰관이 안에서 왔다 갔다 하기도 했다. 도둑도 아닌데, 그곳에 들어가기가 겁났다. 하긴 우리나라의 명품가게는 권총 찬 경비원이 없어도 들어가기가 두렵긴 하다. 한 참 다니다 보니 이제는 그 안의 물건에는 관심이 없고 밖에 서 있는 경비원만 보였다. 대부분 슬픈 표정 혹은 멍청한 표정들이다. 다리가 아파서일까? 마음이 아파서일까? 손님이 드나들 때 작은 미소라도 지웠으면 좋으련만 언덕에 자리 잡은 그 골목에서 저 멀리 내려다보이는 바다를 멍하게 보고 있었다. 어떤 가게 앞을 지나다 보니 웃고 있는 경비원을 만났다. 두 사람의 흑인이었다. 덩치도 큰 두 사람이 지금 그 자리가 재미있는 놀이터처럼 서로 웃으며 크게 이야기하고 있었다. 이제는 웃는 모습이 더 가슴 아팠다. 무슨 좋은 일. 재미있는 일을 한다고 저리 천진스럽게 웃는 걸까? 얼마 전 이 동네 샤넬 가게에 강도가 들어 물건을 뺏어갔다고 한다. 다행히 사상자는 없었다고 한다. 저 경비원들은 먹고 살기 위해 목숨을 걸고 서 있다. 가끔 가게 옆길에는 마약에 취했는지 굶어서 기운이 없어선지 거지가 자고 있다. 때로는 악기를 연주하고 있는데 구걸하는 것인지 예술을 하는 행위인지 모르겠지만 내 마음은 점점 슬퍼지고 있었다. 언덕길 상점가에 노면 전차는 바삐 다니고 앞바다에는 그 악명 높았던 교도소 알카트라즈가 내려다보인다. 이 가게에서 강도질하면 저기 갔겠지. 살인강도는 저도 그곳에서 죽었겠지, 부질없는 연상을 하며 명품의 거리를 빠져나왔다. 주차장에 오니 다행히 차의 유리를 깨어지지 않고 있었다. 미국에서 10대 다시 가지 말아야 할 도시가 있다고 하는 데, 그중에 태평양 연안의 세 도시가 포함된다. 로스엔젤레스, 샌프란시스코 그리고 시애틀이다. 고색창연한 건물과 거리 그리고 아름다운 자연을 가진 도시가 왜 이런 오명을 쓰고 있는 걸까? 이 도시를 천천히 다녀보면 쉽게 그 해답을 얻을 수 있을 것이다.

11. 알카트라즈Alcatraz 연방 교도소

알카트라즈(스페인어도 팰리칸) 섬에 있던 유명한 교도소다. 좋은 쪽으로 이름있는 곳이 아니고 재소자의 권리보장 및 후생복지와 생존보장이 최악이었고 탈옥이 불가능한 곳으로 유명했다. 샌프란시스코 바다를 어슬렁거리다 보면 육지에서 바로 2Km 앞에 그 교도소가 보여 저절로 흥미가 간다. 1963년 문을 닫아 현재는 텅 비어있지만, 관광객을 태운 배들은 계속 이어지고 있다. 원래 이 섬에는 아메리카 인디언들이 살던 곳이다. 1849년 금광이 발견되어 온갖 인간들이 모여들어 범죄자가 늘어나자, 육군기지에서 육군교도소로 쓰다가 민간인 죄수들을 수감하는 곳이 되었다고 한다. 인권 운동가들이 하도 입방아를 찢어대고 또한 정부도 유지비가 너무 들어 문을 닫게 되었는데 6년 후 모호크족 출신 리처드 오크스와 쇼쇼니 족 출신 라나다 베르나가 이곳을 해방구로 지정해서 다시 유명 해졌다. 한동안 야단법석을 하다 현재는 관광지가 되어있다. 탈옥을 못 하는 곳이라고 하나 실제로는 14차례 탈옥 기록이 있고 5명은 찾지 못했으니, 그들은 성공했다고 볼 수도 있겠다. 인디언들의 땅이었다가 군인들의 교도소에서 다시 포티나이너들의 교도소 그리고 현재는 관광지인 알카트라즈 연방 교도소 관광객들을 실은 배들은 쉬지 않고 섬을 향한다. 온갖 멋있는 루머가 얽힌 곳이라고 생각해서 그런지 바다에만 가면 그 섬을 유심히 보게 되고 섬과 교도소 건물이 조화를 이루어 중세 유럽의 유명 성곽을 떠오르게 한다. 좀 더 세월이 흐르면 훌륭한 문학 작가가 이곳을 소재로 뭔가 화끈한 작품을 탄생시킬 것 같다는 생각이 들었다.

12. 바다사자 Sealions

아들이 바다사자를 보러 가자고 한다. 안 간다고 했다. 물개나 물코끼리, 물범, 바다사자, 해달 이런 종류들 별로 보고 싶지 않다. 모양이 예쁘나 행동이 우아하나 볼 마음이 없다고 하자. 어차피 시내에 나와 있고 곧 점심때가 되고 있으니 거기서 밥을 먹자고 한다. 샌프란시스코의 북쪽 해안, 이곳에는 19세기에 어부들이 그들이 잡아 온 물고기를 팔던 곳이라고 한다. 그래서 지금도 어부들의 해안(피셔맨스 워프, Fisherman's Wharf)이라고 한다. 그중에 부두 39가 특히 유명(피어, Pier 39)하다. 부두에는 지역별로 33, 39, 41, 43, 45라고 번호가 정해져 있는데 39번 쪽 앞바다에는 바다사자들이 올라와서 놀고 있고 거리에는 상점, 식당, 위락시설이 잘 갖추어져 있어 관광객들은 물론 현지인도 놀러 많이 온다고 했다. 이 항구에서는 금문교 쪽의 소살리토 Sausalito와 앨카트라즈 Alcatraz 가는 연락선이 있어 사람들이 많이 모인다. 어떤 이는 자전거를 빌려 그곳에 가서 타고 놀다 온다고 한다. 미국인들다운 행동이다. 사람들이 만들어 논 큰 판자 마루에 큰 커다란 물개처럼 생긴 20마리 정도의 바다사자들이 엎드려 자고 있다. 사람들은 무슨 신기한 구경거리라도 되는 듯 웃고 떠들고 사진을 찍는다. 식당에 들어가 해물 요리를 시켰다. 돈은 비쌌지만, 양이 푸짐하고 맛이 있었다. 그외 딴 요리도 시켰지만 이름도 모르고 맛도 모르는 정말 미국 음식 맛이다. 안 그래도 이상한 미국 음식을 먹으랴 고생하는 판에 역시 허기를 달래기 위해 그냥 먹었다. 만약에 이곳으로 귀양을 왔더라면 큰일 날 **뻔**했다고 혼자 웃는다. 이곳에 젊은 관광객이나 어린이들은 마냥 즐거운 표정이다. 검푸른 태평양에서 좀처럼 보기 힘든 바다사자를 보고 혹은 배를 타고 놀이기구를 타며 맛있는 음식을 먹으니 좋을 수밖에 없을 것이다.

제 5 화

세렝게티의 밤

나는 예술회관에 근무하고 있다. 비정규직 잡역부에 지나지 않으므로 근무한다는 말보다는 일한다는 말이 어울릴 것 같다. 자존심 강한 내 조수는 자신을 시청에 근무한다고 한다. 시청이 예술회관의 상급 기관이므로 거짓말하는 것은 아니다. 어떤 사람이 시청 어느 부서에 근무하느냐고 더 물으면 그는 안타깝게도 예술계 쪽 일을 한다고 한다. 가학적 인간이 이런 식으로 꼬치꼬치 물어도 절대 잡역부라던가 청소부라고 말하지 않는다. 하긴 깔보기로 작정하고 자꾸 묻는데 뭐 하려고 있는 그대로 대답하냐? 그 건 정직도 아니고 바보스러운 자해적 행동이긴 하다. 우리는 직원들 출근 전에 마당을 깨끗이 쓴 뒤 홀과 화장실 그리고 사무실 청소를 마친다. 오전 중에는 이렇게 극장 내부를 청소하고 오후에는 장비 고장 수리나 기계 보수를 하러 다닌다. 천정에 올라가 배선을 손볼 때면 겨울은 손만 시리지만 여름에는 열사병으로 순직할 것 같다. 힘들어하면 내 조수는 "형님도 인제는 끝났어"하고 놀린다. 아들뻘 되는 놈이 형님이라고 부르지만, 화를 내지 않는다. 우리는 그런 관계였기 때문이다.

이날은 바쁜 날이다. 가을맞이 국제 뮤지컬 축제의 개막식과 첫 공연이 있기 때문이다. 관장님이 여러 기관의 높은 분들과 국내 외 언론사에서 취재하러 오니 환경 미화에 각별히 신경 쓰고 깍듯한 환영의 태도를 보이라고 분부하셨다. 오후에 광장 광고탑에 기념 휘장을 달고 있는데 서양 사람들의 차들이 들이닥쳤다. 그 선발대들은 며칠 전부터 극장에 와서 무대장치를 하고 있다. 이제는 극단의 높은 사람들과 배우들이 오는 모양이었다. 검은색의 커다란 리무진이 먼저 오고 그 뒤로 버스가 두 대가 따라 도착했다. 재빨리 뛰어가 크게 허리 굽혀 절하며 승용차의 문을 정중히 열자, 털북숭이의 큰 사내가 내렸다. 칼같은 차렷 자세로 "멸공"하며 거수경례를 했다. 거인이 다가왔다.

"군대를 갔다 왔냐고 물어요" 통역사가 말했다. 접대 동작이 그 고위층에게 흡족했던 모양이다. 거수경례나 허리 굽혀 절하기 등의 아부 동작은 조직 생활할 때 밤낮으로 수없이 반복했<u>으므로</u> 예술적으로 할 수 있는 일이다.

"암요. 해병대 출신이지요." 방위병 출신이지만 거짓말을 했다. 그러자 그 사내가 나를 덥석 끌어안으며 뭐라고 큰소리쳤다.

힘센 사나이다. 품에 안기니 숨이 콱 막힌다.

"단장님도 미국 해병대 수색대 출신이래요. 직원님과 같은 출신이라 반갑다고 합니다"

소싯적 중 생활을 했다. 다른 사람들이 득도得道는 언제 했느냐?, 스님은 언제 되었느냐?, 물으면 동진출가童眞出家(어릴 때 출가) 했다고 얼버무린다. 술주정뱅이 아버지가 엄마가 도망가자 나를 절간 문밖에 버리고 갔다. 그래서 어릴 때부터 절에서 살게 되었지, 출가한 것은 아니다. 신도 할머니들은 행자行者(인턴 스님)님이 불렀지만, 나는 절간의 머슴일 뿐이었다. 원주院主 스님(절간 살림살이 총괄 스님)이 조직에 넣어 주지 않아 불도 닦기와는 전혀 관계가 없는 일을 했다. 추운 겨울날 오후 울면서 아버지를 뒤를 따라가다 넘어졌다. 아버지는 뒤도 돌아보지 않고 빠른 걸음으로 산속을 벗어나 버렸다. 수십 년이 지났는데도 버려지던 그때 광경은 아직 잊히지 않는다. 이날부터 나는 세렝게티의 맹수들의 먹이 노릇을 하게 된 것이다.

스님들이 아침 예불을 할 때면 공양주 보살님과 행자 한 사람과 함께 아침 식사를 준비한다. 사이 시간에 부뚜막에 앉아 보살님과 함께 밥을 먹고 또 밥을 짓는다. 사시마지巳時摩旨(10시경 부처님께 올리는 식사)를 위해서다. 엉덩이를 땅바닥에 붙일 겨를이 없다.

"옛날 중국에 혜능惠能이라는 유명한 스님이 있었어"
봉급도 받지 못하고 중도 아닌 내가 불쌍했는지 '하버드 대학'을 나온 스님이 가끔 불러 앉혀놓고 이런저런 옛이야기를 해준다. 내 보기에 이 스님도 제 길을 옳게 가는 것 같지 않다. 불경을 잘 읽지도 않고 예불에 잘 참석하지 않았다. 문학 전집이나 철학책 그리고 예술 쪽의 책들을 주로 보고 있었다. '어린 왕자'를 읽는 스님이라며 소문이 나자 전국에서 젊은 여자들이 몰려오고 있다. 기자들도 자주 오고 방송에도 스님이 출연하고 수필집도 여러 권 출간했다.

"그 스님도 너처럼 절간에서 방아 찧고 밥하고 설거지하는 일을 했지. 글씨를 모르니까 불경은 읽지도 못하고 머슴살이만 했어. 그러고도 큰 스님이 되었지" 격려의 말인 것 같았는데 짜증이 난다.

"그럼 넌 왜 불교 공부 안 해?"라고 묻고 싶었다. 하지만 아무 말도 하지 않았다.

어느 날 '하버드 스님'이 날 보고 "야. 가자."고 했다. "어디로요?"하고 묻자 절 뒷산에 있는 암자로 간다고 했다. 당나귀처럼 한 짐을 등에 가득 지고 스님의 뒤를 따랐다. 그 후 산중 암자에서 산 지 7년이나 되었다. 스님은 법당에 가부좌跏趺坐 틀고 들어앉아 있다가 다리가 아프면 뒷산에 올라가 태극권 연습을 했다. 하루, 세끼 밥상을 차려 스님에게 올린다. 반찬 투정이 심해 큰 절에서 큰 스님들이 먹는 비싼 반찬을 공양주 몰래 훔쳐 와서 밥상에 올렸다. 설거지 그릇과 빨랫감을 갖고 나와 개울물에 씻었다. 한 달에 한 번씩 변소를 쳤다. 오물을 통으로 옮겨 절에서 먼 곳에 파둔 구덩이에 갖다 버렸다. 스님은 오물을 자주 안 친다고 화를 낸다. 그의 불평은 여러 가지다. 여름에는 덥다. 겨울에는 춥다고 난리를 친다. 나는 큰 절과 암자를 오가며 양식과 반찬거리, 입을 옷과 일상 생활용품을 지게로 져 나른다. 겨울에는 나무해서 군불을 때고 스님 목욕물 덥히느라 생 땀이 난다.

봉급도 없는 이 생활 머지않아 도망가야겠다고 생각하고 있다. 이 기미를 눈치챘는지 스님은 짬짬이 나에게 불교의 기본 교리를 강의해 주었다. 몇 달 배우고 나니 엔간한 신자들 만나도 뻥을 칠 수 있을 정도가 되었다. 작은 절을 하나 경영해 볼 자신도 섰다. 큰 절에 내려가면 원주 스님은 공연히 죄 없는 나에게 찡그린 얼굴을 하며 불평한다, 한 사람이 저렇게 암자에 들어앉으면 그 뒷바라지를 하자면 대략 이삼십여 명의 노동력과 경비가 필요하게 된다고 투덜거린다. 그 말 나도 동감이다. 중이란 모여 산다는 뜻인데 모여 도를 닦지 않고 왜 혼자 튀는 행동을 하는 걸까? 행주좌와(行住坐臥, 움직이고, 머물고, 앉고, 눕는다) 관계없이 아무 곳에서 도를 닦으면 된다고 하버드 스님이 늘 하던 말이다.

큰 절에 살 때 하버드 스님에게 물었다. "텔레비전을 보니 아프리카 탄자니아에 세렝게티라는 넓은 초원이 있더군요. 여기에는 많은 동물이 떼거리로 살던데요. 이상했습니다. 사자, 표범, 치타들은 맨날 놀며 자다가 배고프면 가젤, 누, 영양 등 죄 없는 짐승들을 잡아먹고 살아요. 부처님은 만물이 다 하나라면서 어떤 놈은 잡아먹고 어떤 놈은 잡혀먹혀야 됩니까?"
"이놈아, 그래서 너는 아직 어리석은 중생이란 말이다. 밥이 되는 놈은 전생에 죄를 많이 지어서 그런 거야? 업보가 남아서 그런 거야. 빨리 잡아먹혀 죽고 환생하는 것이 오히려 행복한 일이지," 듣고 보니 무섭다. 전생의 악업은 이승의 생명과 관계가 된다니 말이다.

산길을 오르내리노라면 여름에는 더위 먹어 눈앞이 컴컴하고 머리가 어지럽다. 겨울에는 미끄러져서 손목 삐고 발목 접지른다. '업보가 아직 덜 풀려 이 고생한다'라며 스스로 달래며 참고 살았다. 그런 생활이 몇 해 계속되었다. '빨리 스님이 부처가 되어야 된다. 그래야 나도 해방이 될 수가 있다'라는 생각이 들어 가끔은 스님이 놋부처가 되었나 싶어 목욕시킬 등을 밀며 살을 만져 꼬집어본다. 아직은 사람이다. '하긴 스님이 부처가 된들 나와 무슨 상관이람. 아버지도 날 버렸는데 저 스님인들 무엇이 다를까? 다 업보 탓이라는데 나는 세렝게티 초원의 사자 먹이인 한 마리 가젤일 뿐이야.'

언제부터 인가 사람들이 암자로 몰려들기 시작했다. 스님은 아무도 만나주지 않았다. 그럴수록 사람들은 더 모여들었다. 사람들은 사자만 찾지 가젤에게는 아무도 관심이 없었다. 초원을 벗어나 산 아래로 도망가기로 결심했다. 어느 날 기자들이 몰려와서 스님과 면담을 요청했지만 역시 허탕을 쳤다. 그들은 나에게 질문을 했다.

"스님은 주무시지 않나요? 공양은 어떻게 하나요? 외출은 하지 않나요? 신도들도 만나지 않나요?" 등등 질문들이 많았다.

"스님은 잠은커녕 눈감은 적도 없습니다. 묵언默言을 하셔서 소승과도 지금 몇 년째 말을 섞어본 일이 없습니다. 산에 오시고는 7년째 장좌불와長坐不臥 하시고 동구불출洞口不出은 물론이고 암자 문밖조차 나가신 적이 없답니다."

"일상생활을 말씀 해주세요."
"공양은 저녁에 하루 한 끼만 하십니다. 화식火食은 하지 않으시고 말린 소나무잎 가루 두 숟가락, 검은콩 졸인 것 한 종지, 그리고 썰어낸 오이 석 장입니다. 음료수는 밤새 받아 논 이슬입니다."

"화두話頭는요?"
"처음에는 마삼근麻三斤(삼베 서근)이었습니다. 진작에 의단(疑團, 의문 덩어리)을 타파하고 다음에는 조사서래의祖師西來意(달마가 서쪽에서 온 까닭), 정전백수자庭前柏樹子(뜰 앞의 측백나무) 등을 차례로 깨부수고 향상구向上句로 올라섰지요. 지금은 남전참묘南泉斬猫를 들고 계십니다."

모순되는 말을 하고 있음을 안다. 서로 대화를 하지 않았다며 참선의 과정을 어떻게 이렇게 잘 알까? 그러나 기자는 그런 내용을 말이 되게 만드는 기술을 가진 사람들이다. 하긴 그냥 고치지 않고 기사를 내도 무지한 대중들은 이미 스님을 존경하고 있으므로 무슨 말에든 감동한다.

"앞으로 스님도 위대한 큰 스님의 길을 따르시는 거지요?"

"아뇨. 소승은 갈 길이 따로 있어요. 큰 스님처럼 수행해야 부처가 된다면 '우리가 이미 부처'라고 말한 석가모니 부처님은 거짓말쟁이가 됩니다. 저렇게 남에게 폐를 끼치며 각자覺者가 될 생각은 없습니다. 오늘 기자님들과 함께 시중으로 돌아갈 생각입니다"

큰 스님의 기자 회견이 엉뚱하게 나의 하산 기념 회견으로 변질되어 버렸다. 하산했다. 몇 년을 노력했지만, 세속 생활에 적응하지 못해 향촌동파가 되었다. 이 건달의 세계의 세렝게티는 혹독하고 가혹한 계급의 세계였다. 한눈팔다 보면 바로 남의 밥이 된다. 먹이 사슬의 꼭짓점에 있는 맹수는 두목이라고 부른다. 이 맹수는 눈을 쳐다보기만 해도 징벌을 받게 된다. 대개는 얻어맞지만, 의리를 지키지 않거나 배신하면 땅에 묻히거나 불구가 되어 퇴출 된다. 두목의 선배급이나 기업가, 정치인들 즉 표범이나 치타들은 고문 혹은 대표라고 하는데 이들은 조직을 후원 해주거나 상부상조하면서 조언을 해주는 역할을 한다. 부두목이 있으면 부사장이라고 불렀다. 그 아래 고위 간부는 보통 이사라고 한다. 다음으로 조직 휘하의 작은 소조직을 이끌면서 두목과 주요 간부들의 수족 역할을 하는 중간보스는 부장이라고 부른다. 행동대장은 과장이라고 부르고 주요 간부들의 지시를 받고 행동대를 이끄는 역할을 한다. 그의 아래는 대리라고 불리는 행동대원이 있는데 이들은 조직원들로 조직을 위한 각종 일을 하며 주요 간부들의 수행비서나 운전기사를 하기도 한다. 맨 아래는 수습 대원이 있다. 이들은 인턴이라고 부르는데 정규 조직원이 될 수 있을지, 찍어서 간을 보는 막내급 조직원들이다.

나는 별 특기가 없어 매일 밤 향촌동의 가게를 돌며 수금하는 일을 했다. 조직에서 경비를 줄이기 위해 조직원들의 부업을 묵인해 준다. 자갈마당서 웃음 파는 영자와 동거하며 '해월동자'라는 간판을 붙이고 작명도 하고 날도 받아주고 점도 쳤다. 점의 결과가 나쁜 경우는 부적도 써주며 돈을 벌었다. 돈을 좀 모았다. 부장인 딱부리 형은 수금 액수가 적은 날은 돈을 삥땅했다는 죄로 무조건 몽둥이로 두들겨 팼다. 수금한 돈이 부족할 때는 내 돈을 보태서 상납하기도 했다.

현재의 내 조수는 당시 행동 대원이었다. 고등학교 씨름선수였는데 경기 성적이 좋지 않아 운동을 계속하지 못하고 졸업했다. 그 후 막노동하다가 우리 공장에 들어왔다. 이놈은 머리가 나쁘고 성질이 급해 일이 꼬일 때는 해결할 생각은 않고 걸핏하면 상대를 두들겨 팬다. 아무리 주먹의 세계라도 이런 행동은 존중받지 못한다. 어느 날 화난 일이 생겨 술을 마시고 수킹을 나가지 않았다. 동거하던 영자가 조금 모아둔 돈과 패물을 갖고 도망을 갔기 때문이다. 바 '황금 마차'에서 술을 마시고 있는데 딱부리가 나타났다. "이 씨발놈아, 똥치가 도망갔다고 일하지 않는 놈이 어디 있어? 돈 다 떼어먹고 핑계 좋다."라고 하며 딱부리가 몽둥이로 후려갈겼다. 매질하다 보니 신이 났는지 사무실로 끌고 가서 더 심하게 몽둥이를 휘둘렀다. 우연히 사무실에 들어오던 조수가 이 광경을 보고 무조건 딱부리를 한주먹에 때려눕혔다. 이 사건으로 조수와 나는 손가락 하나씩 잘리고 조직에서 쫓겨났다. 양푼이 형님은 조수와 나에게 마지막 자비를 베풀어 예술회관에 취업시켜 주었다.

공연을 마치면 할 일이 태산 같다. 극 중에 쓰인 장식물들이 쓰레기가 되어 널부러져 있다. 극 중 쓰인 횃불의 남은 그 검댕이가 무대에 굴러다닌다. 공연 중간이나 끝에는 분위기를 띄운다고 천정에서 색종이와 테이프들이 무더기로 쏟아 내린다. 관객들이 꽃다발을 무대로 던지기도 한다. 횃불, 장식물, 꽃다발, 색종이는 이런 무대의 소품들은 배우들에게는 최고의 선물이며 그들의 노력의 열매일 것이다. 음악과 함께 이것들이 무대에 뿌려질 때 배우들은 물론이거니와 관객들 또한 흥분하고 황홀해한다. 그러나 이것들의 수량이 늘어날 때마다 초원의 가젤인 조수와 나는 언제 저 쓰레기를 다 치우고 집에 가나 한숨만 쉬고 있다. 밖에서 뮤지컬 극단 단장 차를 닦고 있는데 조수가 황급히 뛰어와 무대에서 부른다며 팔을 당겼다. 이름을 불린다는 것은 항상 좋지 않은 일 발생의 전단계였다. 필시 무대에 뭔가 일이 터진 모양이다. 밝은 데서 갑자기 극장 안으로 들어가니 앞이 안 보였다. 이끄는 데로 가니 무대 위였다.

"오늘은 아시다시피 개막식과 기념 뮤지컬 초연이 있는 뜻깊은 날인데 극단 단장님이 기분이 너무 좋은 일이 있으시다며 우리 극장 직원 한 분을 무대로 초대하셨습니다." 사회자가 청중에게 소개말을 했다.

"저는 자랑스러운 미국의 해병대 출신입니다. 오늘 극장 앞에서 진짜 남자다운 사람을 만났습니다. 알고 보니 그분 역시 대한민국의 해병 출신이었습니다."

인사말을 마친 뒤 마이크를 나에게 주었다. 난생, 처음 이 극장 무대에서 관객들에게 인사를 하였고 이어 단장이 인사말을 계속했다.

"오늘 공연의 마지막은 저의 해병 전우에게 한국 해병대 군가를 부탁드리는 것으로 끝맺겠습니다"

관중들의 박수가 터져 나왔다. 머릿속이 하애졌다. 해병대 군가는 아는 게 없다. 무대 구석을 보니 감독님이 손가락으로 입을 가리키는 모습이 보인다. 노래 부르라는 신호인 듯했다.

어쩔 수 없다. 조직 생활할 때 건달들끼리 노래방 가서 자주 부르던 '해병 곤조가'를 시작했다.

"흘러가는 물결 그늘 아래 편지를 쓰고요. 흘러가는 물결 그늘 아래 춤을 춥니다. 처녀 열아홉 살 아름다운 꿈속의 아이러브유. 라이 라이 라이 라이 차차차. 라이 라이 라이 차차차. 당신만이 그리워서 키스를 합니다"

노래를 부르며 무대 구석을 보니 일그러진 얼굴을 한 감독님이 손으로 목을 자르는 시늉을 하며 빨리 내려오라고 길길이 날뛰고 있었다. 어차피 이 극장도 오늘이 마지막이다. 자신 있게 노래나 부르고 가기로 했다. 노래가 계속되자 악단에서 작은 북으로 리듬을 맞추어 주었다. "오늘을 어디 가서 깽판을 놓고. 내일은 어디 가서 신세를 지나. 우리는 해병대 R.O.K.M.C. 헤이 빠빠리빠 헤이 빠빠리빠. 때리고 부시고 마시고 조져라. 헤이 빠빠리빠 헤이 빠빠리빠." 드디어는 트럼펫까지 노래에 합류했다. 노래 일절이 끝나자, 객석에서 요란하게 손뼉을 치며 박자를 맞추고 휘파람 부는 소리가 들렸다. 외출 나온 미군 해병 병사들이었다. G.I들이 열광을 하자 조용하던 관람객들도 덩달아 앵콜을 따라 외쳤다.

노래가 끝나자, 커튼 뒤에 서 있던 털북숭이 단장이 만면에 미소를 띠고 무대 가운데로 나와 나를 포옹했다. 엄지손가락을 치 세우며 칭찬을 한 뒤 무슨 말을 한다. 한 곡을 더 해달라는 말 같았다. '에라 모르겠다. 한식寒食에 죽으나 청명淸明에 죽으나 죽는 것은 마찬가지다. 어차피 직장에서 쫓겨날 걸 18번 '노랫가락 차차차'나 한 번 부르고 가자.'

"노세 노세 젊어서 노세. 늙어지며는 못 노나니. 화무는 십일홍이요 달도 차면 기우나니라"

만사를 포기하자 떨리지 않고 신이 난다. 무대 아래 있던 미국 뮤지컬 악단이 노래를 따라 연주를 하기 시작한다. 역시 유능한 연주자들이다. 노래 앞 소절만 들어도 다음 갈 길을 안다. "얼시구 절시구 차차차. 지화자 좋구나 차차자"

악단은 마치 함께 연습이라도 같이한 듯 노련하게 반주를 맞춘다. 악기 소리가 높아지자, 무대에 무용수들이 나타났다.

"화란춘성 만화방장, 아니 노지를 못하리라 차차차"
노래의 마지막 부분이 되자 무대에서는 무용수들이 한국식 막춤을 추고, 무대 아래서는 악단들이 뽕짝을 연주한다. 관객들은 일제히 춤추며 차차차를 외친다.

"야. 사장 마른안주하고 맥주 몇 병 갖고 와라."
극장 대표가 쥐어 준 돈봉투를 카운터에 기세 좋게 던지며 외쳤다. 향촌동 건달 시절 가끔 다니는 노래방이다. 주인은 오늘 역시 공짜거니 하고 억지웃음 지으며 문을 열었다가 돈봉투를 보고 입이 귀에 걸린다. 오랜만에 도움이 불러 조수와 함께 새벽까지 춤추며 노래 불렀다. 이렇게 세렝게티의 밤은 깊어 가고 있었다.

제 6 화

신주코新宿의 밤

사물의 현상現狀을 보고 옳다 그르다, 아름답다 추하다, 싫다 좋다 등의 분별심分別心이 생기면 그것은 망상妄想이다. 어떤 생각이 반복해서 떠오르면 망상이다. 갖고 있는 생각을 버리기 싫으면 집착執着이다. 망상과 집착을 버려야 진정한 나를 찾을 수가 있다.

나리타成田 공항서 출발한 리무진 버스에서 신주쿠新宿역 앞에 내리니 밤비가 추적추적 내리고 있었다. 아들과 나는 비닐우산을 하나씩 사서 들고 거리를 걸었다. 아들이 자취自炊하고 있는 동네까지는 꽤 멀리 떨어져 있었지만, 마땅한 버스도 없고 택시는 줄지어 서 있었지만 비싸기 때문에 걸어가기로 했다. 비는 여행용 가방을 적시고 나의 바지도 적시고 있었다. 비록 비라고는 하지만 계절이 겨울인지라 추웠다. 우리 둘은 저녁 먹을 집을 찾느라 두리번거리며 걷고 있었다. 큰 빌딩마다 고급스러운 식당들이 많이 보였다. 우리는 굳이 라면집을 찾는다며 밤의 신주쿠를 두리번거리며 걸었다. 나는 비행기에서 주는 간이식사를 했으므로 그다지 배가 고프지 않았지만, 아들은 아직 식전食前이고 또한 찬비를 피해 따끈한 국물을 마시고 싶었다.

도쿄의 번화가에는 라면집 찾기가 힘들다. 거대한 빌딩의 숲, 호화로운 쇼 윈도우, 도쿄 인들의 무관심을 가장한 냉정한 표정들이 겨울비 만큼이나 우리를 춥게 느끼게 한다. 비싼 땅에 라면집이 많을 리가 없다. 겨우 한 곳을 찾았지만 국물 라면은 하지 않는다고 한다. 요즘 도쿄에는 "쯔키 라면"이 대세라고 한다. 소스에 찍어 먹는 쯔키 라면이 새로 유행한다는 것이다. 화려한 내온사인이 뜸해지고 아들의 자취 집이 있는 달동네가 가까워지자, 국물 있는 라면집이 있었다. 고부시古武士라는 간판이 걸려 있었다. 우리는 미소 라면과 간장 라면을 시켰다. 나는 어설픈 일어로 종업원에게 고부시란 무슨 뜻인가 물었다. 총각은 의아한 얼굴을 하며 저도 잘 모른다고 한다. 얼굴의 한 부분에는 '일본어도 잘못하는 주제에 별걸 다 알고 싶어하는 군' 하는 비아냥이 언뜻 스쳐 가고 있는 듯 했다.

조금 있으니, 머리에 수건을 두른 주인이 나타나서 가게 이름에 대해 설명을 시작한다. 역시 일본답다. 이런 일본인들의 태도가 마음에 든다. 하지만 어떤 때는 지나치게 진지眞摯해서 우습기도 하고 귀찮을 때도 있다. 인사말밖에 모르는 나는 아들에게 그 말뜻을 전해 듣는다. 고부시란 목련꽃이란 뜻도 있고 또한 옛 무사라는 뜻 두 가지가 있다고 한다. 이 주인은 가게를 목련木蓮처럼 순박하고 정숙한 분위기를 만들고 싶어 그런 이름을 붙였고 그런 여성스러운 이름에다 한편으로 사무라이(侍)의 강직하고 진취적인 남성적인 영업 방침을 지향하는 의미에서 또한 그런 이름을 붙였다는 것이다. 설명은 열심히 했지만, 별다른 감흥은 일어나지 않았다. 생각보다 라면이 짜고 맛이 없었다. 나는 아들이 실망할까 봐, 그리고 주인이 싫어할까 봐. '오이시, 오이시'라고 인사치레의 말을 했다. 예상대로 아들과 주인의 얼굴에는 안심하는 빛이 떠오른다. 국물 있는 라면은 역시 규슈九州를 가야 한다. 그쪽에는 라면집이 많기도 하지만 맛도 좋다. 그중에서도 내 입맛에는 돼지 뼈를 우려낸 국물, 구수하고 그러나 깔끔한 그 맛이 좋다. 이럴 때 숙주나물이 수북이 올려진 나가사키長崎 짬뽕 한 그릇 먹었으면 하는 생각이 간절했다.

번화가를 지나 큰길을 건너 주택가로 들어서자 길이 컴컴해진다. 달동네에 있는 아들의 집이 가까워져간다. 어한(禦寒)을 한 탓에 이제 춥지는 않다. 동네는 작년 여름과 달라진 것이 없다. 부근에 있는 신주쿠 스타디오에 건물이 한 채 더 지어져 있었다. 다다미 만드는 집, 일본 전통 노래 가르치는 집, 꽃 가게가 변함없는 모습으로 밤비에 젖고 있었다. 그 집들을 지나 설비하는 집의 조그마한 트럭이 건물에 바싹 붙어 있는 모습도 똑같다. 그 트럭 집을 직각으로 돌면 아들의 자취집이 나온다. 허름하고 작은 집들과 조그만 다세대 주택들이 섞여 있다. 이

빈민가 뒤쪽으로 가면 소시민들의 단독 주택과 정원 있는 부잣집들이 모여 있다. 달동네 집들은 작고 추레하지만, 정성껏 꾸며 놓고 크기가 작고 예뻐 내 마음이 아릿하다.

아들의 자취방은 소파 겸 침대가 하나 있고 앞에는 텔레비전이 있고 왼편에는 개수대가 있다. 공간이 좁아 둘이 세로로 마주 앉기가 힘들다. 오른편과 침대 뒤쪽에 창문이 있어 겨우 숨통을 티게한다. 비에 젖은 가방을 연다. 김치와 소고기 장조림, 고추장볶이, 오징어 졸임, 깻잎절임, 구운 김, 운동화 그리고 책 몇 권 등 집에서 챙겨 준 밑반찬과 일용품을 꺼내 여기저기 흩어 놓는다. 텔레비전을 켠다. 오락 프로로 경박하게 생긴 출연자들이 신나게 까불고 떠드는 소리가 요란하다. 조용한 신주쿠의 밤에는 이런 실없는 수다가 필요할 때도 있다. 공항空港에서 만나 두어 시간 넘게 리무진을 타고 오면서 대충 할 말을 다 하기도 했고 원래 둘이 만나도 말을 많이 하지 않기 때문에 이런 프로그램이 필요한 시각이다. 좁은 화장실은 샤워 시설이 있긴 하나 몸 움직이기가 힘들어 간단하게 세수하고 발만 씻고 나온다. 둘이 간이침대에 눕고 불을 끈다. 밖에는 여전히 비가 세차게 내려 창문을 두드리고 있었다.

진정한 나를 찾게 되면 희로애락喜怒哀樂을 여의게 된다. 참 나는 예수이고 부처이기 때문에 망상을 알고 있고 집착을 알고 있다. 망상과 집착을 버리게 되면 세상에 존재하지도 않는 희로애락에 때문에 울고 웃지 않는다. 신주쿠의 겨울밤은 빗속에 깊어 가고 나는 비몽사몽非夢似夢 하며 그 빗소리를 듣고 있었다.

제 7 화

실개천의 추억

나의 살던 고향은 꽃피는 산골
복숭아꽃 살구꽃 아기 진달래
울긋불긋 꽃 대궐 차리인 동네
그 속에서 놀던 때가 그립습니다

꽃동네 새 동네 나의 옛고향
파란 들 남쪽에서 바람이 불면
냇가에 수양버들 춤추는 동네
그 속에서 놀던 때가 그립습니다

 초등학교 옆으로 실개천이 흐르고 있었다. 원래는 맑은 시냇물이었는데 점점 수채로 변해가고 있었다. 둑에 고마리, 가막사리, 붓꽃 등의 수초가 피어있고 물속에 게아재비, 물땡땡이, 물잠자리 등의 곤충들이 돌아다니고 있어 개울 모습이 아직은 조금 남아 있긴 하다. 둑과 물에는 물풀과 곤충들이 살고 둑방에는 애들이 모여 놀았다. 도회지의 변두리 공터였던 이 동네는 사람들이 별로 살지 않았는데 전쟁이 나자 사람들이 모여들어 판자촌이 이루어졌다. 실개천은 이때부터 하수구가 된다. 도심에 있던 우리 학교도 군인들에게 교사를 징발당하고 이리로 이사 왔다. 군인부대서 얻은 판자로 가 교사를 만들어 수업했는데 교실 수가 모자랐다. 한 교실에 두 반씩 들어가 수업을 해도 애들이 넘쳐 오전, 오후반까지 만들었다.

학교 분위기가 프랑스의 외인부대를 연상시킨다. 애들이 쓰는 말을 들어보면 토박이말 외에 충청도, 전라도, 그리고 북쪽 말들이 뒤섞여 다국적 민족 학교 같았다. 애들은 학교란 원래 이런 곳 인가 보다 생각하고 어색한 분위기를 느끼지 못했다. 학생들 구성도 특이했다. 어떤 애는 미국군인 복장을 하고 짚차를 타고 학교에 왔다. 운 좋은 그 고아는 미군 부대의 마스코트가 되어 '마크'라는 미국 이름까지 있었다. 어떤 애들은 미군 부대나 장교들의 집에서 '하스 뽀이House Boy'나 '쇼리Shorty'라는 이름으로 불리며 허드렛일을 하며 학교 다니고 있었다. 대다수 피난민 애들은 학교가 파하면 신문을 팔러 다니거나 구두닦기, 아이스케이크 장사를 해서 돈을 벌었다. 이 바닥의 상용어는 서울말이었다. 신문팔이 애들은 "내일 아침 대구일보요"하고 뒷말을 살짝 올렸다가 길게 끄는 창법을 쓴다. 구두 닦기 애들은 "구두 딱쇼"라고 첫 번은 내리고 다시 "구두

딱죠"하고 뒷말을 올리는 기법을 쓴다. 아이스케이크 장수는 "아이스케키"라고 올렸다 다시 "아이스케키"라고 뒷말을 내려야 동업자들에게 초보 따돌림 받지 않는다. 북쪽 출신 우리 동무들은 학교 공부와 상업행위 중 어느 것이 본업인지 구별이 되지 않았다. 일 학년 마지막 수업을 마치고 담임선생님이 열 명 정도의 친구들을 교단으로 불러내었다. 책 없이 일 년 공부한 소감을 한 사람 발표하게 하였다. 소문이 나자 국제연합(유네스코)에서 책을 원조 해주어 이런 비극은 없어졌다.

실개천은 바다를 꿈꾸며 흘러가고 애들은 둑방에서 추억의 사연을 하나둘씩 쌓고 있었다. 오후반 애들도 오전반 애들과 아침에 같이 등교한다. 동네에서는 같이 놀 아이들도 없고 낮에 밥 줄 사람도 없기 때문이다. 오후반 애들은 물가에서 모여 놀다가 오전 반이 집에 가면 점심을 굶은 채 오후반 수업에 들어간다. 물가에서 여학생들은 고무줄놀이나 공기놀이하고 사내 애들은 개천 뛰어넘기를 하였다. 나같이 간이 작은 애들은 폭이 좁은 곳을 뛰어넘고 용기 있는 애들은 폭이 넓은 개천을 뛰어넘어 사나이를 뽐낸다. 용사들이 가끔은 착지에 실패하여 물속에 떨어지기도 했다. 구정물에 빠진 애들은 패전의 부끄러움에 울며 집으로 갔다. 개천 뛰기 놀이에 지치면 물잠자리, 물방개도 잡는다. 음악에 소질이 있는 애들은 풀잎으로 노래를 연주하는데 어떤 노래는 눈물이 나도록 불기도 한다. 이 정도로 풀피리 잘 부는 애들은 폭넓은 개천 뛰어넘는 애들과 같은 '사나이 대접'을 받는다.

베드로가 죽어 천당에 갔다. 그곳에 어머니가 안 보여 지옥을 내려다보니 그곳에 있었다. 하나님에게 어머니를 지옥에서 빼내 달라고 부탁을 하자 "장부를 잘 뒤져보고 어머니가 잘한 일이 하나라도 있으면 그 일을 핑계로 빼내 주겠다."라고 했다. 아무리 찾아도 잘한 일은 없었다. 몇 날 며칠 장부를 들여다보다 이런 구절이 찾았다. "여자가 파밭에서 일하던 어느 날 거지가 와서 적선을 빌었다. 심술궂은 이 여자는 이거라도 먹으라며 파로 거지 얼굴을 후려쳤다." 거지를 파로 때렸다는 죄의 내용인데 이 구절을 '불쌍한 거지에게 파를 적선해 주었다'로 분칠해서 서류를 다시 꾸몄다. 그 선행의 대가로 천국에서 커다란 파 한 뿌리를 지옥으로 내려주었다. 베드로 어머니는 그 파에 매달려 천당으로 올라가고 있었다. 이 광경을 본 악인들은 너도나도 베드로 어머니의 다리에 매달렸다. 파는 매달린 인간들의 무게를 이기지 못해 곧장 찢어질 것 같다. 조바심이 난 어머니는 "이 파는 아들이 나만을 위해 내려준 거야." 하면서 자신 다리에 매달려 있던 이웃들을 발로 차 떨어뜨렸다. 이런 요동에 뚝 하고 파는 부러졌다. 베드로 어머니와 그 이웃들은 다시 지옥으로 떨어져 갔다.

내 고향은 지옥이었을까? 사람들은 가난과 병 그리고 죽음이 없는 평화라는 파 뿌리를 기다리고 있었다. 도시는 원주민, 피난민 그리고 군인들로 가득하다. 시내는 통조림처럼 인간들과 건물로 빼곡히 채워져 있었다. 사방을 둘러봐도 이런 숨 막히는 풍경밖에 없었다. 꽃이니 대궐이니 하는 말은 책에서나 보는 용어였다. 서양 군인들은 차타고 가다가도, 걸어가다가도 검이나 초콜릿, 비스킷 등의 과자를 던져주었다. 애들은 병아리들이 모이 쪼듯 머리를 부딪치며 그 간식들은 주워 먹었다. 학교에 가면 어제 보던 애가 보이지 않는다. 죽었다고 한다. 예방주사 맞은 후 죽고, 썰매 타다 얼음장 밑으로 들어가 죽고, 철로에서 자석 만들다 기차에 치어 죽고, 병들어 죽었다.

시청과 기차역 광장에는 남자 지게꾼들이 낮잠 자며 손님을 기다리고 그 곁에는 꿀꿀이 죽 파는 여인들이 손님을 부르며 앉아 있다. 집들은 몇몇 일본인들이 남긴 적산가옥만 번듯하고 나머지 집들은 미군 부대서 나온 판자로 만든 '하꼬방'들이었다. 천정과 벽은 틈이 많아 햇볕도 들어오고 비바람도 세서 흘러들어왔다. 절망의 도시에서 어른들은 언젠가 하늘에서 구원의 파뿌리가 내려올 그날을 기다리며 죽지 않고 살고 있었고 애들은 새로운 친구와 이상한 체험으로 행복한 나날을 보내고 있었다.

그날 수업을 마치고 밖에 나오니 거센 바람과 함께 폭우가 내려치고 있었다. 아이들은 아무 일도 없는 듯 빗속을 뚫고 집으로 갔지만 나 같이 마음이 약한 애들 몇몇이 남아 비가 그치자 이윽고 주위는 이른 어둠이 내려앉고 있다. 절망의 회색빛 시간이 다가오고 있었다. 시간이 지나자, 교실에는 아무도 없었다. 나도 일단 교실에서 나오긴 했지만, 처마 밑에서 오돌오돌 떨고 서 있었다. 가을이었지만 저녁때가 되니 추웠다.

주위는 어둠이 짙어지고 있는데 교문에서 검은 그림자가 어른거렸다. 귀신일까? 추운 몸은 공포로 더욱 오그라진다. 그림자가 사람으로 보이는 거리가 되었다. 우산 속에서 내 이름을 부르는 소리가 들렸다. 어머니였다. 파 뿌리가 내려왔다. 우리 어머니는 원래 오두방정 떠는 성격이 아닌 데다 세월이 오래되어 그날 서로 무슨 말을 했는지는 기억이 없다. 우산을 쓰고 집으로 가고 있었지만, 몸은 빗물에 다 적셔졌고 한기가 들어 괴로웠다. 실개천 둑의 빨간 천막 가게의 불빛이 보였다. 저기로 들어가자고 어머니에게 말하고 싶었지만 참는다.

평소 어머니는 서양 군인들이 주는, 군대 음식은 절대 받지 말라고 했다. "그런 거 먹으면 그놈들이 걸뱅이라고 깔본다."라며 주의를 주었다. 시청 앞에 소시지와 햄이 국수와 함께 비벼져 있는 향기롭고 아름다워 보이는 꿀꿀이죽도 못 사 먹게 했다. "양놈들 먹다 버린 돼지죽을 어떻게 사람이 먹노? 안 그래도 객지에서 이름값도 못 하고 살아 조상들 볼 낯이 없는데 쌍것들과 같은 행세 하면 안 돼"라고 말했다. 퇴계 후손 어머니가 그날은 남루한 천막 속으로 나를 이끌고 들어갔다. 주인이 절절 끓는 솥에 도넛을 튀기고 있었다.

화덕의 따뜻한 불기운으로 언 몸은 녹고 허기진 배속으로 달콤한 도넛이 들어가니 천막이 천당이요, 천당이 천막이었다. 욕망의 발길질을 하지 않은 탓인지 파 뿌리는 잘라지지 않고 따뜻함과 포만감은 계속되었다. 남들은 고향 추억이 복숭아꽃, 살구꽃이라는데 나에게는 죽음과 가난이 그 자리를 채운다. 판자로 만든 하꼬방이 꽃 대궐이었다. 분별심이 없고 집착이 없던 어린애라 오히려 그런 순간들이 자연스럽고 행복한 시간이었다. 실개천의 칙칙했던 추억들이 수양버들 춤추던 아름다운 냇가처럼 기억에 새겨져 있다. 그 회색 수챗물은 아직도 졸졸 소리 내며 밝게 내 가슴을 흘러가고 있다. 어머니와 비 오던 날의 사건은 어찌 잊어버릴 수가 있으랴!

한용운문학상 소설부문 수상작

제 8 화

악인과 담장 위 그녀와의 사랑

1. 시루스 패션쇼

그녀를 하얀 색깔이 칠해진 높은 담장 위를 걷게 한다. 이제는 굳이 표현을 하지 않아도 뜻을 알아채고 스스로 담장에 올라가 걷는다. 한쪽은 바다의 파도가 흰 이빨을 드러내며 높은 절벽을 들이박고 있다, 반대쪽은 흔히 보는 시골길. 그녀는 죽음과 삶의 갈림길을 매일 걷는다. 싫다고 담에 오르지 않아도 억지로 시키지는 않는다. 제 마음대로 내려와도 어떻게 막지는 않는다. 올라감과 내려옴을 부추기는 것은 내 마음이지만 결정은 그녀의 뜻이다. 만남과 헤어짐은 우리 스스로 한 행동이었지만 결정은 다른 어떤 곳에서 이루어지고 있었다. 그녀가 죽는 게 싫다. 담장을 걸을 때마다 손에 땀을 쥔다. 혹시 실족해 다치거나 죽을까 두려워서다. 하지만 매번 그녀를 담장에 오르게 한다. 평지를 그냥 걸어가는 모습은 보기 싫다. 아슬아슬하게 담장 위에 서 있는 그녀는 자주 속이 훤히 비치는 시스루패션쇼를 한다. 옷이 바람에 팔랑거린다. 매혹적인 관능미에 가슴이 서늘하다. 치마 속을 올려다보는 일은 달콤하다. 속은 어두운 그림자뿐인데도 좋다. 그 어둠에 가득한 육체의 빛을 보려고 그녀에게 담장 걷기를 교묘하게 강요하는 것인지도 모른다.

2. 조직의 절도 행각

밤이지만 가로등이 있어 일하기에는 충분히 밝다. 가게들의 문은 꼭꼭 닫혀있고 인적은 없다. 손으로 허공에 '그 범위'를 그어주자, 그들은 망설임 없이 재빠르게 달려가 가게 처마에 달린 감시 카메라부터 떼어냈다. 다음에는 '그 범위' 안에 있는 물건들을 트럭으로 옮긴다. 그 가게의 상품은 주로 둥근 닥트인데 주택용과 공장용이 함께 있어 모양과 크기도 여러 가지다. 지름이 큰 것도 있고 작은 것도 있다. 길이가 긴 것과 짧은 것과 어떤 것은 끝부분에 바람개비가 달린 것도 있다. 짧은 시간 안에 가게 앞 닥트들이 말끔히 치워졌다.

"니들 이것들 가다 팔아먹으면 안 돼. 바로 가서 전에 봐둔 그곳에 묻어. 작업 끝나면 사진 찍어 보내. 수고비는 통장으로 보낼게."

"큰형님 걱정 마십쇼. 믿어주세요. 잘하겠습니다. 묻는 일은 가끔 해봤으니까요"

"인마 그게 아니라 니들이 물건들은 장물아비에게 팔아먹을까 봐. 그게 걱정이란 말이다. 지시대로 안 하면 그땐 니들이 묻히게 된다. 이거 일 끝내고 올 때 해장해."
오만 원권 몇 장을 빼서 그들에게 주었다.

3. 구정물 사건

이전 도시에서는 심장이 조이고 숨도 막히고 때로는 눈앞이 캄캄해져 더 이상 견딜 수가 없었다. 그래서 이 도시로 옮겨왔다. 지금도 산다기보다는 겨우 숨만 쉬고 있는 것이다. 고향 후배들의 사채놀이를 자문 해주고 있으니, 밥은 먹는다. 이 공구거리로 출근하다 닥트 가게 주인은 처음 보았다. 닥트는 액체나 공기를 이곳, 저곳으로 통하게 해주는 둥근 두루마리 양철 기구다. 그런 생각을 하면서 그 가게를 지나면 약간 기분이 소통되는 느낌이었다. 닥트 가게 주인은 부지런해 보였다. 동네 가게 중에 제일 먼저 나와 청소하고 상품을 걸레로 일일이 닦고 있었다. 그날도 그는 그렇게 제 일을 하고 있었다. 작업을 마친 주인이 청소한 구정물을 찻길로 던지듯 부어버렸다. 그 바람에 내 차는 그물을 흠뻑 뒤집어쓰고 말았다. 머리 뒤 꼭지까지 화가 치밀어 항의하려고 문을 열고 있는데 뒤차들이 경적을 울리며 빨리 가자고 난리를 핀다. 그냥 통과했다. 그 후부터 그 가게를 지날 때마다 언제 물벼락을 또 맞을까, 신경이 곤두

선다. 유심히 보니 사장은 매일 청소 뒤 구정물을 차도로 흩뿌리고 있었다.

"사장님 안녕하세요?" 날 잡아 그를 만났다. 내키지는 않았지만 부드러운 목소리로 그에게 다가가서 말을 걸었다.
"아침 청소하시고 난 구정물 찻길로 물 뿌리지 마세요."라고 하자 멀건히 쳐다본다. '그래서? 왜'라는 표정이다.

"그 구정물을 다니는 차들이 다 뒤집어 쓰잖아요"
"그게 당신과 무슨 상관있단 말이요?
"얼마 전 구정물에 내 차를 버렸어요. 아침부터 재수 없게"
"난 그렇게 물 안 버려. 저기 하수도 뚜껑도 있는데 왜 그렇게 버리겠어"라고 말하며 천연덕스럽게 구멍 있는 맨홀을 가르킨다.

"그럼 내가 없던 사실을 지어내서, 말을 한다는 말이요?"
"여봐 그런 억지 소리하지 마, 도시 생활 다 그렇지 뭐, 그렇게 까탈스럽게 구냐? 좋은 말로 돈 달라 그래. 세차비 줄게."
"세차비는 됐어. 말 나온 김에 한마디 더 할게. 저 물건들은 저렇게 밤낮으로 인도에 널어놔도 되나?"
"당신 뭐야 남이야 물건을 어디 두든 말든 당신이 뭔데, 구청 직원이야? 파출소 순경이야? 별것도 아닌 게 온갖 시비를 다 걸어? 아 아침부터 재수 없네"
손가락으로 삿대질을 한다. 눈이 찔릴 뻔했다. 그 행동에 반사적으로 놈의 멱살을 잡았다. 그리고 엎어치기로 땅바닥으로 던져버렸다. 목에 발을 얹은 다음 말했다.

"죽여줄까? 이 새끼야" 이 도시로 와 겨우 감정을 추스르던 중이라 아직은 예민한 상태다. 사고를 칠 것 같아 두려웠다. 어떤 여자가 내 팔을 이로 깨물면서 소리쳤다. '담장 위의 그녀'는 아니었다.

"동네 사람들 사람 살려주소. 양아치 새끼가 살인한다요" 닥트 가게 옆에 식당에서 뛰쳐나온 여자였다. 남자들이 여럿 몰려왔다. 그들은 나의 목을 졸랐고 땅바닥에 패대기를 쳤다. 즐거운 얼굴을 하며 등짝과 배를 발로 차고 밟았다. 눈덩이를 맞는 순간 '그녀'의 큰 눈이 보였다. 그냥 보고 있었다. 차로 구정물이 끼얹어지고 동네 상인들에게 폭행당하도록 만든 사건 이 모든 것들이 그녀가 각본을 짜고 연출한 장난인 것 같았다.

4. 어처구니없는 세상

얼마 지나지 않아 경광등을 켠 경찰차 두 대가 사이렌을 울리며 현장에 들이닥쳤다. 상인들과 파출소 직원들은 잘 아는 사이인지 주인에게 거수경례를 했다. 그들은 웃으며 대화를 나눈 후 경찰관들이 나를 파출소로 데리고 갔다.

"구의원님에게 시비 걸고 공갈 협박하고 폭행했다며?" 경찰관이 반말로 물으며 조서를 꾸몄다.

"공갈이라니? 차에 구정물이 씌워져 화가 나서 따졌을 따름인데요. 그런데 왜 가게 사장은 조서를 쓰지 않나요?"

"억지소리 그만해. 사장님은 우리가 잘 알아. 모범 시민이야. 피해자 이야기는 현장에서 이미 다 들었어. 조서는 당신만 쓰면 돼. 지금 조회해 보니 폭력 전과가 있더군. 선량한 사람들 사는 동네서 옛날 하던 짓거리 하면 안 돼. 가중처벌 되는 거 당신도 알잖아. 오늘 당신, 운 좋았어. 의원님이 치료비 받지 않겠대. 그리고 훈방해 주라 말씀하셨으니, 앞으로 조심하쇼."

"야 이 새끼야! 몇 년 동안 별 몇 개 달아도 이렇게 창피하게 파출소 쫄따구 짭새한테 훈시 듣고 풀려나긴 처음이야. 그냥 학교 갈란다. 너 나한테 좀 맞자." 경찰관의 멱살을 잡았다. 그리고 면상을 향해 주먹을 들었다.

"참아, 참아"하는 그녀의 목소리가 허공에서 들렸다.

5. 그녀는 달밤의 그림자

강둑을 걸었다. 한쪽은 넓은 국도이고 반대편은 바다로 들어가는 큰 강물이 흐른다. 바다에서 불어온 바람이 강을 거슬러 오르며 가속이 붙어 센 바람이 된다. 강물은 물고기 비늘처럼 빛나는 잔파도를 만들며 바다로 흘러간다. 찬바람은 나의 가슴을 막힘없이 통과한다. 강 쪽의 모래톱은 길게 과수원이 차지를 하고 있다. 둑방 아래 과수원은 수많은 하얀 능금 꽃들이 강변을 가득 메우고 있다. 하지만 그것은 시각장애인의 눈에 보이는 환시와 같은 것일 뿐이다.

그것들은 존재하지 않는 것들이다. 사실은 나란 존재도 없는 것인지 모른다. 가상의 꽃이라도 그것이 없었으면 덜 서러웠을 것이다. 꽃도 없고 나도 없는 사실을 실감한다면 편할 것 같았다.

"기왕 갈 거면 빨리 떠나가세요."

그녀가 자주 말했다. 언젠가부터 그녀는 처음처럼 다시 존댓말을 쓰기 시작했다. 말투가 달라질 무렵부터 우리 사이는 삐끗거리고 있었다. 서로는 정을 떼기 위해 애쓰는데, 오히려 마음은 더 가까워지고 있었다.

둘이 말로는 헤어진다고 수없이 되뇌이지만 속내는 '떨어지지 말자'라고 강조하고 있었다. 달밤에 따라 오는 그림자 같았다. 이런 모순되는 관계가 오래가자, 머리가 어지러웠다. 꽃을 보면 가슴이 답답했다. 따뜻한 바람이 피부가 쓰라렸다.

6. 그녀는 스토커

후배들이 사업을 벌인다며 나를 불렀다. 그것이 떠나는 핑계였는지 그것 때문에 떠나는 것인지 순서는 모른다. 미리 와보니 이 도시에는 강과 바다가 있어 마음에 들었다. 꽤 먼 이곳으로 왔다. 그러나 그녀의 그림자는 여기까지 나를 따라왔다.

쉬는 날 강으로 가면 둑방에 개나리꽃이 활짝 피어있다. 가까이 가보면 노란 원피스를 입은 그녀가 강둑을 걷고 있었다. 평소처럼 한쪽 입 끝이 올라 미소를 지었다. 보기 싫었다. 차라리 무표정했으면 편했을 텐데, 하긴 밉게 보이려고 일부러 그런 표정을 짓는지도 모른다. 바람이 방향을 바꾸어 바다로 불라치면 그녀는 바람에 실려 허공으로 사라져 버렸다.

"넌 사랑한다는 말로 나를 유혹하고 현혹한 뒤 몸을 만지고 애무하고 편지를 쓰고 전화하며 영혼을 흔들었어. 그리고 천연덕스럽게 힘들어하는 척했어. 다 거짓말이었어. 넌 날, 한 개의 장난감이나 애완동물처럼 소유하고 즐겼지. 난 너 때문에 삶이 망가졌어. 어차피 넌 장난질이었으니 결국 식상해서 쉽게 날 떠날 수 있는 거지. 한도가 다한 사랑, 당의정이 벗겨진 알약, 난 바보고, 넌 불쌍한 인간이야 천주님께 수없이 질문했어.

내 그림자는 왜 당신을 벗어나지 못할까?"

7. 악인과 그녀의 징벌

휴대전화가 울렸다. 닥트들이 묻힌 곳의 사진이 올라와 있었다. 조금 봉긋한 흙 둔덕이 보였지만 눈여겨보지 않으면 별로 눈치채지 못할 것 같다. 즉시 송금을 했다.

"형님 사장은 언제 묻을까요?"라고 걔들이 물어 왔지만, 답을 하지 않았다. 처리해야 할 딴 것이 있었기 때문이다. 며칠 뒤에 으시시한 밤 계획을 실천하려고 동생들을 데리고 파출소에 가봤다. 사무실에 불은 켜져 있어도 경찰관들이 보이지 않았다.

"순찰차에서 CCTV는 떼어냈지? 차 시동 빨리 걸어, 할 수 없어 차만 가지고 가자."

경찰 순찰차에 셋이 타고 바다로 갔다. 장소는 미리 보아둔 터라 망설임 없이 미리 내 차를 세워 둔 바닷가 절벽 그곳으로 갔다. 거기는 민가와 멀리 떨어져 있어 감시 카메라나 목격자는 없을 것으로 계산했다. 행동에 신중하고 조심하는 것은 잡히는 게 두려워서가 아니고 게임을 잘하고 재미있게 하려는 생각 때문이다. 차를 타고 가면서 강박적인 생각이 맴돈다. 순찰차와 함께 건달 애들도 같이 절벽으로 밀어버린다면 어떨 것인가 하는 생각이다.

"형님 신납니다. 길바닥에 개똥을 치우는 홀가분한 마음입니다. 순경들도 함께 태우고 왔으면 얼마나 좋을까요?"

그들의 말은 진실일 것이다. 어릴 때부터 경찰서를 드나들며 얼마나 마음 고생을 했을까? 놈들은 몸 쓰는 직업이라 말을 꾸며 할 줄 모른다. 배고픈 아기는 우는 것이 진실이듯이 이들은 진실만 말한다. 개들 말을 듣다가 생각이 결정된다. 그들을 살려 두는 게 멋있는 게임의 정석으로 가는 길이다. 순경들을 물에 밀어 넣으려는 계획이 어긋난 것도 차라리 잘된 일이다. 그들은 계급이 낮아 봉급도 적고 격무에 시달리는 존재들이다. 동네 양아치들에게 뺨 맞고 주정뱅이에게 멱살 잡히며 사는 신세다. 그들 짐을 덜어 주는 것은 이 땅을 벗어나게 해주는 것이었다. 다른 곳에서 운명을 결정하는 존재가 순경들의 자리를 비우게 했다.

"가면서 파출소 불 질러. 그리고 니들은 시내를 떠나 딴 도시로 잠수 타도록 해, 깊이 숨어." 갖고 있는 현금 카드와 돈을 전부 털어 개들에게 주면서 말했다.

"주인 묻고 가게도 태워요?"
"그것도 좋긴 하지만 피라미 만지면 비린내 난다. 그 새끼 그냥 두고 가게도 태우지 마. 타버리면 굶어 죽은 놈들 너무 많이 생겨. 안돼 그건 그만둬."

절벽에 자동차의 전조등이 비치자, 그녀가 서 있었다. 컴컴한 배경으로 서있는 모습은 요염했다. 긴 부츠를 신고 청바지를 입었다. 그녀가 저런 차림 한 날, 밤의 포옹은 격렬했었다. 그녀도 차와 함께 바다로 빠뜨려야겠다는 생각이 불현듯 떠올랐다. 그 의식을 치르고 나면 그녀가 다시 나타나지 않을 것 같았다.

엔진 회전을 최고 속도로 올렸다. 그녀는 웃고 있었다. 오른손으로 거수로 경례한다. 손바닥이 보이도록 하는 그녀의 어설픈 경례는 평소 애교를 부릴 때 하는 행동이다. 안내하듯 왼손이 바다 쪽으로 향해 있었다. "이젠 내가 너를 담장 위에 올리는 거야. 너도 나의 장난감이 되어봐."라는 그녀의 목소리가 들렸다. 핸들을 정조준하고 그녀에게 돌진 했다.

[권영재 소설가, 한용운문학상 단편소설 수상작 심사평]

이상 심리를 통해 보여주는 부조리의 세계

— 심종숙(시인, 교수, 문학평론가, 문학박사)

권영재 작가의 「악인과 담장 위 그대와의 사랑」은 범죄인의 이상 심리를 다룬 소설이다. 주인공의 이상 심리는 환상이나 망상 속의 여성이 끊임없이 따라다니고 마지막으로 주인공을 자멸하게 만든다. 그것은 이상 심리를 지닌 주인공이 스스로 선택한 것이다.

이 소설은 이상 심리를 지닌 범죄형 인간의 범죄를 저지르는 심리 행동과 그 과정을 잘 나타냄으로써 이해의 여지를 남겨준다. 폭력 유발의 원인이 지자체의 일꾼, 구의원의 모범적이지 못하고 이기적이며 불법적인 행동에 대해 의분을 지닌 전과자인 주인공은 악인이 되고 구의원은 불법으로 저질렀음에도 전과자에 대한 훈방 조치로 인해 선인으로 되는 현실의 부조리가 주인공을 죽음으로 이끌어 간다.

단편소설이 지니는 묘미와 날카로운 현실에 대한 비판이 돋보이는 작품이다. 독자들이 전과자 주인공을 동정하는 것 같은 이 소설은 진짜 악인은 누구이고 진짜 벌을 받아야 할 자는 누가인가를 독자에게 묻고 있다.

선명하고도 환상적인 요소와 부조리한 현실, 강렬한 필치가 이 소설의 장점일 것이다. 스토리 전개나 플롯의 반전이 소설의 미학을 갖추고 있고 문장도 정연하다. 주인공이 죽음을 택할 수밖에 없는 현실이 안타까울 뿐이다. 등단을 축하드리며 앞으로의 작품 활동이 기대가 된다.

[당선소감문] - 단편소설 신인부문 권영재.

 가을이 되었나 보다. 반세기 전 그 시절, 이맘때 남산에도 저렇게 붉고 노란 단풍이 물들고 있었지. 의사가 되겠다고 일요일에도 놀지 않고 남산 국립도서관에 갔다. 점심시간이 되면 도서관 식당에 간다. 하숙집 아주머니 싸준 도시락을 먹기 전 5원 주고 멸치국물을 산다. 그 돈이면 전차 표 두 장을 살 수 있는 비싼 돈이다. 하지만 외로운 유학생은 휴일도 공부하는 스스로에게 특별상으로 우동 국물을 사주었다.

 이런 때도 의학책과 함께 딴 손에는 '분노의 포도'와 '인간의 조건'과 '좁은 문' 등의 문학책이 들려 있었다. 시험 치기 전날에도 반드시 문학책을 읽었다. 이런 양다리 시절 탓에 갈 길을 늘 고민하였다. 언젠가는 문단이라는 곳에 등단해 문학이 무언지를 선후배들에게 배우고 나도 농익은 글을 남들에게 보여주고 싶었다. 의사 국가자격 시험만 끝나면 그렇게 등단하리라 작정하였다.
 의사가 되고 나니 전문의가 되고 싶었다. 그리고 박사도 되고 싶었다. 그런 타이틀을 따고 나니 교수, 병원장이란 직책이 주어졌다. 남들이 부러워하는 자리지만 나에게는 이율배반적인 일들이었다. 이제 팔순이 되니 의사 일은 제한적이 되고 책을 읽고 글 쓸 시간이 많이 생겼다. 이제야 젊은 시절의 소망이 이루어지는 시각이 온 것이다. 하늘의 도움으로 문학 신인으로 무대에 오르는 되어 그 소감을 쓰고 있으니 감개무량이다.

많은 선배들에게 용감하게 부끄럼 없이 글을 보여드리고 지도 편달을 받게 되어 가슴이 설랜다. 이 영광스러운 자리로 이끌어 주신 이정록 교수님에게 깊은 감사의 마음을 드린다.

창 넘어 느티나무를 보며 가을이 되었음을 실감한다.

2024년 10월 27일

소설가 **권영재** 드림

제 9 화

약전골목의 결투

악쓰고 고함지르는 소리가 난다. 바쁜 길인데도 잠깐 구경이나 하고 가려고 그곳으로 발길을 돌린다. 영감 둘이 고함을 지르며 몸싸움하고 있었다. 고달픈 세상살이에서 살맛나는 일은 싸움 구경하는 일이다. 불 구경, 물 구경과 더불어 싸움 구경은 인생의 삼대 재밋거리 중에 하나다.

올림픽이란 거창한 이름으로 행해지는 스포츠 경기는 결국 국가 간의 싸움이다. 야구, 체조, 마라톤, 달리기, 스키, 수영 등은 주먹을 주고받지 않는 싸움이고 권투, 레슬링, 유도, 펜싱은 아예 노골적으로 몸싸움하는 경기다. 로마에서는 맹수와 사람, 사람과 사람끼리 싸워 죽는 모습을 정부가 보여주면서 혹세무민했다. 한국도 전두환 때부터 대구는 사자, 광주는 호랑이,

서울은 청룡을 싸움 붙여 크게 재미를 보았다. 국회도 국민의 볼거리 향상을 위해 회의장에서 스스로 검투사가 되어 욕설과 폭력으로 봉사한다. 가끔 특별봉사 기간에는 동물도 갖고 오고 몽키스파나, 오함마 등의 소품까지 들고서 묘기를 부려 최선을 다한다. 갸륵한 일이다. 그들 리그에서 승자들은 술과 여인 그리고 돈을 챙기고 다선의원이 되고 고수는 대통령 후보까지 된다.

어릴 때 큰 장과 양키 시장에는 번갈아 해마다 큰불이 났다. 불은 커다란 꽃처럼 춤추듯 타는 모습이 멋있다. 아울러 그 배경으로 가끔 검은 연기가 화산처럼 솟아오르면 환호성이 절로 난다. 눈이 뒤집힌 시장 상인들은 불길로 뛰어들어 가게 안에 상품을 들고 나오고 가끔은 영영 나오지 못하기도 한다. 마음 약한 상인은 차마 불 속으로 들어가지 못해 종종걸음치며 울고 있다. 화마가 가게 하나하나를 씹듯 먹어가며 옆으로 건너간다. 먼저 불붙은 가계는 건물이 폭삭 무너져 내린다.

불은 신이 나서 악마처럼 춤추지만, 가련한 소방수는 물 호스 하나 달랑 들고 마귀와 싸운다. 사람 숫자마저도 부족한 소방수는 불 속의 상인을 구하러 갔다가 자신들도 희생되기도 한다. 불 속에서 가지고 나온 상품을 길에 두고 다시 불 속으로 상인이 들어간 사이에 어떤 철면피는 그 물건을 가지고 도망간다. 불구경은 비극의 무대에서 벌어지는 신나는 축제처럼 감탄사가 절로 나는 큰 사건이었다. 다음 날 현장에 가보면 시장은 간곳없고 넓은 들이 되어있다. 울음마저 잊어버리고 망연자실 연기 나는 잿더미 속에 앉아 있는 어른들을 보면 나도 눈물이 났다. 그러나 넘실거리는 불꽃은 분명 유혹적 자태임에 틀림이 없다.

대학 다닐 때 한강 상류는 댐이 없었다. 큰물이 지면 많은 서울시민은 한강으로 물 구경 간다. 그 작은 빗방울들이 모여 큰 파도가 되어 몰려오는 것이 신기하며 통쾌한 모습이다. 온갖 것이 파도 타고 떠내려오는 광경 또한 좋은 볼거리여서 시민들은 모여든다. 황토물은 맨몸으로 흘러오다 가끔 돼지와 닭, 심지어는 소를 태우고 떠내려온다. 재미있다. 지루하던 강물 구경에 지루할 무렵 동물들이 나타났으니 말이다. 복숭아, 수박, 고추, 토마토 등의 식물도 떠내려온다. 무생물도 있다. 부서진 가옥의 나무 기둥, 서까래 등과 마구간의 잔해물, 가재도구들도 잔뜩 물결 따라 나타난다. 이 부유물을 보노라면 한국전쟁 때 미군이 주던 전투식량 봉지를 뜯는 즐거운 기분이다. 소 잡는 것을 보지 못했으니, 소고기를 먹을 수 있듯이 팔당에서 과수원과 소를 떠내려 보낸 농부를 보지 못했으므로 사람들은 재미있게 물 구경한다.

대개의 군중은 큰물과 부유물을 감상하는 것이지만 어떤 사람들은 알바를 한다. 쇠갈고리나 나무 십자가를 밧줄에 묶어 강 중심으로 던진 뒤 그 줄을 당기면 생물, 무생물들이 줄줄이 걸려 나온다. 재미로 하는 놀이인지 생계에 보탬을 위한 것인지 모르겠지만 이런 사람들의 행동을 보는 것 또한 홍수 구경의 덤이다. 강 상류에서 농부들은 통곡하고 강 하류에서는 홍수를 즐긴다.

규모가 작은 물 구경도 있다. 큰비가 오면 원효로와 용산에 간다. 이곳은 시내에 있으면서도 상습 침수지역이다. 도심지의 작은 물난리라 출렁이는 파도는 보지 못한다. 그러나 평소에 차 다니던 길 위로 공무원들이 고무보트를 타고 돌아다니는 광경이 신기하다. 불친절한 주인, 지저분한 짜장면집에 물이 들어 장쾌가 물 퍼낸다고 헐떡거리는 모습이 고소하고 물에 물건들이 모두 흠뻑 젖어 내버리게 생긴 구멍가게 주인이 속이 터져 담배를 뻑뻑 피우며 서 있는 모습에는 가슴이 아련해진다.

기자가 카메라를 들고 부추겨 구멍가게 주인이 괜히 이집 저집 기웃거리며 돕는 척 돌아다니는 속 보이는 행동이 역겨우면서 재미있었다. 소방차가 물을 퍼내기 때문에 이 동네의 물난리는 수 시간 안에 끝난다. 하지만 여러 종류의 인간들이 제각기 다른 모습으로 허둥지둥 물난리를 겪는 모습에서 서울 서민들의 민낯을 보는 것과 가슴 아린 이 장면을 각색, 연출하는 언론의 생쇼를 보는 것이 재미있었다.

약전골목의 결투는 친구들과 점심을 먹고 병원으로 돌아오는 길에서 맞닥뜨렸다. 좋아하는 게임이 벌어지고 있는 소리가 들리니 갈 길이 바빠도 저절로 발길이 그곳으로 향한다. 영화 '건힐'의 기차역에서 벌어졌던 '커크 다글라스'와 '안소니 퀸'의 결투를 다시 상상하며 현장으로 갔다. 그 자리에 도착하는 순간 구경하고 싶은 마음이 싹 사라졌다. 주인공들이 마음에 들지 않는다. 주인공은 둘 다 초라한 행색에 늙어서 몸놀림도 시원하지 않고 목소리에도 힘이 없는 영감들이다. 서로 상대의 팔과 멱살을 번갈아 잡고 악을 쓰며 싸우는데 이 건 싸움이 아니고 과격한 입씨름 정도밖에 안 돼 보인다. 그러나 당사자들은 최선을 다하고 있는 모습이다.

"당신은 왜 남 물건을 가지고 가는데 시비를 거는 거야" '난닝구'만 입은 영감이 소리쳤다.

"인마 그 건 아까 내가 미리 찍어둔 거니까 그러지. 너는 내 물건을 훔쳐 가고 있어" 속옷은 안 입고 점퍼만 걸친 영감이 대든다. 약국 앞에는 볼 박스를 포함한 폐지들이 놓여 있다. 난닝구 입은 영감이 가게에서 내어놓은 폐지를 묶어서 갖고 가려다 '잠바' 아저씨에게 들킨 모양이다. 잠바는 그 물건들을 대충 모아 놓고 딴 곳에 잠깐 들렀다가 되돌아오다 난닝구의 손에 들린 폐지를 보고 속에 천불이 났다.

"야 이 얌체 놈아, 남이 미리 찍어 놓은 물건을 가져가는 놈이 어디 있어 그건 도둑질이야"라고 잠바가 도덕을 외쳤다.

"미친놈. 니가 표시해 두었나? 아무 표시도 없는데 버린 물건 먼저 가지고 가는 놈이 임자지." 도둑 소리를 듣자, 난닝구의 말이 거칠어진다.

"인마 나란히 포개어져 있는 거 보면 모르나? 니도 알잖아? 그런 거 보면 누군가 갖고 갈라고 준비 해뒀다는 것을. 다 알면서 얌체, 도둑놈."

잠바가 논리적으로 제 주장의 타당성을 설명한다. 이제 물건은 땅바닥에 떨어지고 둘은 멱살잡이를 한 채, 입씨름을 하고 있다.

아무도 싸움을 말리는 사람이 없다. 구경할 정도의 싸움이 아니라 말리고 가려고 그들에게 다가섰다. 각각의 멱살을 잡고 양쪽으로 벌리려는데 순간적으로 기운이 확 빠진다. 막상 그들의 몸에 손을 대어 보니 몸은 너무 말라 뼈만 남아 있고 기운이 없어서 절로 넘어진다. 옷도 다 갖추어 입지 못하고 있어 가슴이 먹먹해져 나는 말할 힘조차 없어졌다. 폐지를 처음 본 사람은 잠바이다. 그는 대충 정리까지 해두었다. 그러나 거리에 버린 쓰레기에 임자가 따로 있나? 갖고 가는 게 임자이지. 난닝구의 잘못도 없다. 누구를 편 들 수도 없고 그냥 둘 수도 없었고, 진퇴양난이다. 그날만큼 재미없는 싸움은 처음 본다.

오후 약속한 환자들의 진료 볼 시간은 다가오고 마음은 초조하다. 중국 병서兵書에 보면 싸움에서 불리하면 도망가는 것이 상수라고 했다. 36계 줄행랑을 택하기로 했다. 스스로에게 환자 약속을 핑계 대며 그 자리를 피해 병원으로 향했다. 눈은 앞을 보는데 목은 그들을 되돌아보며 걸었다. 누구 편은 못 들더라도 승부의 결말은 보고 싶었다. 마음은 약전골목에 있으면서 몸은 반월당 적십자병원으로 가고 있었다.

진료실에 가만 앉아 나의 물, 불, 싸움 구경에 대한 가학적 취향에 대한 분석을 해본다. 어릴 때 겪은 한국전쟁이란 큰 싸움이 생각났다. 대구에서 살았으니 피난도 가지 않았고 집안

형편도 그렇게 궁핍하지 않았다. 초등학교는 미군에 징발당해 수업은 노천에서 했지만 재미있었다. 북쪽에서 피난 온 애들의 여러 종류의 언어들과 풍습. 피난민들은 빈대떡, 냉면을 갖고 왔다. 미군은 초콜릿과 비스킷과 통조림을 갖고 왔다. 모두 처음 보는 음식이라 재미있고 맛있었다. 하늘에는 비행기가 빽빽이 날아다니고 길에는 온갖 군용차량과 인간과 총으로 메어 터졌다. 전쟁은 조용하고 지루하던 도시가 흥청대고 신이 나는 곳으로 변화시켰다.

아버지는 공산전투에 참전했고 외삼촌은 안강전투서 전사했다. 어른들이 부대서 외출 때 입고 온 군복이나, 들고 온 총들이 신기하여 군인들이 우러러 보았다. 그 총을 들고 죽고 다치는 모습을 보지 못했으니, 군인들이 부러웠고 적을 죽였다니 기분이 좋았다. 동네 형들이 향촌동 건달이 되어 몰려다니며 주먹질하는 모습도 멋있게 보였다. 불구경, 물구경 그리고 싸움이 재미있다는 생각은 이 무렵에 각인刻印되어 평생을 유지하는 것이 아닌가? 하는 생각이 들었다.

맹자는 인간은 원래 착한 본성을 타고 난다고 보았다. 그 착한 마음이란 측은지심惻隱之心·수오지심羞惡之心·사양지심辭讓之心·시비지심是非之心의 감정에서 나온다고 말했다. 측은지심은 타인의 불행을 아파하는 마음, 수오지심은 부끄럽게 여기고 수치스럽게 여기는 마음, 사양지심은 타인에게 양보하는 마음, 시비지심은 선악시비善惡是非를 판별하는 마음이다.

순자는 반대다. 인간 본성은 악이라고 생각했다. 그래서 예禮를 중시하고, 이 예禮야말로 인간의 사회나 정신뿐만 아니라 자연계에도 통하는 법法: 法則이라고 하였다. 따라서 예禮를 통하여 인간은 자연계를 향하여 적극적으로 작용을 가하는 일이 가능해졌다. 또한 예禮와 법法: 法則이 동일시됨으로써 법法의 사회질서의 이념理念으로서의 의의가 높아져, 제자백가의 하나인 법가法家의 사상적인 기반이 이루어졌다.

나는 측은지심 결핍증이 있다고 자각하고 있다. 그래서 스스로 치유할 수 없으니, 아무래도 치료는 순자 쪽에서 받는 게 좋을 것 같다는 생각이 든다.

제 10 화

우리 동네 사람들

 서민들의 고달픈 하루가 저물었다. 이 동네는 도시 변두리의 한 빈촌貧村이다. 어둑해지면 "탕"이라고만 쓴 간판이 걸린 이 가李哥네 보신탕집에 꾼들이 모여든다. 적게는 사오 명 많게는 십여 명 정도가 매일 모인다. 저녁밥을 먹고 온 사람이나 안 먹고 온 사람이나 소주와 수육은 다 같이 먹는다. 대나무로 엮어 개기름으로 번들거리는 쟁반 위에 놓인 검붉은 개 껍질과 수육은 곁들어진 푸른 부추와 어우러져서 예술적인 모양과 색의 조화를 이루고 있다. 꾼들은 매일 포커하기 위해 모이지만 한편 이 수육을 먹기 위해서 모이는 것 같기도 하다. 이 사람들은 이 동네가 재개발되기 전부터 이곳에 살던 원주민들이다. '개발 투쟁위원회'를 만들어 싸우면서 동지가 되었는데 아파트가 들어선 뒤에도 헤어지지 않고 남아 자연스럽게 포커 치는 모임이 되었다.

  인간은 제 나름대로 취미 생활을 하기 마련인데도 어떤 이들은 포커 하는 사람들을 노름한다, 도박한다고 흰 눈으로 보기도 한다. 그러나 그런 언동은 인품이 덜 성숙한 자들이 하는 일이다. 매일 탕 집에 모이는 이 사람들도 그들과 똑같이 취미 생활은 하는 것이지 돈 벌러 오는 사람은 없다. 탕 집에 오는 사람들은 이 식당 안방이 그들의 법당이요, 교회이며 또한 교실이다. 까탈스러운 사람들은 이들이 보신탕 먹는 것도 시비를 건다. 웃음이 나온다. 소는 먹어도 되고 개는 안된다는 이유가 무엇일까? 이런 어처구니없는 분별심에 삶은 소 대가리가 웃는다.

  이 모임의 가장 연장자는 암자의 주지다. 대개 형님이라고 부르지만 때로는 스님으로도 부른다. 그리고 투쟁위원장 하던 이가 있는데 이 사람은 개발 바람이 불 때 공무원들과 부자들과 결탁해서 서로 정보를 주고받으며 상부상조해 큰돈을 벌었다. 그는 성공한 정상모리배政商謀利輩인데 철물점 김 사장이라고 부르기보다 위원장이라고 불러 주면 좋아한다. 다음 나이순은 국회의원 보좌관 하던 사람이다. 이 사람은 정치바닥을 헤맸던 덕에 아는 사람이 많고 게다가 입심이 좋다. 하지만 사람들은 그의 말이 거의 다 과장되거나 혹은 거짓말인 줄 알고 있다. 속으로는 사기꾼인 걸 다 알면서도 보통 의원이라고 불러 준다. 끝으로 군계일학群鷄一鶴으로 여성 무당이 회원이다. 이 보살菩薩은 '선녀보살'이라는 법명을 갖고 관운장關雲長을 주신으로 모시고 산다. 사주팔자도 봐주고 날도 잡아주고 때로는 액막이 푸닥거리도 해준다. 신내림을 받지 않았다. 그 탓에 작두도 무서워 타지 못하고 관운장이 누군지 자세히는 모른다. 이 정규 맴버 외는 수시로 등장인물이 바뀌므로 다 소개하기가 힘들다.

"형님 오늘 또 '가리'지요?" 위원장이 물었다. 주지께서 노름빚을 자주 떼어먹기 때문에 오늘은 미리 못을 박는다. 가난한 성직자를 그렇게 능욕하고도 지옥 갈까, 무섭지도 않은가 보다.

"야. 야. 무슨 소리고 오늘은 내 돈 많다"
"에이 뻥 치지 마소. 가리 봐줄게요"
"아이고 참 의심도 많지, 오늘 큰 49재齊 하나 들어 왔거든, 선수금 받은 게 있어. 오늘은 밀린 돈도 갚을게."

스님은 목에 힘을 잔뜩 주고 고기를 한 점을 맛있게 씹으며 곡차 한 잔을 꼴깍 마신다.

"빨리 패 돌리라," 자본주의는 돈이 신이다. 오랜만에 스님의 목소리가 우렁차다.

오가는 현금 속에 그들의 우정의 지수는 높아간다. 그 새 몇몇 비정규 맴버들도 끼어들어 판은 기분 좋게 돌아간다. 패가 몇 번 돈 뒤 중간 휴식 시간이 되었다. 약간 주기가 오른 의원이 물었다.

"형님도 오입해 보셨는기요?" 자기 딴은 수준 높은 농담을 하며 살벌한 분위기를 좀 부드럽게 만들어 보려 한다.

"한번 볼래?" 주지의 손이 자신의 허리춤으로 간다.
"왜 보여주는데요?"

"인마 자주 한 자지와 안 한 자지는 차이가 나잖아. 너들 한 번 보고 맞춰 봐라. '언어도단言語道斷'이라는 말이 있지. 말을 초월한 감으로 진리를 찾는 거지." 그러면서 스님은 아랫도리를 벗을 태세다. 그 말을 하며 선녀 보살을 힐끔 본다.

"오라버니 와 나를 쳐다보는데예, 망설이지 말고 화끈하게 한 번 보여주소. 내 그거 본 지도 오래됐다."라고 그녀가 말하자.

"내꺼 보여주면 니꺼도 보여줄래?"라고 주지가 말하자 보살은 지지 않고 대답한다.

"암 보여주다 말다요. 하자 케도 얼마든지 대준다." 이곳이 서방정토다. 승속불이僧俗不二다. 술이 거나해진 사내들이 스님의 아랫도리에 모여든다.

"옴마니반메훔"을 중얼거리며 그가 아랫도리를 공개하였다.

"와 해도 많이 했네. 잘 까져있고 새카만 거 보이, 많이 한 기 틀림이 없구만요. 스님이 내 보다 훨씬 더 많이 했네. 나도 한다카먼 하는 사람인데 졌다 졌어. 항복할게요. 그런데 수술한 기요? '다마'도 박은 거 같은데, 그 다마가 나중에 사리 되는 교?"라고 일행 중 한 사람이 물었다.

"내 포경수술한 연유를 설명 해줄게. 나는 동진출가童眞出家 했어. 내 말 알겠나? 아이 때 중이 되었다는 말이다. 그라고 동국대학 불교학과까지 다녔다. 졸업하고 군종으로 입대를 해 대위로 제대했지. 중도 스승을 잘 만나야지, 돈 없이 빌빌하는 스승 만나면 대학은 커녕 초등학교도 못 나오게 돼. 인생은 운 수소관인 것 같애. 나는 운 좋게 은사 스님 잘 만나 대학까지 다녔지."

"대학 나와 장교까지 한 스님이 서울 조계사나 합천 해인사 에 있지 않고 왜 이 동네 계시는데요?"
위원장이 공손해진 말투로 질문을 했다. 어느새 노름은 뒷전 이 되고 스님의 설법을 듣는 모임으로 변해버렸다.

"군대 때문이다. 대학 졸업 후 군종 법사로 임관되어 여기저 기 옮겨 다니며 오 년 동안 장교 생활을 했어. 군대는 예외가 없잖아? 회식 때 함께 술 마시고 안주로 고기 먹는다. 취하면 오입했다. 머리 기르고 군복을 입고 있으니 거칠 것이 없어 만고 땡이라. 이 바람에 불교의 계율을 몽땅, 어기게 된 것이지." 일 행은 엘리트 주지가 왜 파계하게 되었는지 대강 짐작이 갔다.

"동부전선에 근무할 때는 청량리역 588, 서부전선 근무 때는 서울역 양동이나 회현동을 자주 갔지. 꼬리가 길면 밟힌다더니 어느 날 '빠이쁘'가 세고 말았네. 창피하지만 우짜노, 군의관한테 갔지." 군의관은 출퇴근도 제 마음대로 하고 자리에 잘 붙어있지 않고 기술은 돌팔이다. 머리도 길게 기르고 군복도 규정대로 챙겨 입지 않고 다녀서 부대에서는 그를 군인으로도 의사로도 인정을 해주지 않았지. 그런 인간에게 법사가 찾아 갔으니, 죽을 맛이었지.

"임질이군요. 일주일 주사 맞으세요. 이번 기회에 포경수술도 해요." 양쪽 엉덩이에 주사를 한 대씩 준 뒤 군의관이 말했다.

"군의관님 수술은 이 병 치료와 관계가 있나요?" 돌팔이 의사가 칼질을 하겠다니, 영 못마땅한 법사가 물었다.

"예. 수술과 치료는 전혀 관계없어요. 포경이 되어있으면 불결해서 병에 잘 걸릴 수가 있으니까 권하는 거죠. 스님에게 보시해 드리고 싶어서 권하는 겁니다. 앞으로도 또 써먹을 텐데 수술한 사람이 병에도 덜 걸리거든요."

신세를 지고 있는 터라 법사는 그의 제의를 받아드릴 수밖에 없었다. 수술은 별 일없이 끝났다. 수술한 부위를 매일 소독하러 오라고 했지만, 위생병들 보기가 창피해 혼자 집에서 '옥시풀'로 소독하고 '아까징키' 바르며 자가 치료를 했다. 도중에 수술한 부위에 염증이 생겼다. 그래도 참고 스스로 치료를 했다. 실밥을 뽑으러 민간병원에 갔다.

"대위님 이 수술 어디서 하셨어요?"

이 질문을 듣자, 법사는 올 것이 왔다는 생각이 들었다. 군의관의 기술도 의심스러웠고 '수술 전에 손도 씻지 않고 칼을 잡고 대들더니만 결국 이렇게 만들었군'이라는 생각이 들었다.

"이 수술 참 잘되었어요. 표피가 엉성하고 불규칙하게 잘려서 염증이 생겼는데 그 바람에 귀두 싸는 표피에 다마가 여러 개 생겼어요. 우둘두둘한 거 이거 여자들 한 번 맛보면 껌벅 죽지요. 우리 병원에는 일부러 이 수술 받으러 오는 사람들 많아요. 군의관이 기술을 많이 넣어 수술을 잘했군요"

원장은 군의관의 엉터리 짓을 감싸주는 건지, 아니면 그를 은근히 욕하는 건지 법사는 헛갈렸다. 겨울 명태 덕장에서 동태가 마르다가 얼다가 하면 황태가 되듯이 염증이 낫다가 도졌다가 한 게 결과적으로 그에게는 큰 이득을 준 모양이었다.

"이제 알겠나? 다마는 그렇게 해서 박히기라."
"이제 보이 주지님은 엘리트 코스를 밟은 분이군요. 그런데 오늘 이런 자리까지 온 거는 어떤 사연 있어요?"

전역하고 법사는 처음 출가한 절로 되돌아갔다. 은사 스님의 후계자로 지명되어 전도 양양한 큰 스님의 길로 가고 있었다. 그러나 같은 절 스님들이 수군거리고 있었다. '군대 가서 온갖 계를 다 어긴 자가 주지가 되다니' 절간의 중들이 노골적으로 비난하는 소리가 들렸다. 가시 위에 누운 듯한 절간 생활이었다.

어떤 날 한 여인이 절을 찾아와 군에서 법사 했던 스님 찾는다고 했다.

"스님 날 모르시겠어요?" 여자는 애를 업고 있었다. 생각이 안 난다.

"글쎄 누구신지 생각이 안 나는데요."라고 하자
"이 새끼야. 이 애 안 보이니? 내 신세 이렇게 조져놓고 너 혼자 잘 먹고 잘사냐? 단물 다 빨아먹고 이제 와서 뭐 기억이 안 난다고? 뭐 이따위 중이 다 있어." 하며 여자는 애를 땅바닥에 내려놓고 대성통곡을 하였다. 한바탕 난리가 났다. 이런 소동 끝에 '돌아온 파계승'은 자신이 정말 죄가 있는지 없는지도 모르면서 어리둥절한 가운데 절에서 쫓겨났다.

"너거들 변명 같지만 내가 가끔 오입은 했어도 아 낳을 정도의 여자를 만난 일은 없어. 언놈이 나를 모함한 긴지 아이만 여자가 돈 뜯으러 온 꽃뱀인지 아직도 모리겠능기라, 하지만 그 기 다 파계한 내 업보 탓이라 생각하고 기왕지사 이렇게 된 거 원효 스님처럼 살라칸다."

"스님 억울한 거는 이해되지만 생뚱맞게 거기서 원효 스님은 왜 나오는데요?" 의원이 물었다.

"원효는 말이다. 요석 공주 만나 파계하고 절을 떠났잖아. 그러나 설총이라는 큰 인물을 낳았지. 환속한 후 낮에는 경주의 저잣거리를 다니며 우매한 중생을 위한 포교 활동을 하고 밤에는 공부를 열심히 해 많은 책을 쓰고 도를 닦았지. 내가 노름 기술이 모자라 너희들에게 돈을 잃는 게 아인기라. 이거 다 너거들 불쌍한 중생을 제도하기 위한 나의 보시지"

"야. 형님 꿈도 야무지다. 그럼, 대통령 딸 만나 결혼하고 애 놓겠다는 말이네요. 박근혜 시집가겠네. 꿈 깨소, 꿈. 그것도 그렇잖아요. 경을 다 못 외워서 49재도 혼자 하지 못해 프리렌서 중에게 하청을 주면서, 원효의 길로 갈라만 우성 기초 경부터 외우소마." 한 보살이 거든다.

"오라버니 그래도 잃은 돈은 주어야지요. 기술이 모자라면 돈이라도 많이 들고 와야지 밑천도 없이 노름하러 오는 사람은 도둑 심뽀지예." 선녀 보살이 마지막 쐐기박는 말을 했다. 이제 포커는 뒷전으로 가고 이야기 분위기가 되었다.

"이참에 우리 모두의 과거사를 다 털어놓고 한 번, 이야기를 해보자. 남자가 먼저 했으니까, 다음은 선녀 보살도 니도 한 번 해봐라." 주지가 공을 보살에게 던진다.

"그라마 나도 말할게요. 오라버니들 나도 오랫동안 도를 닦았어요."라고 보살이 말했다. '무당도 도를 닦아야 되는가?' 일동이 어리둥절한 표정을 짓는다.

"그거야 그래야지 아무리 무당이라지만 어느 정도의 기는 받아야 안 되겠나? 그런데 니는 무슨 도를 어떻게 닦았노?" 주지가 길을 터주는 말을 했다.

"나는 수녀 생활을 했어예. 어릴 때 '유아영세乳兒領洗' 받고 고등학교 졸업하고 바로 수녀원에 들어갔지요. 3년 동안 수련수녀를 한 뒤 종신서원終身誓願을 했지요." 일행에게는 수녀와 무당이란 연결이 어려운 단어였다.

"낙화유수落花流水에 정처 없이 흘러간 내 신세지만 주지 오빠처럼 지저분하게 놀진 않았어요." 이 말을 듣자 주지는 발끈하며 그녀에게 덤벼들었다.

"보살아. 내가 왜 지저분했는데 인연 따라 살다 보니 그런 거지. 너는 고따위 심보로는 영검靈驗(영험) 있는 무당 되긴 텃다, 텃어." 주지야 뭐라 하든 그녀는 말을 이어나갔다.

"천주교만큼 규율이 엄하고 남녀 차별이 심한 곳은 없을 낍니더. 개신교와 불교는 여자도 성직자 자격을 따서 목사나 주지 같은 직책을 맡지요. 하지만 천주교는 여자가 절대로 신부가 될 수 없어요. 성당에서 미사는 신부만 집전할 수 있지요. 어떤 사람들은 수녀가 성직자인 줄 잘못 알기도 하지만 다만 신부에게 절대복종하는 수도자에 지나지 않지요."

"보살은 왜 천주교 수녀가 되었는데?" 일동 중 누가 물었다.
"몰라서 그랬지요. 성당에 다니며 보니 수녀들이 정숙하고 희생적인 삶이 내 한 테, 너무 매력적으로 느껴졌어요. 속세에서 서로 경쟁하고 성과 돈과 명예를 찾아 헐떡거리는 인간들이 저속하게 느껴졌지요. 저 세계는 위대하신 하느님을 모시고 오순도순 자매끼리 살며 어려운 사람에게 봉사하고 천주님께 기도하며 평생 순결을 유지하고 산다고만 생각하고 뛰어든 거지요. 작은 가정을 꾸리기보다 큰 가정을 꾸민다는 게, 내 목표였어요." 이 말이 끝나자, 의원이 물었다.

"그래 성직자는 못 된다 쳐도 수도자의 생활은 지고지순한 아름다운 생활이 아닌가?"

"아유 오라버니 잘 모르면서 함부로 말 마이소. 종교계에서도 금수저 출신이 편하게 살고 누구 뒤에 줄 서느냐, 누가 밀어주느냐에 따라 성직자이든 수도자이든 그들의 운명이 달라져요. 불교도 그렇다고 아까 주지 오라버니도 말씀하셨잖아요." 대답하며 홀짝 소주를 한 잔 들이켰다.

"보살님 수도자 생활하면서 뭐가 가장 힘들었어요?" 일행 중 한 사람이 물었다.

"우선은 같은 수녀들에게서 받는 스트레스가 가장 견디기 힘들었지예. 대학 나오고 부자 출신인 수녀와 나 같은 고졸의 가난한 집 출신은 갈 길이 달라요. 공평하게 사는 듯이 보이는 벌들도 자세히 보면 일벌과 수펄 그리고 여왕벌로 신분의 구분이 있지요. 여왕벌은 다른 일반 유충과 달리 로얄젤리를 먹인 탓에 왕이 되지요. 수녀들도 궂은일만 하는 직책이 있고 행정이나 종교활동만 하는 직책이 달라요.

이런 차별은 배운 것과 그 능력의 차이 때문에 오는 것이라 나는 크게 불만이 없어요. 그러나 높은 직책에 있는 수녀들의 거들먹거리는 태도가 나를 힘들게 했어요. 그 수녀들이 평수녀들에게 소임을 줄 때 각자의 능력과 취향에 맞게 주는 게 아니라 수녀원의 필요성에 의해서 소임이 주어 지지예. 화가 나요. 못 배우고 무능한 사람도 맞는 자리가 있을 텐데 종교활동과 별로 관계없는 자리에 아무렇게나 던져지지요."

"음 듣고 보니 그렇군, 그러면 인간적으로 딴 어려운 일은 없었나?" 주지가 물었다.

"남자 생각을 참는 것도 너무 힘들었어요. 어떤 수녀는 밤마다 하느님이 자기 방에 온다며 추운 겨울에 창문을 열어놓고 윗도리를 홀딱 벗고 자는 행동을 하다 정신병원에 입원하기도 했지요."

수녀는 이성을 만날 기회가 없다. 외출 때도 둘씩 짝을 이루어 나가니 엉뚱한 짓을 할래야 할 수가 없다고 했다.

"나이가 들면서 욕심이 줄어든 탓인지 수양이 된 탓인지 불만도, 생리적 욕구도 조절이 되었어요. 마음이 편해지기 시작했어요. 나중에는 병원 약제실 약사 수녀 보조로 일하게 되었어예.

거기서는 약사인 선배 수녀님이 따뜻한 분이고 일도 힘들지 않아 마음 편하게 근무했지요. 일하고 기도하고 오랜만에 수도자다운 생활을 할 수가 있었어예. 그러나 그곳에서 내 수녀 생활이 끝나게 되요." 잘 나가다 삼천포다, 위원장이 질문했다.

"와 좋은거 같았는데 무신 일이 있었노?"

문제의 발단은 병원장 신부에서 시작이 된다. 그는 독일서 철학박사를 따서 귀국 하자, 말자, 본당 신부직과 병원장을 겸임하게 되었다. 교구에서 유학을 보낸 신부는 나중에 큰일을 맡기려고 키우는 여왕벌이다. 로얄젤리는 많이 먹인다. 그래서 오만해진다. 병원 일은 아는 게 없으니 출근하면 의무원장이나 관리부장의 보고를 받고 엄포나 한번 놓고 난 다음에는 대나무 칼을 들고 검도 연습을 하며 논다. 오후에는 일과도 끝나기 전에 직원들을 모아 배구를 한다. 때로는 직원들에게 짚으로 기둥을 엮게 한 뒤 그것을 운동장에 세워 놓고 진검으로 내리쳐 자른다. 다 큰 어른이 진짜 칼을 들고 설쳐대니 환자들은 무섭다. 직원들은 노동조합원의 목을 자르는 공갈 협박의 퍼포먼스를 펴는가? 의심도 해본다.

그런 탓인지 원장 신부를 따뜻한 신의 아버지로 느끼는 사람은 없었다. 자신은 노상 노는 주제에 병원 규정은 까탈스럽게 만들어 조금만 실수를 해도 시말서를 쓰게 하고 그게 석 장 이상 되면 쫓겨났다. 본당에서도 독재자적 성격은 여전하여 미사 때 복사를 서는 애들이 교리 공부 때 지각을 하거나 강의를 잘

못 알아들으면 매질을 했다. 본당 교우들에게도 따뜻함보다 엄격함이었다. 사람들은 예수님은 서민적이고 품이 너그러운 분인데 그 목자의 아들은 무섭고 독재자 노릇을 하니 도무지 이해가 가지 않는다.

어느 날 오전에 원장 신부가 검도하는 죽도竹刀를 들고 병원 약제실에서 칼춤을 췄다. 약국의 화분을 다 깨부셨다. 검도연습을 한 게 아니라 화를 주체 못해 난동을 부린 것이다. 몇 주 전 수녀들이 키우던 개가 새끼를 낳았는데, 갓 태어난 강아지를 귀여워하는 원장을 보고 지나가는 말로 '좀 더 자라면 드리겠다'라고, 말한 적이 있다. 무심코 한 말이라 수녀들은 깜박하고 강아지를 남들에게 다 주어버렸다. 원장은 계속 기다려도 소식이 없자 감히 수녀가 신부와의 약속을 어겼다며 이날 검도 칼로 약국을 박살 내버린 것이다.

평소에 원장 신부와 약국 수녀 둘은 한 달에 한두 번 공소公所를 찾아간다. 산골이나 한적한 시골에 신부는 없고 성당 건물만 있다. 이런 공소에 신부들은 적당한 날을 잡아 순례를 한다. 그날도 여느 때처럼 신부와 수녀가 공소를 갔다. 가는 데까지는 무사했다. 일은 돌아오면서 시작했다.

"어이 젬마 수녀 당신 말이야. 수도자 자격 있어?" 차 속에서 신부가 시비 쪼로 말은 건다.
"신부님 그게 무슨 말씀이세요?"라고 약사 수녀가 되물었다.
"수녀는 신부들 말에 무조건 따라야 하는 거는 이 바닥의 기본이잖아. 전번에 강아지 사건도 수녀가 신부를 우습게 안 거 아니야? 당신네들은 아무리 병원이지만 내 말보다 의사들 말에 꺼벅 죽잖아.' '그러면 약사가 의사 말을 따라야지 무슨 소리람?' 약사 수녀는 자신 말을 삼킨다.

"이번에 노조 생길 때도 그렇잖아 미리 나한테 정보를 주었으면 막을 수 있었어, 그런데 당신들 의사하고 짜고 사실을 숨겼잖아." 이 말에 젬마 수녀가 대답했다.

"신부님 병원에 노조 있는 거 정상 아닙니까?"
"아니 정상?" 원장 신부가 노한 눈으로 젬마 수녀를 노려본다. 봉고차를 급하게 세우더니 차 옆구리를 발로 차며 말을 이었다.

"그래 노조 있는 병원치고 안 망한 병원 있어? 젬마 당신도 조합에 가입했어?"

"저야 가입을 안 했지요. 하지만 사측이 억지를 쓰거나 독재하고 착취하면 노조가 꼭 필요하지요."라고 젬마 수녀가 말을 계속했다.

"그럼 내가 독재자이고 악질 원장이란 말이지."라며 신부의 분노에 찬 목소리가 높아졌다.

"안 그렇다고 할 수 없지요."라고 젬마 수녀는 계속 깐족이며 말대꾸를 한다.

"신부님은 어린 애들에게 교육시킨답시고 매질이나 하고 언제 본당 신도들을 따뜻하게 맞이해 본 일이 있으세요? 자신은 빈둥거리며 놀고 병원 직원들에게는 규율을 지키게 한다고 시말서나 남발해요. 이런 태도가 본당신부 그리고 병원장의 옳은 행동입니까?" 신부의 발길질이 더욱 세차다.

"차라리 날 때려라. 왜 죄 없는 차량을 차는데"라고 수녀가 악을 썼다. 그러자 신부가 수녀의 멱살을 움켜잡았다. 수녀의 머릿수건이 벗겨졌다. 비구니가 그녀들의 순결을 표시하기 위해 머리를 깎듯이 수녀의 머릿수건도 그녀들의 순결을 나타내는 자존심의 표징이다.

"야 인마 내 죽여라." 그러면서 수녀가 신부의 멱살을 잡고 늘어졌다. 늙은 약사 수녀가 온갖 힘을 다해 겨우 두 사람을 뜯어말렸다.

"수녀님. 이야기 들으니 통쾌합니다. 잘하셨어요." 정신과 의사가 수녀원장과 함께 온 젬마 수녀에게 밝은 표정을 지으며 잘했다고 한다. 수녀원장의 얼굴은 일그러지고 젬마 수녀는 멍해진다.

"수녀님 앞으로 수도 생활을 계속할 겁니까? 말 겁니까?"
"과장님 그 말씀이 정신과 진단과 관계가 있습니까" 참다못한 원장 수녀가 물었다.

"예. 진단은 물론 여러 가지 심리검사와 대면 질문을 한 뒤 나옵니다만 의사들은 무턱대고 진단을 하는 게 아니고 대강 방향을 잡아 놓고 그 부근의 진단을 감별해 냅니다. 젬마 수녀님 문제를 요약하면 우선 기분이 들떠 있고 공격적이고 비판적인 것이 문제예요. 평범한 일을 너무 예민하게 생각하고, 충동 자제를 잘하지 못하고 계급의 현실을 망각했지요.

이런 것이 성격 문제라면 치료하기가 힘듭니다. 내 생각에는 우선 '조울증躁鬱症'이라는 느낌이 듭니다. 이 증상은 조증과 우울증이 결합 된 병인데, 사람에 따라 한쪽만 나타나기도 하고 또는 양쪽이 번갈아 나타나기도 합니다. 이병은 소위 미쳤다는 정신분열증 같은 사고의 장애가 아니고 기분의 장애여서 치료가 잘됩니다." 이야기가 길어지자 그제야 둘은 심각해진다.

"젬마 수녀님은 진찰을 더 해봐야 확진이 되겠지만 현재는 중등도의 조증 상태가 아닌가 하는 생각이 듭니다. 수도 생활을 계속하려면 입원하세요. 그 뒤에 자세한 검사도 하면서 약도 함께 씁시다. 그러면 수녀 생활도 계속할 수 있을 겁니다. 그러나 억지로 내 감정을 억누르기 싫고 정의롭지 못한 수녀 생활이라고 생각되면 수도 생활 그만두고 환속해서 자신이 하고 싶은 대로 하고 사세요."

일동이 솔깃해진다.
"그래 그 뒤 어떻게 됐노?" 주지가 물었다.
"옷을 벗었지예. 처음에는 입원을 했심니더. 증상도 좋아져 퇴원까지 했어예."

초지일관初志─貫해서 수도자의 길로 가기로 작정한 것이다. 그러나 현실은 자신의 계획대로 진행되지 않았다. 퇴원 뒤 수녀원에서 이런저런 핑계를 대어 보직도 주지 않았다. 병원에도 가라는 말도 없이 그냥 내 버려두고 아무도 관심을 보여주지 않았다.

"생각해 보이소. 미친년을 누가 따뜻하게 대해 주겠습니꺼?"

그래도 참고 살던 중 결정적으로 수녀원을 나와야 되는 일이 생겼다. 어느 날 '멀쩡한 애를 신부와 싸웠다고 미친년 취급해 정신과 입원시켰다.'라며 그녀의 오빠가 수도원장 수녀를 '불법 감금죄'로 경찰에 고발한 것이다. 그런 북새통에 젬마 수녀는 수녀원에 더 있을 수 없었고 환속해 선녀 보살이 되었다.

"에이 씨팔 듣고 보니 찝찝해 죽겠네" 보신탕집 주인이 가다가 들어와 이야기를 듣다가 주방에 가서 수육 한 접시와 진국 한 냄비를 들고 오면 큰 소리로 외쳤다.

"형님들 누님, 이거 저의 서비습니더. 듣고 보이 과거는 다 다른데도 현재는 이 자리에 똑같이 모였네요. 자 인자 진국 한 사발씩 드시고 과거는 잊고 현재에 충실 하입시더."

시의적절時宜適切한 보신탕 보시였다. 선인선과善人禪果라 보신탕 주인은 오늘의 이 보시로 서방정토에 태어날 것이다. 그날은 주지와 보살에게 끗발이 올랐다. 돈을 많이 땄다. 이 두 남녀의 무외시無畏施에 부처님과 옥황상제님이 기분이 좋았던 모양이다.

제 11 화

원추리 꽃

　못생기고 흔하지도 않아 이름조차 아는 이 드문 산야초山野草, 봄에서 이른 여름까지 인적 드문 산중에서 혼자 꽃을 피우다 지는 원추리, 여름이 되면 지극히 평범한 잎사귀가 장다리 한둘을 길게 뻗어 그 끝에 평범한 노란색 꽃을 단다. 원추리와 같은 백합과에 속하는 솔나리, 중나리, 참나리들은 같은 집안이면서도 외모가 너무 다르다. 나리꽃들은 색깔부터가 선명한 붉은색 혹은 주황색으로 눈에 확 띄고 요염하다. 꽃잎의 바탕에는 까만 점들이 촘촘히 찍혀 있어 그 매력을 더한다. 나리꽃들은 성숙하면 윤기가 나며 모양도 달라져 아름다움의 경연을 벌린다. 어떤 종류는 하늘을 보며 또 다른 종류는 땅을 향해 개화하면서 그 꽃잎들을 한껏 뒤로 젖힌다. 이런 매혹적인 자태는 남정네를 꼬이는 기녀들의 교태로운 눈 흘김 같아 그 아름다운 느낌은 최고조에 달한다.

원추리는 이런 친척들과 너무 다른 모양이다. 꽃 색깔도 그저 그런 밋밋한 황색인 데다가 꽃잎의 자흑색의 반점들이 있어도 뚜렷하지 않아 촌색시의 미숙한 화장처럼 티가 나지 않는다. 꽃잎도 성숙해도 반쯤밖에 벌어지지 않는다. 암술과 수술 모두가 꽃잎과 조화를 잘 맞추지 못해 꽃 모양이 엉성해져 버린다. 이런 허술한 외모 탓에 꽃이면서도 옳게 꽃다운 대접을 받지 못한다. 봄철 나무꾼이 진달래 보면 꺾어와 물병에 꽂아 두지만 원추리는 잘라 와서 나물로 무쳐 먹는다. 어느 해 우연히 이런 못난 꽃과 인연을 맺은 일이 생겼다.

보릿고개가 있던 시절, 한반도의 산은 풀조차 보기 드문 흙덩어리였고 길은 비포장 황톳길, 놀러 간다고 여행하는 사람도 드물었다. 나 역시 방학 때 외가 가는 정도가 큰 여행이었다. 시외버스가 비포장의 요철(凹凸)투성이 길을 마구잡이로 달리노라면 사람과 짐은 번철에 콩 볶듯 튀어 오르내리기를 반복한다. 장거리 버스 한번 타고 나면 10년 묵은 체증이 다 내려간다고 했다. 차창 밖으로 보이는 황량한 풍경은 요즘 텔레비전에서 보는 사하라 사막의 그것들과 흡사한 풍경이었다.

버스가 높은 재를 넘을 때는 사람 싣고 가는 버스 저도 힘들지만 앉아서 용쓰는 승객들도 힘들기는 마찬가지다. 차가 가끔가다 한 번씩 급경사의 구비구비 돌아치면 버스의 뒤꽁무니는 이미 허공에 들려 있다. 벼랑 길에서 다른 버스와 마주치기라도 하면 경이로운 '에어쇼'가 벌어진다. 교행을 위한 넓은 길을 찾기 위해 올라가던 차는 뒤로 후진을 해준다. 아슬아슬 곡예 운전을 해서 겨우 여유가 있는 길에 들어서면 올라가는 차는 최대한 바싹 길 한 곳에 붙어서 서있고, 내려오는 차는 벽과 기다리는 차의 사이를 차체를 긁어가며 지나간다. 차의 앞바퀴 뒷바퀴들이 교대로 허공을 들락거리며 버스를 교차시키는 운전기사들의 이런 기술은 비행기 조종이지 어찌 자동차 운전이라 할 수가 있으랴! 이런 상황이 되면 배짱 좋은 승객은 간혹 자리에 앉아 있기도 하지만 대부분 손님은 차에서 내려 기도하며 구경한다. 버스가 통째로 떨어져 많은 사람이 다치고 죽는 이런 극한 운전 기술의 현장 학습장은 단연코 강원도이고 내 주변의 현장은 청송 노귀재, 고령 금산재, 청도 팔조령이 유명했다.

이런 무렵 여행은 어쩔 수 없이 차를 탈 뿐이지 즐겁다고 하는 사람은 없었다. 그런 여행을 하다 보면 간혹 멀리 차창 밖으로 텅 빈 민둥산 등성이에 노란 꽃이 보일 때가 있었다. 불모지에 꽃 핀 식물이 있을 수 있을까? 쓰레기나 혹은 신기루일지도 모른다는 생각을 했다. 여행할 때면 그 꽃을 만나려고 창밖만 줄 곳 내다보고 있다. 언제 그 신비의 그 노란 꽃을 가까이서 한번 보는 게 간절한 소원이었다. 그러나 그런 행운은 좀체 오지 않았다.

애틋한 소년의 바람을 하늘이 알았을까? 어느 날 천재일우千載一遇로 신비의 꽃을 만나게 된다. 그날도 시외버스는 신작로

新作路에서 한참 뜀뛰기를 마치고 산길에 올라 공중 쇼를 하던 중 차가 고장이 났다. 승객들은 버스에서 내려 언제 끝날지 모를 자동차 고장 수리를 기다리고 있었다. 어떤 사람은 현장에서 차 고치는 광경을 구경하고 또 어떤 이는 개울로 내려가 발을 담그거나 세수를 하고 어떤 축들은 길에 앉아 담배를 피우며 이야기하고 있었다. 모두 어른들이라 나는 어느 쪽에도 딱히 끼일 곳이 없었다. 문득 이 산에는 그 노란 꽃이 있을지도 모른다는 예감이 들었다. 산속으로 들어갔다. 버스가 떠나 버릴지도 모른다는 불안감에 조바심을 치면서 아래를 보다가 위를 보다가를 반복하며 산을 오르고 있었다. 시간이 초조하게 흐른다. 입은 마르고 심장은 뛴다. 시간이 지나자 더 이상 불안감을 견딜 수 없어 버스로 돌아가기로 마음먹었다. 아쉬운 미련에 마지막으로 산등성을 쳐다보노라니 아! 웬일일까! 노란 그 꽃이 그곳에 있었다. 이름 모를 신비의 산중 꽃, 항상 달리는 차창으로만 보던 그 노란 꽃이 거기 있었다. 가만히 옆에 가서 앉아 자세히 그 꽃을 본다. 소박하고 깨끗한 꽃이었다. 흙덩이 산에 홀로 피어있어 환상일지도 모른다고 생각했던 물체가 실제로 존재하는 야생화였다. 노란 꽃과의 만남은 이렇게 우연히 이루어진 것이다. 차가 가버릴까 하는 두려운 생각에 급하게 산을 내려오는 탓에 우리 만남은 그렇게 짧은 순간에 끝나고 말았다. 그 후 남에게 물어도 보고 식물도감을 뒤져 그 야생화 이름이 '원추리'라는 것을 알게 되었다. 그 해후邂逅 이후 객지로 떠났다. 삭막한 서울 생활은 시간도 없고 경제적 여유도 없어 나의 모든 것을 앗아갔다. 원추리와의 재회도 이룰 수 없었다. 아니 살기 바빠서 원추리 생각도 할 겨를조차도 없었다.

긴 세월이 흐른 뒤 고향으로 돌아왔다. 어느 날 팔공산을 등산하다가 염불암念佛庵 담장 아래서 느닷없이 원추리를 다시 만나게 되었다. 그 꽃들이 작은 절간 담장 아래에 무리 지어 자라고 있었다. 반가움에 심장이 멎을 것 같았다. 첫 만남 때 원추리는 단 한 송이가 수줍고 외롭게 서 있어 신비하고 다정스레 느껴졌었다. 갑자기 이렇게 집단으로 피어있는 원추리를 보니 이것들은 종류가 다른 꽃처럼 느껴졌다. 소박함이나, 청초함이 느껴지지 않는 이 무리를 보니 긴 생 머리했던 처녀가 시집을 가서, 파마를 한 옛 애인을 보는 기분이었다. 이 원추리들은 촌티를 벗고 생명감이 충만하여 싱싱하게 보이고 자신감이 넘쳐흐르는 새로운 매력이 있다며 애써 자신을 달랜다.

그 후 팔공산에 자주 오르내리는 탓에 암자 부근에서 그 원추리 군락을 자주 보게 된다. 이제는 예전의 신비감은 줄어들고 그저 있는가 보다 하는 심드렁한 관계가 되었다. 어느 이른 봄 산에서 내려오다 보니 왼 중년의 여자가 원추리의 어린싹을 마구 자르고 있는 게 아닌가. 충격을 받았고 화가 났다. 따지듯 질문하니 그 여자는 절에서 일하는 공양주 보살인데 꽃피기 전 새싹 원추리는 나물 무쳐 놓으면 그렇게 맛이 좋을 수 없다며 나보고 이 나물 반찬으로 점심 공양도 하고 가란다. 입이 벌어지지 않아 대꾸를 못 한다. 그 후 암자 참배객들도 새싹 원추리를 베어가는 모습도 자주 보였다. 식물이라도 산목숨을 함부로 죽이지 말라는 게 부처님의 기본 가르침이다. 공자님도 방장부절方長不折(새순은 꺾지 않는다)이라고 했다. 부처님 턱 아래서 절간의 직원이나 참배객들이 약할 것도 아닌데 무지막지하게 어린 식물의 싹을 자르며 살생하다니 어처구니가 없다. 꽃이 나물로 전락 되는 서글픈 광경을 자주 보게 되니 이윽고 나마저도 이제 원추리는 꽃이 아니라 나물이라는 생각으로 바뀌기 시작했다.

원추리의 신세 전락은 끝이 없다. 최근에는 도시의 길거리 화단까지 내려와 떼거리로 심어져서 있다. 도회의 원추리는 먼지와 배기가스에 찌들어 노란 꽃 색깔도 희덕스레 바래고 포기도 작은 것이 볼쌍스럽기가 짝이 없다. 원추리는 심심산천에서 혼자 외롭게 서 있어야 제격인데 이렇게 도회의 길거리로 하산하여 비루먹은 개 꼴을 하고 서 있다. 앵두나무 우물가의 수줍던 순이가 입술 붉게 칠하고 종로의 엘레나가 된 모습이다. 이런 비극적 상황에도 원추리는 부끄러운 줄도 모르고 뭐가 좋은지 저희끼리 떠들며 오가는 사람들에게 좋아라, 교태嬌態를 부리고 있다.

정나미가 떨어진다. 하지만 정이란 무엇이며 인연이란 게 무엇일까? 길거리의 잡초가 된 원추리지만 미워하면서도 화단을 지날 때 외면하지 않고 다닌다. 지극한 사랑도 세월이 지나면 신비감은 옅어지고 이윽고 사라지는 것이 자연스런 세상사의 기본 원리가 아니던가? 나 역시 까불고 속세에 붙어 존재를 구걸하는 주제에 어찌 원추리의 변신을 나무랄 수 있겠는가? 그저 이렇게 아련한 옛 생각을 하며 끈질긴 인연이 다 할 때까지 기다리는 수밖에 도리가 없을 것 같다. 일본에서 원추리는 '와수레쿠사忘草(잊어버리는 화초)'라고 한다. 원추리 물 먹고 다 잊어버리자.

제 12 화

잘 가시게 전영발

우리는 이렇게 멀쩡하게 서 있는데 자네는 한 줌의 재가 되어 자연으로 돌아가고 있구나. 좋은 날 다 놔두고 하필 이 추운 날을 골라 먼 여행길을 떠나니 우리 마음은 더 아프다네. 머지않아 우리 모두도 따라갈 곳이니 먼저 가는 김에 배산임수 背山臨水 좋은 자리 좀 넉넉하게 잡아두게.

자네가 구상화를 그리던 시절 우리는 전영발은 천재 화가라며 난리를 피웠지. 시간이 지나 그림이 추상으로 변했고 그 속에는 기역, 니은 디귿도 있었고 1, 2, 3 숫자도 보였다가 산도 서있고 강물도 흘렀다. 이때부터 우리는 어리둥절했다. 화두話頭를 풀지 못해 아름다움을 못 느꼈기 때문이었다. 그림의 뜻을 물으면 자네는 웃기만 했어. 언젠가부터 자네는 아예 붓을 던져버렸어. 우리는 물론 주위의 화단 선후배들까지도 안타까워했다. 천재 화가가 창작을 포기했다며 모두 안타까워하며 다시 붓을 들라고 외쳤다.

사실은 자네는 그때 텅 빈 가운데에 진리가 있다는 진공묘유眞空妙有를 알아차린 최고 화가의 경지로 들어가고 있었는데 무지한 우리는 그것을 몰랐다. 자네의 창작은 좁은 붓과 캔버스를 떠나 광대한 허공에서 찬란하게 이루어지고 있었다. 가끔 자네의 입에서 흘러나오는 음악, 독서, 역사에 관한 이야기들이 모두 허공에 그려지고 있는 그림의 퍼즐 조각인 것을 멍청한 우리는 알아차리지 못했다네. 열심히 창작하고 짬짬이 우리에게 자세한 해설까지 해주어도 아무도 모르고 멍하게 쳐다보고만 있었으니 불발 자네는 얼마나 고독했을까? 얼마나 속상했을까?

남들이 알아보지 못하던 그림을 그리던 불발, 이제는 가난과 고독도 없고 숨 못 쉬게 하던 폐암도 없는 상락아정常樂我淨의 세계에 올라가 창작하는 행운을 얻었네. 그곳에는 현인賢人만 사는 세상이라 모든 사람이 자네를 이해하고 작품을 칭송하며 존경의 기립박수를 보낼걸세. 자네를 떠나보내는 우리는 속상하고 마음이 아프다. 그러나 자네는 자신 인간과 작품의 가치를 이해 해주는 현명하고 착한 사람들의 세상으로 들어갔으니 얼마나 행복하겠나? 그래서 우리는 자네와의 이별을 슬퍼하지 않겠네. 행복해진 자네를 생각하며 우리는 웃기로 하겠네. 잘 가게 불발, 추운 겨울 먼 길 조심해서 여행하시게.

[1주기 추도문] - 친우 영발에게

영발아 그동안 잘 지냈재? 우리도 자네 덕택에 그럭저럭 잘 지내고 있다. 우리가 사는 동네는 요새 꽤 추워졌는데 자네가 사는 그곳은 항상 봄이라니까 추운 줄 모르겠구나. 해마다 겨울이면 지산동 화실에 난롯불 땐다고 석유사서 계단 오르느라 고생했고 불 때면 매연 냄새에 늘 고통스러웠지. 이제 피안彼岸에 도달하였으니 그런 걱정 없어져서 좋겠다. 불면, 만성변비와 소화불량 그리고 부정맥, 간염들과 함께 가난도 다 사라졌으니, 그곳은 삶은 이고득락離苦得樂 행복한 시간의 연속이겠다.

매일 자네가 그림을 열심히 그리고 있는데도 그 캠버스가 허공인 탓에 눈먼 중생들은 자네가 창작하지 않는다고 혀를 차고 꾸짖었지. 선정禪定에 들어 세상을 쥐락펴락하고 있는데도 허송세월虛送歲月한다고 우매한 친구들이 안타까워했지. 이제 자네는 서로 마음이 통하고 현명하고 착한 사람들과 함께 살고 있으니 드디어 자신의 진정한 가치를 인정받고 칭찬과 박수 속에 함께 웃으며 살고 있겠지.

만남은 이별을 품고 있다고 성인들이 말씀했다. 우리는 자네를 못 보아 그리워하던 지난 일 년도 그 말을 되새기며 허전함을 달래며 살았다네. 이별은 또한 재회의 씨를 안고 있다고 했다. 머지않아 우리 모두 또다시 만나게 되겠지. 그때 산천경개山川景槪 좋은 곳을 찾아다니며 음풍농월吟風弄月하며 행복한 시간을 가져보세. 오늘 헤어진 지가 일 년이 되니 자네 생각에 사무쳐 이렇게 만나러 왔네. 감나무 밑은 따뜻하고 포근하게 보여 마음이 놓인다. 이제 헤어질 시간이 되었구나, 우리 이만 갈게. 또 만날 때까지 편히 쉬게 안녕. 불발 전영발 화백.

서기 2024년 12월 23일

친지와 친구 일동

제 13 화

정신과 아침 회진

입원 환자들이 가장 기다리는 시간은 아침 의사들의 회진일 것이다. 그들의 병 상태와 고통을 호소하고 의사가 검사 결과를 보여주고 진찰하고 설명해 주는 시간이기 때문이다. 병의 경과가 좋아진 사람은 의사에게 고마워하는 인사도 전한다. 그런 분위기여서 서로가 기분 좋은 시간이 된다. 같은 병원에 있어도 정신과의 아침 회진 시간은 분위기가 또 다르다. 환자들이 병식과 통찰력이 없는 경우가 많아서 자신은 억울하게 강제로 갇혀있다고 생각하기도 한다. 성격이 온순한 사람은 징징대며 호소만 하지만 성질이 공격적인 사람은 큰소리치며 퇴원시켜달라고 대든다. 가끔은 쌍욕이 나오고 주먹질하는 사람도 있다.

"왜 내가 병원에 갇혀있는 거야 병명은 뭐야? 그것만 말해주면 일 년이라도 있겠어"

"넌 미쳐서 입원해 있는 거야."라는 말이 정답이지만 차마 말 못 해 어물어물한다.

"저것 봐. 모르잖아. 그것도 모르는 돌팔이가 무슨 치료를 한다는 거야."

"차차 알게 될 겁니다." 성질을 참고 억지로 웃으며 말하지만, 아침부터 기분 더럽다.

간호사들이 약을 주면 욕하고 주먹질하는 환자도 있다. 어떤 환자는 공중전화로 경찰서나 보건소에 억울하게 '강제 구금되었다'라며 신고도 한다. 나의 환자 중에는 살인, 강도, 강간 등의 중대 범죄를 저질러 치료감호소에서 강제로 치료를 받고 온 사람들도 몇이 있다. 그들은 아직도 사고낼 때의 병이 덜 나아 민간병원에 와서도 계속 치료를 받아야 하는 경우다.

"내 방의 환자 서너 놈 죽이고 싶어 죽겠어요. 사고낼까 불안해요. 집에 보내줘요." 이 사람은 협박하는 건지, 호소하는 건지 가늠이 쉽지 않다.

"우리 부모가 나를 미워해서 죽이려고 했어요. 그래서 내가 먼저 목을 조르고 사지를 토막 쳤어요." 아버지를 죽인 환자가 묻지도 않았는데 갑자기 이런 이야기를 한다.

"귀에서 욕하는 소리 때문에 괴로워 죽겠어요. 병원에 갇혀 있으니까 더 괴로워요."

퇴원시켜달라는 것인지 환청 때문에 괴롭다는 것인지 어느 말에 무게가 실려 있는지 모른다. 세월 따라 정신병 환자의 증상도 많이 변했다. 군사독재 시절에는 중앙정보부에서 '나를 감시한다. 괴롭힌다'라는 망상이 제일 많았다. 그때는 정신병 환자라도 살인하는 경우는 거의 없었다. 입원해서도 직원들에게 폭행하거나 쌍 욕하는 사람도 드물었다. 요즘 나라의 윗물이 더러워지니까 하류도 탁류가 되는 모양이다. 국회에서 배운 어른들이 걸핏하면 서로 죽일 놈이라는 말을 함부로 하니까 국민들은 정말 죽이는 일이 생긴다. 신부가 대통령 탄 비행기 추락해 죽으라고 하나님께 기도하는 세상이니 속인들이야 더 무슨 짓을 하지 않겠나?

정신과 의사의 고충을 말하다 보니 매우 으스스한 이야기가 되고 말았다. 예로 든 환자 이야기는 소수이고 대체로 정신과의 병실 분위기는 따뜻하고 조용하다. 환자들은 마음이 순하고 착한 사람들이기 때문이다. 환자들은 생각은 비록 뒤틀려 있고 감정과 행동은 장애가 있어도 본성은 착한 사람들이다. 순한 탓에 남에게 밀리고 손해를 보는 사람들이 많다. 가끔 환자 중에는 지능이 모자라고 게다가 정신병까지 겹쳐있어 직원들을 안타깝게 한다. 혼자서는 기초적 일상생활도 못 하는 영철이 같은 사람도 있다.

그는 아침 회진 때 하마처럼 입을 크게 벌리고 말한다. 남들이 자신의 말을 못 알아들으니 일부러 크게 입을 벌려 말한다. 그래도 남들은 그의 말을 알아듣지 못한다. 혀는 꼬부라져 있는 데다 문장이 이어지지 못하고 단어가 토막이 나기 때문이다. 가끔 영철이가 양손으로 귀를 쥐어뜯고 머리를 쥐어박을 때가 있다. 이럴 때는 욕하고 꾸지람하는 소리가 들리기 때문이다. 게다가 자신의 몸도 제대로 가누지 못하니 환자들이나 직원들에게 영철이는 갓난아기 취급을 받고 산다. 먹을 것 달라는 요구 외는 딴말을 못하고 남을 만나도 인사 같은 것도 못한다. 복지사들은 매일 인사하는 법, 대화하는 방법을 가르친다.

어느 날 아침 회진 시간 중 한 병실에서 고함이 들린다. 뛰어 가보니 한 환자가 약주는 간호사를 밀치고 들고 있던 약함을 땅바닥에 내리쳐 부순 뒤 악을 쓰고 있었다. 나를 보자 들으라는 듯이 더 고함을 지른다.

"아, 씨발 내가 왜 입원해야 되는데, 멀쩡한 사람에게 왜 '또라이'들에게 주는 약을 먹이는 거야!" 반사회적 인격장애자다. 흔히 말하는 사이코 패스다.

"설명해 드릴게요."라며 말을 걸자
"지랄하지 마라, 지금 당장 퇴원시켜."

술 중독되어 헛것이 보여 공포에 질려 사지를 벌벌 떨며 죽어가는 그를 회복시켜 주었더니 회답이 이것이다. 입원 열흘도 되지 않았는데 그동안 불법감금 되어있다며 112에 신고해 경찰관들도 왔다 갔고 보건소에도 신고해서 직원들이 방문했었다. 며칠 뒤는 인권위원회에서도 온다고 한다. 쉽게 퇴원이 되지 않아 약이 오를 때로 올라있다.

대개의 반사회적 인격장애자는 말도 잘하고 외모도 멀쩡하게 보이는 사람이 많다. 대학병원 있을 때 실습 나온 의대생과 간호대생들이 '왜 저런 멀쩡한 분을 입원시키셨나요?'하고 질문하던 생각이 난다. 반사회적 인격장애는 정신병자가 아니고 인간성에 문제 있다. 이런 사람들은 짧은 기간 만나면 말도 잘하고 인사도 잘해 사람들이 좋은 사람으로 착각한다. 근본적인 문제는 양심이 고장이 난 사람들이라 남을 속이고도 나쁜 짓을 해도 얼굴 붉힐 줄 모른다. 심지어, 살인하고서도 잘못했다는 생각을 하지 않는다.

"할 말 있으면 이리 오쇼." 양아치가 복도에 놓여진 책상으로 가 앉아 손가락으로 나를 불렀다. 도저히 참을 수가 없다.

"이봐 당신 어디서 하던 행동을 여기서 하는 거야." 놈의 앞으로 가며 고함 질렀다. 움찔하고 놈이 놀란다.

"당신은 술주정하다 병원에 강제 입원당했지. 거기서 간호사 두들겨 팼잖아. 출동한 경찰관들이 당신을 우리한테 입원시킨 거야. 다 알잖아. 알면서 왜 그래? 치사하잖아? 기운 없는 간호사는 왜 때려 나하고 한 번, 붙어 보자."

말도 체, 끝나기 전에 놈이 나의 멱살을 잡더니 면상에 머리를 박는다. 모여 있던 환자들이 놀라 도망을 간다. 누군가가 우리 사이에 끼어들었다. 영철이었다.

"선생님인데"라고 고함지르며 혼자서는 잘 서지도 못하는 그가 양아치의 멱살을 잡고 매달렸다. 놈이 영철이의 얼굴을 후려갈겼다. 그래도 그는 놈에게 매달려 나를 막고 있었다. 뒤늦게 나타난 보호사들이 놈의 양팔을 잡고 안정실로 끌고 갔다. 수간호사가 영철이를 껴안고 울었다.

"영철씨 영철씨가 어떻게…," 그녀는 더 이상 긴말을 하지 못하고 울고 있었다. 영철이는 입을 크게 벌리고 허공에 손짓하며 혀 꼬부라진 소리로 말했다.

"선생…님 인…데, 선…생님 인…데
정신과의 아침 회진은 가끔 드라마 같은 일들이 벌어진다.

제 14 화

종환아

종환아 너의 고향 대구는 지금 함박눈이 내리고 있네. 박영룡이 부부 동반해서 대구에 와서 우리 함께 놀았듯이 자네도 성한 두 다리로 이 도시를 한 번 다녀갔으면 하는 생각을 해보네, 자네와 나는 중학 1학년 때 한 반이었고 고등 졸업 때 또 한 반이었지, 그래서 남들보다 더 애틋한 애정이 남아 있네, 세상에 가장 착한 자네가 우리 곁을 떠났다니 어제 나는 몸살이 났다네. 약까지 먹고 출근했다. 우리가 만났기에 헤어지는 슬픔이 있듯이 헤어짐은 또 만난다는 기쁨을 잉태하고 있기에 굳이 그렇게 자위하며 나는 자네와의 이별을 슬프다고 하지 않고 아쉽다고만 말하네.

내가 며칠 전 말했지 함께 요단강을 같이 건너자고 하고서는 그새를 못 참고 먼저 간 자네가 원망이 되지만 하나님의 뜻이 그러하니 참을 수밖에 없네, 이제 눈이 더욱 펑펑 내린다. 플로리다는 눈이 없겠지? 이제 하나님 나라에 가서 마음껏 뛰어다니고 마음껏 먹고 마시고 신나는 노래도 부르게나. 장애 없는 원죄 없는 깨끗한 인연이 되어 우리 다시 만날 때까지 안녕히 계시게나. 주여 부디 우리 종환이의 모든 죄를 용서하시고 따뜻하게 맞아주소서. 아멘,

제 15 화

칭다오靑島의 새벽

오늘도 눈을 뜨자마자 일과처럼 새벽 바닷가로 나선다. 중국의 동해, 칭다오 앞바다의 부드러운 해풍이 기분 좋게 얼굴을 스친다. 작년에도 여기 와서 새벽마다 산책을 갔었다. 그때는 겨울이어서 그랬는지 별다른 감흥이 없었는데 이번에는 느낌이 다르다. 한여름을 지나 9월이 되니 날씨도 쾌적하고 볼 것도 많아 새벽 산책이 즐겁다. 호텔은 그때와 마찬가지로 하이티안호텔海天大酒店이다. 칭다오 적십자사 초청으로 간 덕에 모든 대접이 융숭하다. 식사도 일류 식당에서 하고, 잠자리도 항상 별 5개의 하이티안호텔로 정해 주었다.

신도시의 해안가 풍경은 정말 그림 같다. 우선 해안 자체가 잡목 우거진 야트막한 구릉과 길고 굽이도는 바닷길이 한데 어울려 아기자기하고 운치가 있으며, 바다는 일망무제一望無際로 넓어 기분이 통쾌하다. 12층 내 방에서 밖을 내다보면 산과 물이 어울리고 육지 쪽 언덕에는 고급 주택이 들어서 있어 인공과 자연이 어우러져 호텔방 창틀이 마치 그림 액자 같은 착각이 들 정도다. 호텔을 나와 바다로 가자면 신작로를 넘어야 한다. 칭다오 사람들은 5.16 사건 전 우리나라처럼 차나 사람 모두가 하나같이 교통신호를 지키지 않는다. 새벽 산책 때도 이 점을 절대 유의해야 한다. 잘못하다가는 객사하거나 장애인이 되기 쉽다. 좌우를 잘 살피다가 차가 전혀 오지 않을 때 넘거나 아니면 전력 질주해서 길을 타 넘어야 한다.

바닷가에는 새벽부터 온통 낚시꾼들 투성이다. 우리나라나 일본은 새벽 바닷가에서 낚시하는 사람이 거의 없는데 이 동네는 마치 어느 낚시회에서 출조出操라도 온 듯 꾼들이 많다. 가까이 가 보면 잡은 물고기도 거의 없다. 그런데도 왜 매일 이렇게 모여드는 것인지 이해가 가지 않았다. 목이 좋은 곳에는 이삼십 명씩 몰려 낚싯대를 드리우고 서 있다. 바다 가운데에서도 특이한 모습으로 고기를 잡는 사람들이 있었다. 공기를 집어넣은 길쭉한 튜브 두 개 위에 판자를 걸친 일종의 변형된 작은 뗏목이다. 여기에 쪼그리고 앉아 고기를 잡는다. 이 사람들은 어부들이다. 물에 나와 고기를 파는데, 마릿수는 얼마 되지 않는다. 내가 아는 고기는 전어뿐이고 그 외에는 생전 처음 보는 잡어 몇 마리가 있다.

한 모퉁이를 돌면 거기에서는 중년에서 초로의 남자들 열댓

명이 매일 모여 수영을 한다. 약 50미터쯤 헤엄쳐 들어가서는 계속 머리만 내놓고 웃고 얘기하는데, 얼추 한 시간쯤 그렇게 하고 있는 것 같다. 그들이 물에 들어갈 때나 나올 때 보면 수경이나 모자는 없고 겨우 수영 팬티만 갖추어 입고 와서는 길에서 거리낌 없이 바지를 벗고 바다에 들어가고, 또 나와서는 그냥 바지를 걸쳐 입고 집으로 간다.

중국 적십자사에서 매일 아침 8시에 우리를 데리러 오는 탓에 내 딴에는 일찍 일어난다고 해도 매일 시간에 쫓긴다. 음악 공원을 지나 목표지점인 5.4 공원까지 걷고 와서 아침 먹고 샤워하자면 부지런히 걷기만 해야지 경치를 음미하거나 사람들을 관찰할 여유가 없다. 산책 때마다 아쉬워하던 중 마침내 일요일이 되어 오전 중에 자유시간이 주어졌다. 이날 나는 산책의 목적을 운동에서 관광으로 바꾸어 천천히 걸으며 주변을 관찰했다. 일요일에도 역시 낚시꾼과 뗏목 어부와 발 헤엄치는 사람들의 모습은 여전했다. 시간이 충분하므로 우선 음악 공원에 한참 앉아서 시민 합창단 연습하는 모습부터 찬찬히 구경했다. 평일에도 사람들이 모여 노래 부르는 광경을 보았지만, 일요일은 분위기가 달랐다. 6시 30분이 되자 지휘자가 악보 뭉치를 안고 나타났다. 나는 깜짝 놀랐다. 그는 다름 아닌 우리나라의 태진아 씨였다. 가까이 가서 자세히 들여다보니 아니었다. 태진아 씨보다 나이가 더 들었고 모여든 시민들과 친숙하게 이야기하며 노래를 가르치는 것을 보고서야 내가 사람을 잘못 보았음을 깨닫게 되었다.

7시가 되자 정식으로 연습이 시작되었는데, 맨 앞자리에는 평소에는 없던 악사樂士들이 자리하고 있었다. 호궁胡弓을 켜는 사람이 넷, 전자 오르간 한 사람, 첼로 한 사람, 하모니카 한 사람, 그리고 플루트 한 사람이 자리하고 있었다. 전혀 알지 못하는 노래였지만 약 200명 정도의 사람들이 모여 노래 부르는 모습을 보니 참 좋았다. 노래도 노래지만 필부필부들이 모여 고만고만한 반주로 음악이 진행되며, 하나 된 칭다오 시민들이 부럽기도 하고 존경스럽기도 했다. 특히 플루트는 초등학교 학생쯤 되어 보이는 소년이 연주하는데, 제풀에 신이 나서 몸을 좌우로 흔들며, 열심이었다. 남녀노소가 동락同樂으로 혹은 노래를 부르고 혹은 악기를 연주하는 모습이 처음에는 흐뭇하고 또한 신명이 나다가 나중에는 감동적이고 마음이 숙연해졌다.

　단원 김홍도의 '씨름하는 사람들'이라는 그림을 보면 가운데에 씨름하는 사람이 있고 그 둘레에 구경꾼들이 모였는데, 이 가운데 엿장수가 돌아다닌다. 이렇듯 무릇 큰 잔치에는 거지나 객군이 꼬여 들어야 걸판진 분위기가 되듯이 이 합창단 주변에도 어김없이 노래와 전혀 관계없는 제기 차는 시민들의 무리가 여럿 모여들었다. 한 무리에 대략 10여 명 내외의 남녀가 섞여 제기를 차서 돌리는 놀이였다. 축구공이나 배구공을 둘러서서 차거나 토스하며 노는 분위기와 흡사했다. 조금 떨어진 곳에서 우리로 치면 풍물놀이 패들로 보이는 무리가 서서 악기를 불고 두드리며 합창단과 불협화음을 만들어 내고 있었다. 노래 부르는 사람 쪽으로 제기가 날아들기도 하고 풍물패들의 요란한 소리가 끼어들기도 하지만 끼어든 사람들이나 끼인 사람이나 오불관언吾不關焉으로 각기 제 할 일만 열심히 하고 있는 게 정말 신기하게 느껴졌다.

마지막으로, 나의 반환점인 5.4 공원에 도착해 보니 10여 명의 시민들이 연날리기를 하고 있었다. 이 나라 사람들은 담배와 이야기를 무척 좋아하는지 홀로 연날리는 사람은 드물고, 대개가 두 사람씩 짝지어, 이야기하며 낄낄거리거나 담배를 피웠다. 연날리기보다는 이야기와 담배 피우는게, 주목적인 듯 하늘의 연을 쳐다보기보다는 연신 옆 사람과 이야기하고 담배를 피워댄다. 아픈 다리도 쉴 겸 의자를 찾아 앉았다. 저 멀리 칭다오 항구에서 출발한 크고 작은 수많은 배들이 줄을 서서 먼 바다로 나간다. 채소, 수산물, 싸구려 공산품들이 실려 있겠지. 그중에는 배 속에 납이 든 꽃게도 있을 것이고, 유해 색소를 칠한 조기나 붕장어가 실려 있을지도 모른다.

중국은 올 때마다 분위기가 달라진다. 시 외곽에는 건설 타워 크레인이 줄지어 서 있다. 수출 단지에 가니 수많은 외국 기업이 입주해 온갖 물건을 다 만들고 있다. 몇 주 뒤에는 우주선도 쏘아 올린다고 한다. 앞으로, 앞으로, 앞으로 용맹정진 勇猛精進하는 모습이 느껴진다. 의자에 앉아 중국의 동해, 한국의 서해를 바라보았다. 이 나라는 이렇듯 미래를 향한 힘찬 약진을 하고 있다. 하지만 한때 한강의 기적을 이룩했던 우리나라는 중단 없는 전진에서 이제는 거꾸로, 거꾸로 열심히 퇴행하고 있다. 온몸에 맥이 다 풀어졌다. 한때 우리의 적이었던 이 나라가 이제 친구가 되었다는 사실도 아직은 어색한데, 머지않아 우리의 종주국이 될지도 모른다는 두려움에 등 뒤에 들리는 '20년 후 칭다오에서 만나요'라는 합창단의 노랫소리가 예사로 들리지 않았다. 혹시 나를 놀리는 소리는 아닐까, 하는 망상도 언뜻 들었다.

그때의 칭다오의 하늘은 밤낮으로 흐리고 대기마저 축축한 안개에 젖어 있었다. 게다가 겨울의 바닷바람마저 세차게 불어 나그네의 가슴을 더욱 춥고 쓸쓸하게 했다. 그러나 거리에는 빌딩, 밤이면 불야성, 술집에는 미희와 고급 양주, 길거리에 번쩍이며 돌아가는 네온사인과 발 마사지가 사나이들의 눈과 입, 코와 발을 한껏 즐겁게 해주었다. 과연 이곳이 계급이 타파되고 만민이 평등하게 산다는 공산주의 국가가 맞는가, 내가 근무하는 병원에 무료 진료 받으러 오는 노동자들의 고국이 맞는가 하는 의아심이 잔뜩 들 정도였다. 하지만 조금만 뒷골목으로 들어서면 병든 짐승같이 웃음을 잃은 서민들이 긴 혀를 빼물고 침을 질질 흘리며 지루하게 고 있는 광경을 볼 수 있다. 싸구려 만두가게는 어린 처녀애들이 만두를 만든다고 저녁마다 시끄러웠고, 창안의 목로주점 작부는 해바라기씨 껍질을 뱉고, 창밖의 아낙네는 오늘 판매할 한 줌 푸성귀를 다듬느라 정신이 없었다. 아침 바닷가에는 부지런한 거지인지 망령 난 동네 노인인지, 산책하는 손님에게 손을 벌리고 있다.

칭다오의 동쪽 신도시 아름다운 해변가에 하이티안호텔海天大酒店이 있다. 귀한 손님이 올 때 자랑스레 안내하는 고급 국영 호텔이다. 우리나라의 하얏트나 신라 혹은 현대 호텔에 못

지않은 품위 있고 안락한 호텔이다. 그 호텔에서 조금 떨어진 곳에 사람의 큰창자에 막창자 꼬리가 붙어 있듯 단층의 기다란 건물이 붙어 서 있는데, 그 이름이 세종世宗 빌딩이다. 그 안에 목욕탕이 있다. 가게 이름도 우리말이고 종업원도 우리말을 한다. 요금도 우리 돈으로 줘도 되므로 우리 동네 '청수탕'과 똑같았다. 다만 온탕 욕조가 시멘트로 되어있지 않고 나무로 된 것이 우리와 조금 다를 뿐이다. 나는 새벽마다 이 목욕탕에 갔다. 우리 동네 목욕탕과 흡사하고 해천호텔의 샤워보다 여러 가지 편리한 점이 있기 때문이었다. "야, 손님 간다." 하고 수부에서 냅다 고함을 지르면 목욕탕 대기실에서 새우잠을 자던 두 명의 총각 중 하나가 일어나서 열쇠를 받아 옷장을 열어 준다. 나는 자는 녀석들이 일어나는 게 안쓰러워 그에게 열쇠를 주지 않고 옷장 쪽으로 가면 놈은 억지로 따라와 "일 없어요" 하며 내 열쇠를 빼앗아 문을 열어 주었다. 그 녀석 하는 모양을 보면 마치 제가 열지 않으면 옷장 문이 열리지 않기라도 하는 듯한 태도이다.

목욕을 마치고 탕에서 나와 수건으로 물기를 닦고 있노라면 어느새 그 녀석이 역시 졸면서 다가와 등을 닦아 준다. 닦는다고 표현했지만, 기실은 수건을 등에 대고 졸고 있다. 그런 가운데도 나름대로 무슨 순서가 있어 등의 물기를 잠깐 훔쳐 주고 다음에는 등을 몇 번 두드린 다음 사라진다. 제 딴에는 안마라고 해 주는 모양이다(돈은 받지 않는다). 그러고는 또 마루에 눕는다. 세종탕 같은 건물에 대폿집도 들어 있다. 여기는 원래 중국 돈만 받는 싸구려 목로주점인데, 우리가 가면 특별히 우리 돈도 받아주었다. 종업원 중에는 연변 출신 아줌마가 하나 있어 음식 주문을 비교적 쉽게 할 수 있다. 하지만 농담이나 깊이 있는 대화는 불가능하다. 이 아낙네는 제 고향에 아이들과 남편이 있는데, 넉 달 전에 칭다오의 봉급이 연변보다 두 배나 많다고 해서 이틀 밤낮으로 기차를 타고 왔다고 했다.

그녀의 성은 김해 김씨로 왕손인데도 그런 것에는 관심이 없고 자기는 중국 사람이고 우리는 외국, 즉 남조선에서 온 높으신 어른(?)에 지나지 않았다(그들은 내가 가게 옆 국립호텔에 묵고 있으며 부시장, 적십자 회장이 초청해서 온 손님이라는 것을 알고 있다). 이 집에서는 보통 맥주 큰 걸로 다섯 병쯤 마시고 꼬치구이 서너 개에다 조기 새끼 구이 서너 마리 정도를 시키면 김치와 깍두기, 나물을 밑반찬 안주로 준다. 다 먹고 나올 때 계산서를 보면 대개 우리 돈 1만 2천 300원쯤 나오는데, 매번 옆 목욕탕 지배인이 와서 환율을 가르쳐 주며 계산을 거들어 준다.

한 번은 택시를 타고 밤중에 일부러 칭다오의 구도시 중심가로 갔다. 관광지가 아닌 정통적인 중국의 동네 대폿집에 가고 싶어서였다. 생각보다 그런 집들은 흔하지 않아 찾기 들었는데, 마침 한 군데가 눈에 띄어 들여다보니 남루한 차림의 중국인 둘이 말없이 술을 마시고 있고 주인은 졸고 있었다. 또 다른 한 곳을 가 봐도 똑같았다. 영화에서 독립군의 첩자가 왜경을 피해서 접선하던 그때 그 시절의 분위기였다. 나는 그곳의 희미한 불빛과 꾀죄죄한 식탁, 그리고 그들의 지저분한 차림새가 역겨웠고 그들 또한 이방인을 그다지 반기는 눈치가 아니어서 오래 있지 못하고 이내 되돌아 나오고 말았다. 옛날 16헌병대 부근(요즘 공평 네거리) 우리 동네 살던 영남반점, 매화반점의 주인들을 다시 보게 되어 내심 반가웠지만, 그것은 나만의 짝사랑에 불과하다는 것을 실감했다. 우리 동네 친구였던 '위부알레', 혹은 '곡초서', '등영건'은 결국 만나지 못하고 말았다.

떠나오던 날 아침, 예의 그 목욕탕에서 '열려라, 참깨' 총각과 작별 인사를 했다. 얘기가 꽤 길어지면서 처음으로 수인사가 되고 신상이 파악되었다. 흑룡강 출신, 외가는 내몽고, 나이는 18세, 성은 진주 강씨인데 진주는 경상도 어디라고 듣기는 했어도 '경상도'가 뭔지도 모른다. 아무 관심이 없다. 고향을 물으니, 흑룡강이라고 해서 "아버지는?" 하고 물으니, 연변이라고 한다. "할아버지는?" 하고 물으니 "몰라요. 중국 어디겠지요." 한다.

끝까지 그들의 입에서 경북 문경이 고향이라거나 혹은 경남 산청이 아버지 고향이라고 말하는 재일 교포식의 답을 듣지 못하고 말았다. 발음은 재일 교포보다 훨씬 나은데 생각은 전혀 딴판이다. "돈은 벌어 어디 쓸 거요" 하니까 "몰라요." 한다. 그래 언젠가 네가 돈은 왜 벌어야 되는지를 알게 되는 날이 오고, 그래서 한국 대구에 품이라도 팔러 오거든 나에게 오라는 말을 입속으로만 되뇌고 겉으로는 짧게 "언제 대구에 오거든 나한테 한번놀러 오시오." 하고는 그에게 우리 돈 1,000원을 쥐어주었다. 그는 처음으로 씩 웃었다. 돈 받는 놈이 고맙다는 말도 한마디 안 했다.

돌아오는 비행기에는 노동자 풍의 중국인 몇 사람을 제외하고는 대부분, 한국 승객들이었건만 기내 방송은 중국어와 영어밖에 해주지 않았다. 비행기 뒤쪽에서 여자들의 재잘거리는 소리가 요란해서 돌아보니 스튜어디스의 얼굴은 보이지 않고 미끈하게 잘 빠진 그녀들의 꼬고 앉은 다리만 보였다. 나는 중국인 통역에게 말했다. "왜 베이징 천안문에 모택동의 사진을 걸어 두는 거요? 그 사람은 당신 나라의 경제를 망친 장본인이 아니오? 나는 칭다오 시민들이 참 현명하다고 생각합니다. 번화가에 가보니 모택동의 사진은 없고 등소평의 사진이 있던데, 그것이 올바른 판단이 아닌가요?" 중국인 통역이 대답했다. "그래도 오늘날의 중국이 있게 된 것은 바로 모 주석 덕택이 아닙니까?" 이런저런 상념에 빠져 비행기 창문으로 서해를 내려다보고 있는 나에게 같이 갔던 우리 직원이 실실 웃으며 물었다. "조국을 다녀오는 소감이 어떠세요?"라고. 이 사람은 내가 칭다오 공항 비행기에서 내리기 전에(어떤 놈 흉내를 내어) 트랩에 서서 사방을 천천히 한번 돌아보고 웃으며 "사회주의 나라에 오니 마치 내 고향에 온 것 같다."라고 했던 그때의 내 말에 빗대어 한마디 한 것이다.

지난 일요일 외국인 무료 진료 후 외국인들과 모임이 있었는데, 중국 출신 근로자들이 그들의 고마움을 합창으로 보답했다. 장사꾼, 공무원, 스튜어디스, 곡예단원 등 예쁘고 많이 배운 아이들은 고국에서 호의호식하고 있는데 왜 저들은 저렇게 서서 슬픈 노래를 부르고 있단 말인가? 아마도 한 인간의 행불행은 시스템이나 이데올로기의 문제가 아니라 개인의 능력이나 가치에 달렸나 보다. 즉, 그 사람이 '홍돼지'냐 아니면 '흑싸리 쭉정이'냐에 달려 있나 보구나, 라는 생각이 들었다. 아! 기든스여, 기든스여,

제 16 화

한낮의 하라주쿠原宿

  2012년 5월 5일 런던의 어느 공원, '피터'의 반공일半空日 오후는 서글프다. 인물도 못생긴 데다 말까지 더듬는 시시한 사내, 직업도 변변하지 못하니 돈도 명예도 없다. 오갈 때 없는 그는 벤치에 앉아 오가는 사람들을 보고 있다. 다정한 가족들은 자리를 깔고 앉아 웃으며 도시락을 먹고 어여쁜 아가씨들은 귀티 나는 사내와 팔짱을 끼고 달콤한 미소를 지으며 공원을 거닌다. 토실토실 살찐 애들은 장난치며 뛰어 놀고 있다. 배가 고파 괴롭다. 하지만 힘든 건 외로움이다. 공원이 아름다우니, 피터 결핍의 고통은 뼈까지 스며든다(올더스 헉슬리의 "반공일"에서). 하라주쿠原宿에는 명치신궁明治神宮이 있다. 처음 이 곳에 왔을 때 비싼 땅 도쿄에 이런 큰 공원이 있다니 하고 놀라던 곳이다. 유모차를 끌고 가는 젊은 여자, 조깅하는 서양사람, 수

좁은 데이트를 하는 연인, 매점 앞 의자에 앉아 담배를 피며 담소하는 노인들, 수학여행 온 학생들이 왁자지껄하며 몰려다닌다. 아는 사람도 없고 시내의 복잡한 상점가도 싫은 나는 투명 인간처럼 이 공원 벤치에 앉아 있다. 신궁 쪽에는 고급 정장을 한 많은 사람들이 신랑 신부를 앞세우고 행렬을 지어 가고 있다. 이런 곳에서 결혼식을 하다니 돈이 많은 집안인 모양이다. 이 나라도 고관대작高官大爵들의 결혼 작태는 우리와 똑같구나, 하는 생각이 들었다. 인간은 풍족해지면 왜 저렇게 바보 같은 짓을 하게 되는 걸까? 그러면 결핍缺乏해지면 현명해지나? 등등 멍청한 자문자답自問自答을 해본다.

아들과 나는 별 호기심도 없이 산책 삼아 공원을 거닐고 있다. 이 신궁은 내 어릴 때 달성공원에 있던 그 것과 똑 같은 형태의 건물이다. 기와도 아니고 꺼칠꺼칠한 마치 상어 가죽 모양의 검은 천같이 생긴 재질로 지붕이 덥혀 있는 건물, 그리고 정면 처마의 이상한 곡선 이런 것이 어릴 때 내 비위에 많이 거슬렸다. 일본 것이니까 싫은 것이 아니고 이상한 건물 모양과 칙칙한 색깔이 역겨웠다. 일본 귀신이 그 속에 살고 있어서 그런지도 모르겠다. 나이가 드니까 그때처럼 무섭지는 않지만, 기분은 아직도 좋지를 않다.

산책 뒤 점심 먹으러 명치 신궁역 앞의 올망졸망한 식당들이 모여 있는 곳으로 갔다. 깃발을 든 초라하게 생긴 젊은이들이 많이 보였다. 깃발에는 음식 이름과 가격이 쓰여 있었다. 비싼 밥을 사먹을 수 있는 사람과 싼 밥을 찾는 사람들 모두가 그 깃발들을 유심히 보고 있었다. 나는 깃발을 보며 그 것을 든 사람의 행색도 함께 쳐다보았다. 모두가 초라하고 비루먹은 얼굴을 하고 있었다. 규수九州 어느 산골이나 홋카이도北海道 어촌의 아들딸들인지도 모르겠다. 아니면 도쿄의 빈민촌 출신일지도 모르지. 유명하다는 타코야끼 집을 찾았다. 긴 줄을 한 참을 기다렸다 좁은 계단을 올라가 네 종류의 타코야끼 한 세트를 시켜 먹었다. 짜기만 한 여느 딴 도시의 타코야끼와는 달리 맛이 있었다. 집은 초라했지만 썩어도 준치라고 역시 도쿄다운 맛 솜씨였다.

점심을 먹은 뒤 명치신궁 옆에 있는 요요기代代木 체육관으로 천천히 발길을 돌린다. 정다운 이름이다. 옛날 희미한 라디오 소리로 자주 듣던 그 이름의 체육관이다. 우리 권투 선수들은 주로 고라꾸엔後樂園 체육관에서, 농구나 배구 선수들은 요요기 체육관에서 원정 경기를 자주 했다. 임택근, 이광재 아나운서가 실없이 과장 된 목소리로 중계하던 그 체육관이다.
그날 체육관은 어떤 가수의 발표회가 있다며 인총人叢들이 개 때처럼 모여들고 있었다. 그러나 거지들은 이 세상 사람들이 아닌 듯이 떠들썩한 분위기와는 아무 관심 없이 나무 아래서 자고 있었다.

체육관 앞 광장에는 열한 두어 명 되는 남녀 젊은이들이 크게 음악을 틀어놓고 둥글게 서서 서양식 막춤을 추고 있었다.-그런 장르가 있겠지만 내 눈에는 엘비스 프레슬리 모습을 한 녀석, 머리칼에 무스를 잔뜩 발라 세워 로마 병사 투구 머리모양을 한 사람, 찢어진 옷, 너덜거리는 옷 등 구제품 같은 옷과

엑세서리를 하고 춤을 추고 있었다. 저 사람들은 무엇을 하는 인간들일까? 놀고먹는 쓰레기들일까? 아니면 음악과 춤을 좋아하는 선량한 직장인들일까? 온갖 상상을 하며 춤을 보는데 처음 기이奇異하고 타락墮落한 저질 인간들이 오래 보고 있으니, 예술가로 보이기 시작했다. 그들은 한 시간 이상 쉬지 않고 그렇게 춤을 추고 있었다.

  주말의 오후 하라주쿠에서는 이렇게 행동하는 자들과 관망하는 사람들로 나뉘어 각자 제 갈 길을 가고 있었다.

제 17 화

화두話頭

경주 역전에 중앙시장이 있다. 경주는 넓은 들로 둘러쌓여 있어 농작물과 민물고기가 풍부하고 남쪽으로는 높은 산들이 줄지어 서 있어 버섯과 산나물 그리고 과일들이 많이 나온다. 가까운 동해에서 해산물을 쉽게 공급받으니, 경주의 물산은 풍요롭다. 시장에 가면 물건들이 다양하고 풍성하니 보는 이의 마음도 넉넉해져 기분이 좋다. 시장 밖의 길거리에도 많은 아낙네들이 앉아서 채소나 과일을 판다. 어느 해, 봄날 중앙시장 앞길을 걷다 보니 난전에서 많은 봄 과일 속에 버찌들이 잔뜩 쌓여 있었다. 교테스러운 붉은빛에다 반짝이는 과일 껍질이 하도 예뻐 저절로 그 앞에 발길이 멈추어졌다. 과일 더미 위는 달콤새큼한 향기가 허공을 꽉 채우고 있어 그 자리를 쉽게 떠나지 못한다. 가까이서 보니 버찌들의 붉은 색들의 종류도 다양했다. 검붉은 것이 있는가 하면 밝게 붉은 것 그리고 분홍빛과 노랑색이 섞인 것 등이 있다. 과일의 크기도 가지가지여서 좌판의 풍경들은 그림 전람회 작품이 되어 황홀감을 느끼게 한다.

"사장님 과일 좀 사 가소" 투박스러운 경주말이 들린다. 이런 말투는 딴 지방 사람이 들으면 공짜로 과일을 준다고 해도 그냥 갈 소리다. "얼마씩 하는데요?"라고 말하자. "체리 사실래요? 버찌 사실래요?" 하고 되묻는다. 이게 무슨 소린가 벚나무 열매가 버찌고 영어로 체리가 아닌가. 그게 그건데, 아낙네의 질문에 잠깐 가슴이 답답해진다. 순간적으로 화가 치민다.

60년대 서울 명동, '본전' 다방과 '청자' 다방이 유명했다. 거기는 대화가 불가능 한 곳이다. 로큰롤과 소울 등 서양음악의 굉음轟音으로 가득 찬 곳, 멋쟁이 청춘남녀들의 고급 데이트 장소다. 같은 명동이라도 국립극장 근처나 내무부 청사 부근에 가면 한복 입은 마담들이 있는 엄숙한 다방들이 있었다. 젊잖은 사장님이나 관리들이 출입하는 곳이다. '설파' 다방은 클래식 음악 전문 다방이어서 음악 애호가들이 다녔고 '타임' 다방은 조용한 서양 유행 음악을 주로 틀어주어 증권시장, 은행, 공무원 등의 샐러리맨들이 많이 드나들었다. 조용히 대화를 나눌 수 있는 만만한 다방은 한참 찾아야 한다. '포 시즌' 맥주집 근처 '장미 다방'이 그런 곳이다. 서울 생활 초기, 그곳에서 우유 한 잔을 주문했다. '레지'가 검을 찍찍 씹으며 되묻는다. "밀크 하실래요? 우유 하실래요?" 이 건 또 무슨 황당한 소리인가! 하나는 영어고 하나는 우리 말일 뿐인데 무슨 소리를 하고 있는가? 화내며 물었다.

"여봐 당신 날 놀리는 거야? 그 게 그거잖아." 사투리를 쓰니까 서울역에 금방 내린 무식한 촌놈 취급한다는 분한 마음이 들어 화를 내며 대든다.

"아유 손님도 얼굴은 잘 생기셨는데 뭘 모르셔, 우유는 목장 우유의 준말이구요. 밀크는 전지분유를 타서 드리는 거예요. 목장은 비싸고 밀크는 싸죠. 손님 몸 건강 생각해 목장 드셔"

짜증도 내지 않고 그렇다고 미소도 짓지 않고 지극히 사무적인 표정으로 쉽게 설명을 해준다. 프로의 모습, 세련된 명동 레지의 품격을 말해준다. 목장을 마시며 그녀를 보니 매우 귀여워 보였다. 콧대 높은 명동 성모병원 의사가 무명의 다방, 레지에게 무언의 꾸중을 듣는 순간이었다.

"체리 할래요? 버찌 할래요?"라고 말을 듣는 순간 짜증이 나서 "사쿠란보는 없어요?"라고 어깃장은 놓고 싶었다. 그 순간 장미 다방 그녀의 그림자가 어른거렸다. 그 할매의 이상한 소리에 토를 달지 않기로 했다. 명동 레지에게서 받은 교육의 효과가 나타난 모양이다.

"뭐가 다른지 아주머니 설명 좀 해주소"
"미국서 온 버찌는 체리이고 국산 버찌는 버찌라고 하지" 할매도 레지처럼 간단하게 설명해주었다.

"일본산 사쿠란보는 없어요?"라고 물었다. 무슨 소린지 모르는 할매는 멀뚱멀뚱 쳐다보기만 했다.

애국심이 발동해서 국산을 사기로 했다. "버찌 주소."라고 하자 그 아낙은 "와 버찌 살라카노? 기왕이면 수입 좀 사주소"라고 했다. 왜냐고 묻자, 그거 팔면 이문이 더 남는다고 했다. 이 가난한 아낙에게 이익을 주는 게 애국인가? 아니면 구슬땀 흐리며 버찌를 재배한 농민을 위하는 것이 애국인가? 정의란 무엇일까?

일본 '이도류二刀流(쌍칼)'의 명인 검객 '야마모토 무사시宮本武藏도 기생들에게서 노자老子 도덕경을 배웠다고 한다. 모르는 것은 무조건 배워야 된다. 어른들은 불치하문不恥下問이라고 하지 않던가. 수십 년 전, 장미다방 레지의 가르침이 오늘 과일 파는 할매들의 이상한 소리에도 인내할 수 있게 해주었다. 그해 경주의 봄날 애국에 대한 새로운 화두를 던져 준, 이 노보살. 그녀는 나에게 또 다른 하나 수양의 길을 제시해 주었다.

제 18 화

환각의 팔공산

굉장히 더운 그날도 혼자 힘겹게 산을 오르고 있었다. 지금까지 오른 길은 가팔라도 차가 다닐 수 있는 산길이다. 드디어 바위가 듬성듬성 박힌 가파른 고갯길로 본격적 산행이 시작된다. 등산객들은 약간의 공간과 너럭바위가 있는 이쯤에서 대부분 발길을 멈추고 땀을 닦기도 하고 장비를 챙기기도 하며 마지막으로 등산을 위한 채비를 마친다. 공터 아래에서 자동차 소리가 들렸다. 택시 한 대가 힘겹게 올라와 멈춘다. 차에서 스님 둘이 내리고 트렁크에서 짐도 내린다. 장을 보아온 듯 채소, 쌀, 과일, 과자 등의 일용잡화들이 보인다. 등산객 중에 섞여 앉아 있던 중늙은이 한 사람이 잽싸게 지게를 들고 달려간다. 익숙한 동작들이라 이들에게는 일상적인 일인 모양이다. 짐을 내려놓은 스님들은 말없이 산길을 올라가고 인부는 지게에 짐을 꾸린 뒤 그 뒤를 따른다.

등산객들도 함께 일어선다. 잠깐 사이에 스님들과 발 빠른 등산객들은 앞서 다 산 위로 올라가 버렸다. 나와 절간 머슴 둘만 느린 걸음으로 고갯길을 오른다. 어느덧 우리 옆을 따라 흐르던 개울물도 끝나고 산길은 본격적으로 가팔라진다. 인사 나누기도 때가 늦었고 숨도 차서 둘은 묵묵히 산만 오른다. 등산화에다 긴 양말 그리고 등산 막대기까지 들었으면서도 나는 자주 자갈길에 미끄러지고 휘청거린다. 검정 고무신에 맨발인 그 사나이는 지게에 무거운 짐을 지고도 작대기 하나로 균형 잡으며 평지 걷듯 잘도 산을 오른다. 부끄럽고 어색하다. 그를 추월해 버리려고 속도를 내 보지만 앞지를 수가 없다. 어쩔 수 없이 가쁜 숨을 몰아쉬며 그 사나이의 뒤꽁무니만 따른다. 본의 아닌 경쟁 탓에 힘들어도 평소보다 덜 쉬고 산길을 오른다. 물과 도시락 밖에 들어 있지 않는 배낭이 그날은 유난히 더 무겁고 산행은 힘들었다. '경쟁' 덕에 평소보다 빠른 시간에 암자까지 갈 수 있었다.

암자는 물이 있어 등산객들의 오아시스 역할을 한다. 축대를 싼 계단을 올라가면 좁은 마당이 있는데 앞으로는 대웅전이 보이고 왼쪽에 요사채가 있다. 등산객들은 법당 옆 마애불이 새겨진 바위의 산간수로 물통을 채운다. 축대를 내려와 등산길로 들어서면 송판 몇 개를 겨우 덮은 판잣집 한 채가 있다. 그곳이 이 절간 머슴의 잠자리다. 초행의 사람들은 그곳이 해우소 解憂所로 착각해서 문을 열고 들어가기도 한다. 몇 년 동안 그

집 앞을 지나다녀도 집주인의 모습을 본 건 그날이 처음이다. 온몸이 땀범벅이 된 우리는 함께 축대로 올라가 나는 우물로 가고 머슴은 요사채로 갔다. 물통을 채운 뒤 법당 밖에서 합장 기도를 하고 있는데 등 뒤에서 고성이 들렸다. 돌아보니 먼저 올라간 스님 중 한 사람이 머슴에게 삿대질하며 꾸중하고 있다. 그는 중국 중 '노지심' 같이 험상궂게 생겼는데 윗도리를 벗고 난리를 치는 통에 4대 천왕문天王門에서 광목천왕廣目天王이 나와 설치는가 싶어 무서웠다. 옆에 앉은 젊은 스님은 머슴이 지고 온 바소쿠리, 짐 중에서 참외를 꺼내 깎고 있었다. 머슴의 죄목은 늦게 올라왔다는 것이었다. 머슴은 죽을죄라도 지은 사람처럼 두 손을 앞에 모으고 고개를 푹 숙이고 있었다. 나하고 경쟁적으로 열심히 올라왔는데 왜 늦었다는 걸까? 평소보다 늦게 왔다는 걸까? 아니면 같이 올라온, 중생하고 중들 흉보며 왔다고 의심해서 화가 난 걸까? 그의 광기에 나까지 두렵다.

목이 마른 듯 주지는 참외를 먹어가며 야단을 친다. 시간이 길어진다. 이쯤 되면 법당의 큰 남자(大雄)가 내려와 말려야 될 것 같다. 깊은 산중 암자에는 이해 안 되는 분노의 고만 높다. 석가모니는 인간의 마음에는 세 가지 나쁜 것들이 있어 그 때문에 인간은 고통의 바다에서 헤엄치고 있다는 것이다. 욕심내고 화내고 어리석은 세 가지 마음. 죽으나 사나 이것들을 비워내어 공으로 만들라는 것이 부처님의 명령이다. 중의 한자 명칭인 '비구比丘'는 인도말 비쿠bhikku를 음역한 것인데 거지라는 뜻이다. 지금 거지는 화를 내며 머슴을 윽박지르는 데 머슴은 거지에게 아무 변명조차 못 하고 있다. 이 암자에는 '색즉시공色卽是空'은 있는데 '공즉시색空卽是色'은 없는가 보다. 부처도 힘들 쓸 수 없는 해방공간인 모양이다. 절간은 '만인萬人의 집'이라고 하는데 이 절은 중들만의 집인 모양이다.

  물통을 채웠으니, 정상으로 향한다. 계단을 내려와 그 판잣집을 돌아 산에 오른다. 땀에 흠뻑 젖고 숨을 헉헉대며 정상 바로 아래 공터까지 간신히 올랐다. 얼굴이 반쯤 깨어져 시멘트가 덧칠해진 약사여래가 그날도 여전히 서 있었다. 사바세계의 중생들이 너무 제멋대로 놀아나는 통에 속 천불 나서 있는가 보다. 약사여래 아래는 앉아 있기도 힘들어 보이는 폭삭 늙은 노파가 쉬지 않고 계속 큰절하고 있는 광경이 눈에 띄었다. 복전함福田函에 시주하고 반 배를 올리며 "부처님 질문 있습니다. 스님들의 아래 계급은 머슴인가요?"라고 물었다. 말이 끝나자마자 "부처는 마른 똥 작대기다(간시궐. 乾屎橛)"는 말이 들리며 주먹만 한 돌맹이가 내 머리에 떨어졌다. 대답한 사람은 노파일까? 약사여래일까? 이어, 또 말이 들렸다. "에이 부처님 얼굴의 시멘트 조각이 또 떨어졌군. 다시 더 처발라야겠군" 이 말은 노파가 했다. 평지도 겨우 걷는 늙은이가 혼자 높은 산에 혼자 오른 것과 게다가 오랜 시간 계속 절을 하는 기력도 이해가 되지 않는 광경이었다. 석불을 마음대로 주무를 수 있다는 태도 역시 예사롭지 않다. 혹시 이 노파가 날 보고 "팔공산에서 관세음보살 봤다고 말하지 마!"라고 말하고 구름 타고 사라지는 것은 아닐까? 하고 한참 지켜보았는데 부처 아래 앉아 염불을 계속하고 있었다.

하산 길에는 여느 때와 달리 암자에 들르지 않고 바로 내려왔다. 도중에 공터 그 너럭바위에 앉아 땀을 닦고 있는데 웬 어린이 둘이 물가에 앉아 손뼉을 마주치며 노래를 부르고 있었다. 한 아이가 '셋셋세, 부처를 만나면?'이라고 묻자 '부처를 죽이고' 답하고 '조사를 만나면?' 하니 '조사를 죽여라'라고 답하는 노래 가사였다. 너무 더운데 고산을 탄 탓일까? 도중 암자에서는 야차가 설치고 있었고 정상에서는 범상치 않는 노파를 만났다. 하산 길 개울가에서는 이상한 동자들을 또 만난다. 이 산에 여러 번 왔어도 이런 경험은 처음이다. 더운 날 산에 가는 것을 조심해야 되겠다. 더위 먹어 환시와 망상이 어른거리니까 말이다.

매일시니어문학상 논픽션부문 우수상

제 19 화

적십자병원 설화

1. 적십자대구병원 원장

시립 대구정신병원을 창설하고 7년 근무한 뒤 퇴직하여 개원하고 있었다. 어느 날 대구적십자사 회장이 대구적십자병원에 정신과를 개설해 줄 수 있겠는가, 하는 제의를 해왔다. 포항성모병원 정신과를 개설하였고 시립 대구정신병원을 창설하였다는 소문을 들었다며 대구적십자병원 정신과 개설을 해줄 수 있겠느냐고 제의했다. 개원 생활이 그다지 마음에 차지 않던 차에 또다시 공공병원에서 일하게 된다니 잘 됐다는 생각이 들었다. 이렇게 하여 적십자병원에 근무를 시작하였고 우선 정신과 외래를 만들었다. 곧이어 병실까지 개설하였다. 2002년 1월

17일 진료부장에서 원장이 되었다. 처음에는 정신과 진료와 원장 일이 겹쳐 참 어려운 일과를 보냈다. 난생, 처음으로 공공의료 전담 종합병원의 원장이 되고 나니 공공의료라는 명분과 한편으로는 흑자 경영을 해야 된다는 두 마리의 토끼를 쫓아야 돼서 일이 더욱 어렵게 느껴졌다. 이렇게 적십자대구병원과 인연이 맺어졌다. 7년 동안 그곳에는 딴 종합병원에서 경험할 수 없는 여러 가지 일들을 보고 들었다. 그런 애환이 깃든 일들을 추려서 소개해보기로 한다.

2. 이산가족 상봉

적십자병원하면 가장 기억에 남는 일 중에 하나가 남북 이산가족 재회 모임에 참여했던 일이다. 군인일 때 철의 장막처럼 느껴지던 휴전선, 특수공작원이나 게릴라들만이 넘나들던 그 금단의 지역을 넘어 북측 지역으로 갔다. 2006년 6월 20일 오전. 가슴은 뛰지도 않았다. 너무 벅찬 경험이 시작되었기 때문인 것 같았다. 비무장지대를 통과하여 북쪽 땅 버스에서 내리니 코앞에 북한 병사들이 서 있었다. 도망을 가야 되나 아니면 저 군인을 쓰러뜨려야 되나 순간 망설였다. 군인 시절 매일 '때려잡자'라고 외치던 소위 그 '김일성의 북괴군'들이 거기 있었다. 어릴 때부터 교육받던 '멸공'의 대상이 거기 있었던 것이다. 한동안 멍한 상태로 서있다 인솔책임자가 빨리 모이라고 소리를 치는 바람에 다시 현실로 돌아왔다. 북한 병사들은 모두 조그만했다. 우리나라 중학생 크기였다. 저 북한 병사들은 소년병인가 하는 생각이 들었지만, 정규군이었고 장교를 제외한 대부분

병사는 다 그렇게 작았다.

   우리들이 타고 온 10여 대의 버스에는 한국전쟁 전후에 월남하면서 두고 온 가족을 만나러 가는 611명의 이산가족상봉 가족과 함께 정부와 적십자 관계자들이 타고 있었다. 내가 탄 차는 맨 선두를 달렸다. 일행 중에는 가장 먼저 북쪽을 보는 축이었다. 차창에서 보이는 풍경에 내 눈을 의심했다. 이북의 풍경이 어릴 때 우리의 산하와 너무나 흡사했기 때문이다. 흑백의 세상. 산에는 나무 한 그루도 없고 민가도 모두 흑백으로만 색칠된 모습, 어릴 때 우리의 것과 똑같았다. 10여 대의 버스가 전조등을 켜고 긴 행렬을 이루며 가건만 아무도 우리를 보고 있거나 손을 흔드는 사람들은 없었다. 밭에서 일하는 농부들은 묵묵히 고개 숙이고 땅만 보고 일을 하고 있었다. 철둑에서 일하고 있던 젊은이들도 우리가 마치 바람이라도 되는 듯이 아무도 쳐다보지 않았다. 다만 일정한 간격으로 붉은 깃발을 들고 서 있는 병사들만이 우리를 무표정하게 쳐다보고 있었다.

   차 속에서 주의를 들었다. 그 군인들은 우리가 실수하면 바로 호각을 불며 깃발을 들어 올린다는 것이다. 그럼 차는 운행을 중단하고 의심을 받는 사람들은 그들에게 불려가 억류되고 심문을 받게 된다고 했다. 그 깃발을 든 군인들은 금강산 갔을 때도 군데군데 서 있었고 눈에 띄지 않는 곳에도 그들은 서 있었다. 오래 달리지 않아 해금강호텔에 여장을 풀었다. 일부는 그 호텔에서 약 20분쯤 거리에 있는 콘도 형식의 1층 건물에 분산 수용되었다. 짐을 풀자 말자, 환영회를 한다고 다시 버스를 타고 커다랗고 둥근 단층 건물로 몰려갔다. 거기에는 북쪽에서 모여든 이산가족들이 이미 와 있었고 일행들은 미리 통보받은 자신들의 번호가 붙어 있는 둥근 테이블로 가서 앉았다. 정부 측 인사들과 적십자 직원들은 여기저기 우는 소리와 웃는 소리로 왁자지껄한 상봉장을 돌아다니고 있었다. 나도 혹시 졸도라도 하는 가족은 없는가 하고 간호사와 함께 살피고 다녔다. 그러던 중 북쪽에서 온 의사와 간호사들을 만났다. 이런 데서 동업자를 만나니 반가웠다. 그들도 우리처럼 흰 가운을 입긴 했는데 어색한 모습이었다. 마치 의대생들이 예과 때 처음 가운을 입은 것 같은 그런 모습이었다. 의사는 머리도 기름을 발라 뒤로 벗어 넘긴 탓에 마치 우리의 60년대 이발사 같은 모습처럼 느껴졌다. 차림이 어색해서 혹시 의사가 아니고 정보기관에 일하는 사람이 아닌가 하는 의심도 들었다. 반가운 김에 손을 내밀어 악수를 청하며 인사말을 했으나 그 의사는 악수도 피하려다 억지로 했고 나의 수인사에는 아무 대꾸도 하지 않고 자리를 피했다.

상봉 뒤 바로 식사로 이어졌다. 정부 관리들과 적십자 직원들도 북쪽의 상대 정부 기관 사람들과 섞여 앉아 2시간 정도 담소를 하며 식사 하라는 지시를 받았다. 그들과 함께 앉았으니 초면인 데다 워낙에 어색한 만남이어서 분위기가 매우 경직되어 있었다. 우리 쪽은 나와 간호사와 통일부 여직원 셋이었고 그쪽은 인상이 험악한 남자 한 사람과 비교적 순하게 보이는 사람 둘이 앉았다. 우리 측은 남자라고는 나 하나밖에 없어 앞으로 2시간을 어떻게 보내야 할지 속으로 걱정을 태산같이 하고 앉아 있었다. 북쪽으로 갈 때 모든 사람은 다 적십자 직원이라고 말하라고 교육을 받았다. 아마 그쪽 사람들도 우리처럼 그들의 직책을 적당히 둘러대겠지, 하는 마음으로 서로 수인사를 했다. 그 사람들은 한 사람은 신문기자라고 했고 또 한 사람은 보장성 직원이라는데 그곳이 무엇을 하는 곳인지는 몰라도 정보부 사람으로 느껴졌다. 나는 가운을 입고 앉아 있었는데 깜빡하고는 내 명찰을 지우지 않고 그냥 입고 있었다.

"선생은 적십자병원 원장이시오?"라고 인상이 험악한 사내가 물었다.
"예, 예 그렇습니다."
나는 잔뜩 긴장되어 비굴하리만큼 공손하게 대답했다.

"원장이 원장다워야 원장이지"라고 내 말을 들은 험상궂은 사내가 중얼거렸다.

내 귀를 의심했다. 하지만 그 말은 분명했고 분위기가 굉장히 어색했다. 화가 울컥하고 치밀었지만 억지로 참고 있었다. 이 작자가 왜 이러는가? 혼자 가만 생각해보니 내가 술을 마시지 않고 또 그들에게 잔도 권하지 않아서 그런가 하는 생각이 들었다.

"어디서 오셨어요?"라고 그중에는 나이도 더 들고 부드러워 보이는 사내가 말을 시작했다.

"대구서 왔습니다"라고 대답했다.

"대구 어디요?"라고 되물었다. 짜증이 났다.

"어디라고 하면 알기나 하나요?" 짜증 난 질문을 하였다.

"내 대구 잘 알지요. 팔공산도 알고 동화사도 알아요"라고 그 사내가 대답했다.

가슴이 쿵하고 내려앉는 기분이었다. 이 사람들이 우리를 미리 샅샅이 조사를 다 해두었구나, 하는 두려움이 들었다.

"대구의 그런 곳은 어떻게 그렇게 잘 아세요?"하며 물었다,

"아. 유니버시아드 때 대구에 취재하러 갔었어요. 팔공산에 있는 대구은행 연수원에서 선수들과 함께 묵어서 그쪽은 대충 알지요"라고 말했다.

그제야 약간 안심이 되었다. 서로가 등에 칼을 대고 대화를 하는 기분이었다. 어서 빨리 만찬이 끝났으면 했다. 그러나 시간은 무척 천천히 흘러가고 있었다. 그들은 술을 아주 잘 마셨다. 얼굴도 붉어지지 않고 자세나 말투도 하나 흐트러짐이 없었다. 나중에 들은 이야기인데 딴 테이블에 앉아 있었던 딴 팀들은 두 시간 동안 한마디도 하지 않고 헤어졌다고 했다. 하지만 우린 술이 들어가고 대화가 많아지면서 긴장이 풀려가고 있었다. 분위기 조절은 기자라는 사람이 해주었다.

수인사하다 보니 그 기자와 나는 동갑이었다. 중국이나 일본에 가면 남자들은 꼭 나이를 물어보고 서로 친해진다. 자기가 형이니 동생이니 하면서 말이다. 이북도 마찬가지였다. 우린 동갑이라며 서로 친해지기 시작하였다. 인상이 정보부 쪽으로 보

이는 그 사내는 공격적이고 과격한 말을 했지만, 그 동갑내기 기자가 잘 중화를 시켜 분위기가 점점 화기애애해지기 시작했다.

"귀측은 남측보다 먼저 팔만대장경을 한글로 번역하셨죠?"라고 내가 그들의 기분을 맞춰주기 위한 말문을 텄다.

"팔만대장경?"하고 둘이 이상한 눈으로 쳐다보았다. 또 철렁했다. 말을 잘못한 것인가? 금강산 가기 전에 통일부에서 교육을 받았다. 우리는 남측이고 이북은 귀측 혹은 북측이라고 말하라고 했다. 배지는 '휘장'으로, 화장실은 '위생소'로 부르라고 했다. 아까 내가 한 말 중에 그들의 비위를 거스르는 말이 있었을까 잠깐 생각을 했다.

"흥 그쪽에선 팔만대장경이라고 하누만" 그들이 깔보듯 내게 되물었다.
"귀측에서는요?" 내가 물었다.

"우린 그냥 대장경이라고 하죠"라고 말하면서 그들이 우리보다 먼저 팔만대장경을 한글로 번역한 사실에 크게 우쭐대는 모습이었다. 이런 식으로 내가 그들의 비위를 맞추어 주자 그들은 점점 나에게 호감을 보였다. 그들은 우리 여자 직원들에게도 돌아가며 질문을 했다.

"저쪽에 앉은 선생은 남편도 일을 하나요?"라고 통일부 직원에게 질문했다. 그 직원이 그렇다고 말하자

"그럼, 봉급을 따로따로 써요? 아니면 한데 모아 쓰나요?"
"우린 자기가 번 건 자기가 써요"라고 여직원이 말했다.
"아니 한 가족이라면서 어떻게 그렇게 딴 주머니를 차나요?"라고 그들이 꾸중 비슷하게 되물었다. 우리 병원 간호사도 그렇다고 하자 이번에는 나에게도 같은 질문을 했다.

"난 혼자 돈을 벌어 모두 집사람에게 주고 함께 쓴다"라고 했다. 어느새 남자는 남자끼리 여자는 여자끼리 편을 갈라 집안 경제권에 대한, 토론 아닌 토론이 벌어지고 있었다. 처음에 적개심과 의심으로 가득 차서 빨리 시간이 갔으면 하던 생각은 어느덧 사라지고 모두 재미있는 시간이 빨리 간다고 생각하고 있었다.

다음 날은 개별 가족 상봉이 있었는데 먼저 우리 숙소인 해금강호텔에서 이루어졌다. 가족들이 각자의 방에서 헤어졌던 가족들이 개별 상봉을 하고 양쪽 정부 직원들은 호텔의 로비나 복도에서 앉거나 서서 서성대고 있었다. 남북의 실무자들은 그동안 여러 번 가족 상봉에 참여했으므로 서로 친하게 지낼 줄 알았다. 하지만 그렇지 않았다. 남과 북은 서로가 아무 말도 않고 무표정하게 싸늘한 분위기를 하고 있었다. 호텔 로비의 소파에서 상봉이 끝날 때까지 서로가 긴장되고 적대적인 모습으로 앉아 있었다. 우리 쪽 국정원 책임자를 만나 평소 궁금했던 이야기를 물어보았다. 우선 그 사람이 의심을 갖지 않기 위해 수인사를 한 뒤 고향이 서로 같음도 이야기하고 국정원 고위 간부에 내 친구가 있음도 말을 해주었다.

"우리나라 높은 사람들이 이북에 소위 햇볕 정책이란 이름으로 맨 날 조공(?)만 갖다 바치기에 아래 사람들도 다 같은 한 통속인 줄 알았는데 현장에 와보니 생각과 다르네요"라고 질문하자 국정원 직원이 답한다.

"우리의 하부 조직은 그렇지 않아요. 하부가 탄탄해서 대한민국이 이렇게 서 있을 수 있는 거죠. 왜 아까운 쌀 주고 비료 주며 저 사람들에게 비굴하게 군단 말입니까?"

나라가 거의 남북통일이나 된 듯, 좌파들이 설치고 다녔는데도 나라가 왜 안 망하는가? 이상하게 일선에서 이렇게 조국을 지키는 사람들이 있었기에 나라가 넘어지지 않음을 새삼 알게 되었다.

다음 날은 북측 숙소인 금강산호텔에서 개별 상봉을 한다고 모두 버스를 타고 출발 전 인원 점검을 했다. 한 명이 부족했다. 무슨 긴급 상황이 생겼는가? 해서 직원들이 호텔로 뛰어가고 나도 환자가 생겼을까 해서 그들을 따라갔다. 방에 가보니 한 사람이 누워 있다. 왜 안가냐고 물으니, 간밤에 마신 술이 덜 깨서 일어날 수가 없다는 이야기였다. 그 사람은 당사자가 아니고 이산가족의 조카였다. 촌수가 한 다리 건너니까 이런 일이 생기나보다는 생각이 들었다. 우리가 쌀 퍼주고 비료 줘가며 겨우 이산가족 상봉을 하게 되었는데 이런 얌체가 끼어있다니 정말 속이 뒤집어지는 느낌이었다. 정부 실무자들이 북측 금강산호텔에 갈 땐 점심으로 컵라면을 갖고 가야 된다고 했다. 농담인 줄 알았다. 하지만 나중에 거기 가보고서야 그 이야기의 진실을 알게 되었다. 그쪽 상봉장에 도착하니 예의 그 "반갑습니다"라는 노래가 반복되어 울려 나오고 있었다. 한복을 입은 여성들도 여럿이 줄지어 서 있어 어제 우리 측에서 주최한 상봉 때보다 분위기가 훨씬 화려하고 흥겨워 보였다. 이산가족들은 우선 넓은 방에서 만난 뒤 다시 그들의 방에서 따로 개별 가족 상봉이 진행되었다.

우리 정부 측 인사들은 뷔페식당에서 따로 우리끼리 점심을 먹게 되었다. 식당에 가서 깜짝 놀랐다. 젓가락 댈 만한 게 없기 때문이다. 상추, 고추와 된장, 나박김치, 전 그리고 기본 반찬 몇 가지 후식으로 깎지 않은 사과가 전부였다. 밥을 먹으며 집어 먹을 마땅한 반찬이 없었다. 젓갈 하나조차 없으니, 마치 절에 온 것 같았다. 손님을 오라고 해서는 이런, 대접하다니 모멸감과 분함이 함께 솟아 올랐다. 나의 이런 태도를 눈치챈 통일부 직원이 말한다.

"이건 많이 좋아진 겁니다. 전에는 밥도 찬밥을 주었어요."

그래서 차라리 컵라면을 갖고 가야 된다는 말이 있었던 모양이다. 겨우 몇 술을 뜨고 호텔 베란다에 앉았다. 금강산에 와서 산에는 가보지도 못하고 그 산 아래 호텔에 앉아 있으니, 만감이 착잡하였다. 커다란 바위에는 온갖 구호가 새겨져 있었는데 글씨가 회색으로 칠해져 있었다. 정보부 사람들이 말했다.

"저 건 많이 좋아진 거예요. 전에는 온통 붉은 빛이었죠. 우리가 온다고 색을 바꾼 겁니다. 생각나세요. 천출 김정일 장군이 남한서는 천한 출신이라 뜻이라고 말했다가 정부 요원끼리 난리 난 이야기…"

식사 때는 기분이 나빴다. 하지만 금강산 햇볕은 보석처럼 빛났고 공기는 솜사탕처럼 달콤했다. 산수의 풍경이 몽유도원도에 온 듯했다. 점심을 먹고 나니 호텔 안을 다녀도 좋다고 한다. 친구들 줄 선물을 사러 이층 매점에 갔는데 점원이 없다. 사방을 두리번거리다 오던 날 밤에 만찬장서 같이 식사한 그 험상궂은 사나이와 만났다. 하긴 그날 밤에 화기애애하게 헤어졌으니 이젠 반가운 얼굴이다. "원장 선생님, 왜 그러세요?" 하기에 술을 좀 사려는데 점원이 없다고 했다. 그 사내가 일부러 어디엔가 가서 점원을 찾아 데려다준 후 바쁘게 제 갈 길로 갔다. 외국서 올 때는 항상 술 두 병만 살 수 있다고 알고 있어 그 점원에게 물었다.

"소주도 두 병밖에 안 팔아요?" "선생님은 이산가족이세요? 아님, 정부 직원이세요?"라고 그녀가 물었다.

"나는 적십자 직원인데요."
"그럼, 아무 걱정할 것 없어요. 박스로 사 가져도 되요."라고 그녀가 대답했다.

'어디 가든 빽이 통하는군.' 하는 생각이 들어 혼자 웃었다.

말이 나온 김에 나는 대화를 이어 나갔다.

"아까 1층에서 본 건데 그쪽 직원들은 왜 당신처럼 웃지도 않고 친절하지도 않아요?"
"아, 걔들은 신출내기들 이야요. 아직 여기 온 지가 얼마 되지 않아 어색해서 그러지요."라고 그녀가 대답했다.

정부 측 손님은 제한받지 않고 물건을 살 수 있고 군사분계선을 넘을 때도 소지품 검사를 하지 않는다고 한다. 기분이 좋았다. 소주와 금강산 담배를 샀다. 전두환 대통령 때 남북회담 갔다 온 이기호 장관이 준 금강산 담배를 피워 본 적이 있다. 당시는 담배가 필터가 없었는데 그날 보니 필터가 잘 달려 있었다. 그때보다 경제가 좀 나아진 모양이다. 그러나 소주는 대구 와서 보니 마개가 허술해서 술이 새고 있었다.

이산가족상봉 동안 북쪽에서는 서커스도 보고 쇼도 보여주었다. 기술이 훌륭했고 가수나 배우들도 인물이 뛰어났다. 즐거운 시간이었다. 우리가 가족 상봉하고 있는 동안 우리 측의 관광객들이 많이 보였다. 그 사람들은 우리를 보고도 닭이 소 쳐다보듯 하고 인사도 없이 지나갔다. 이산가족 상봉 행사가 마음에 들지 않았는지 모르겠지만 많이 섭섭했다. 저 사람들이 관광을 올 수 있는 건 우리가 있기 때문인데도 모르고 있으니 말이다. 우리가 첫날 상봉 행사를 했던 곳은 나중에 보니 관광객들에게 기념품을 파는 가게였다. 우리는 가족상봉 행사 때문에 코 앞에 둔 금강산도 올라가 보지도 못하고 외식도 못해 보고 선물을 살 시간도 없어 많이 아쉬웠다. 떠나기 전날은 삼일포로 남북한 가족들과 직원들 모두가 나들이를 갔다. 그곳은 원래 바다였는데 입구가 막혀 호수가 되었다고 한다. 경치가 아름다운 곳으로 조선시대에도 많은 시인이나 묵객들이 머물렀고 몇 년 전에는 김일성 부자도 방문했다는 곳이다. 북쪽에서 온 이산가족들은 전부 남자였는데 하나 같이 검은 양복에 검은 중절모를 쓰고 왔다. 마치 수학여행 온 학생들의 유니폼처럼 똑같은 차림이었다. 그들 중에 훈장들을 자랑스럽게 가슴에 달고 있는 사람도 있었다. 어떤 사람은 여러 개를 손가방에 넣어 가져오기도 했다. 훈장이란 것이 조잡하게 만들어 깡통을 펴서 만든 것처럼 보였다. 마치 우리 어린 시절 놀이 계급장과 흡사한 싸구려 모양들을 하고 있었다. 우습기도 하고 눈물겹기도 했다.

   삼일포를 돌아다니다 다리가 아파 마침 검고 매끈한 작은 바위돌이 있어 거기서 앉아 쉬고 있는데 난데없이 한 사내가 달려오더니 빨리 일어서라고 다급한 목소리로 소리를 쳤다. 그 사람은 우리 측 사람인데 그 돌은 김일성 부자가 삼일포 방문을 기록한 기념 비석이라고 했다. 만약에 북쪽 사람들이 보았으면 나는 집에 돌아갈 수 없었을 것이라 했다. 그런 귀한 기념 돌이라면 세워서 남들이 쉽게 알아볼 수 있게 만들 일이지 왜 땅바닥에 눕혀 놓아 사람 간 떨어지게 만들어, 하며 혼자 불만을 중얼거렸다. 불안하고 머쓱한 기분에 경치가 좋아 보이는 조용한 언덕 쪽으로 올라가 기분 전환이나 하려고 하는데 거기는 관람객 금지구역이라고 북쪽 직원이 가로 막는다. 이때 예의 그 험상궂은 북쪽 사나이가 나타나더니 "원장 선생님, 괜

찮으니까 한 번 올라가 보세요."라고 권한다.

아무도 못 가는 곳에 그 사람 덕에 올라갈 수가 있었다. 그 사람은 꽤나 힘이 있는 자리에 있나 보였다. 점점 그가 좋아지기 시작했다. 삼일포 나들이 때 북쪽에서 우리 모두에게 선물을 한 보퉁이 씩 주었다. 그 속에는 사이다, 단물(주스), 과자 등이 있었다. 어릴 때 먹던 그리운 그 촌스러운 음료수와 과자들이었다. 별로 달지도 않고 고소하지도 않는 과자. 옛 추억의 먹을거리들이었다. 음료수를 자세히 보니 개중에는 사용기간이 지난 것들도 있었다. 화가 나서 북쪽 사람들에게 항의를 해보고 싶었지만, 겁이 나서 하지를 못했다. 그 물건들을 쓰레기통에 팽개치고 오려다 나중에 증거로 삼기 위해 고이 짐 속에 넣어서 왔다. 우리 적십자 직원 중에 이산가족 상봉 때마다 오는 사람 말이 저 남자들이 입는 옷은 단벌로 올 때마다 교대로 그 옷을 입고 오는 것 같다고 말했다. 키나 몸무게가 모두 고만고만한 사람들이니까 그런 상상도 가능하다고 여겨졌다.

마지막 날은 아침 식후 이별을 하는데 먼저 북쪽 가족들이 상봉장을 떠났다. 텔레비전에 이럴 때 많이들 울던 광경이 생각이 났다. 지금 가면 언제 다시 볼까 하면서 차창에 매달려 울며 불며 하던 이별 광경이 눈앞에 전개되려고 한다. 그러나 현실은 그렇지 않았다. 버스가 우리 앞에 잠깐 서 있더니 슬슬 북쪽으로 간다. 가족들도 가는가보다 하고 대충 손을 흔들었고 버스도 시야를 벗어나기가 무섭게 북쪽으로 빨리 달려 가버렸다. 나이가 들어 월남한 사람들은 헤어진 가족들의 얼굴을 서로 알고 있으니까 늙어도 옛 얼굴을 기억해 울고 웃는 모습을 보였다. 하지만 전혀 얼굴도 모르는 가족들은 그들이 피붙이라고 해도 그다지 애틋한 감정을 보이지는 않았다. 이걸 보고 남북이 쇼한다는 느낌밖에 들지 않았다. 진정으로 헤어진 이산가족의 애달픈 심정을 안다면 판문점이나 금강산에 상설면회소를 두고 일 년 내내 만나게 하면 될 것인데 왜 이렇게 요란스럽게 떠들며 행사를 치르는지 모를 일이었다. 북쪽의 가족들은 그렇게 떠나고 우리는 약간의 시간이 남아 매점에서 시간을 보내던 중 예의 그 이북 사나이를 만났다. 처음에는 무찔러야 할 적처럼 만났다가 이제는 정이 들어 헤어지기가 아쉬웠다. 나는 그와 기념사진을 찍었다. 나의 가슴에는 태극 마크의 배지가 그의 가슴에는 김일성 마크가 그려진 배지가 달려 있었다. 요즘도 그 사진을 볼 때마다 가슴이 뛴다. 언제 다시 볼 수가 있을까? 다음에는 관광으로 금강산에 꼭 다시 오고 싶었다. 그때 겉으로 무뚝뚝하면서도 정이 깊었던 이 사내도 꼭 다시 보고 싶었다.

2006년 6월 20일부터 6월 25일까지 있었던 제13차 남북이산가족 상봉단은 이렇게 행사를 마치고 우리 쪽으로 넘어오게 되었다. 잠깐의 가족들 상봉과 이별은 옆에서 보기에도 가슴을 저미는 것 같은 아픔을 느꼈다. 이념이 무엇이기에 인간을 이렇게 비참하고 슬프게 하는 것일까? 전쟁까지 일으키면서 서로를 죽이기까지 하는 것일까? 그리고 세월은 많이도 흘러갔건만 그 감정은 왜 이렇게 남아서 사람의 가슴을 후벼 파는 것일까? 611명의 우리 쪽 가족들은 재입국 절차를 밟고 있었고 정부 측 인사들은 따로 출국 절차를 밟고 있었다. 명단은 '가나다'

순으로 되어 있어 내가 가장 먼저 출국심사를 받게 되었다. 서류를 심사하던 이북 장교가 얼굴을 한번 쳐다보고 명단을 들여다보더니 이름이 없다고 한다. 가슴이 철렁했다. 그동안 말투나 행동이 그들의 눈 밖에 난 지도 모르겠다. 나만 이북에 잔류한단 말인가 하는 걱정이 순간적으로 머리에 떠올랐다. 그때 우리 정부 인사 한 사람이 그 서류를 들여다보며,

"그분 이름이 맨 꼭대기에 있잖아요."하고 짜증 어린 지적을 하자 그제야 그 장교는 나에게 지나가라는 손짓을 했다.
그들은 항상 이런 식으로 상대를 위협하고 조정 해보는 버릇이 있었다.

짧은 금강산 체류 기간이었지만 한 십 년은 살다 온 느낌이었다. 온통 흑백의 나라, 색깔이란 전혀 없는 곳이었다. 농민들의 옷매 무세나 행동, 표정 또한 그들의 강산과 똑같이 경직되고 무감동한 모습을 보였다. 아마도 그런 지시를 받았겠지, 저러다가도 지시가 바뀌면 죽었다, 살아난 부모 보듯이 길길이 뛰며 반가워할 것이다. 밤에도 불빛을 볼 수 없는 민가, 이산가족 상봉 현장으로 그 많은 버스가 상향등을 켜고 긴 행렬을 해도 누구 하나 손 흔드는 광경을 볼 수가 없었다. 휴전선을 넘어오니 그렇게 유치하고 천박하게 보이던 우리 쪽의 알록달록한 간판이 아름답게 느껴졌고 불친절하고 무표정한 가게 주인들의 얼굴이 너무도 반갑고 다정스럽게 느껴졌다.

3. 외국인 무료 진료

7년간 대구적십자병원 재직시절을 회고하면서 가장 먼저 남북이산가족 상봉단 이야기를 시작한 것은 가장 짧았던 기간의 일이지만 가장 강하게 기억에 남는 일이었기 때문이다. 그러나 병원 근무 중에 가장 오래했고 자랑스러운 일은 '이주노동자(외국인노동자) 무료 진료'였다. 대구적십자병원의 이주노동자 무료 진료는 2000년 중반부터 매월 둘째, 넷째 일요일 이루어졌다. 병원이 돈벌이도 잘못하면서 외국인 무료진료를 한다니까 잘한다는 사람보다는 못한다는 사람이 더 많았다. 심지어 서울적십자 본사에서는 무료 진료를 하지 말라고 연락까지 왔다. 딴 곳도 아니고 본사에서 이런 통보를 받고 나니 화가 났다. 하지만 오기가 생겨 더 용기가 났다.

본사에서는 정상적으로 취업하고 있는 외국인들은 모두가 의료보험이 되니까 굳이 무료 진료를 받을 이유가 없다. 따라서 일요일 그런 곳에 오는 사람들은 불법 취업자들이기 때문에 진료를 해주지 말라는 것이었다. 적십자 본사는 전장에서도 적군과 아군을 가리지 않고 진료를 해주는 게 적십자의 기본 정신이라고 한다. 그러면서도 불법 취업자들은 진료하지 말라고 하니 누가 들어도 웃기는 일이 아닐 수가 없다. 생각하건 데, 돈도 벌지 못하면서 엉뚱한 짓을 하는 내가 미워서 그런 지시를 한 것으로 짐작이 간다. 직원들이 약간 동요하는 분위기였다. 짐짓 큰 소리로 말했다.

"만약에 경찰이나 누구라도 불법 체류자를 체포하러 오면 몽둥이로 때려 쫓아라. 뒤 책임은 내가 진다."

무료 진료는 평일에 하면 쉽지만, 이런 날은 외국인 노동자들이 병원에 오기가 힘이 들었다. 그 사람들은 대구 시내에만 사는 것이 아니고 지방 도시인 성주, 상주, 영천, 칠곡, 의성, 안동 등에서도 근무하기 때문에 평일에는 병원을 잘 올 수가 없었다. 그리고 시내에 있는 노동자도 평일날 병원에 가게 해주는 회사는 거의 없다. 그래서 우리는 2주에 한 번씩 일요일마다 진료하게 되었다. 무료 진료의 문제는 돈과 의사 수급이 가장 큰 일이었다. 힘들게 여기저기 다니며 약값을 모으고 또 일할 사람들을 모아 일을 시작했다. 7년 동안 대구적십자병원에 근무하며 이 사업을 계속할 수 있었던 것은 아름다운 사람들 때문이었다. 시내 각 대학의 전공의들, 경북대 의대생들의 봉사모임인 '장승'과 영남대 의대생의 '나눔 자리', 적십자 부녀회원, 통역 봉사원, 노동 상담 목사님들, 법률상담 변호사님들, 그리고 우리 병원 직원들과 소수의 내 친구들 이런 천사 같은 분들이 있기에 그 무료 진료는 가능했다.

멀리 아프리카 케냐에서부터 아시아의 카자흐스탄, 우즈베키스탄, 키르기스스탄, 스리랑카, 파키스탄, 인도 그리고 근동의 몽골, 필리핀, 중국 출신 노동자들이 모여들었다. 진료 경비는 대구적십자병원과 대구시 의사회에서 주로 갹출 되었다. 내원하는 노동자들은 내과 환자들이 가장 많았다. 정신과 환자의 의외로 거의 오지 않아 나는 진료보다는 원장으로서 역할이 필요해서 나오게 된 것이다. 변호사님들이 돌아가면서 한 분씩 오고 목사님들이 오면 이분들은 서로가 모르기 때문에 누군가가 다리를 놓아주어야 했다. 전공의들도 병원별 순환제로 나오기 때문에 병원의 직원들과 이들을 연결시킬 사람이 필요했다. 이런, 저런 이유로 나는 훌륭한 사람도 아닌데 본의 아니게 일요일 진료 때마다 나오지 않을 수가 없었다. 진료의 초기에는 환자들이 소문을 듣고 찾아오기도 하지만, 김경태 목사님이 경영하고 있는 '외국인 노동상담소'를 통해 오는 경우가 가장 많았다. 그쪽에서는 평소에도 수십 명씩 교회에 살고 있어 그 사람들끼리 연락이 되어 아예 승합차로 오기도 했다.

무료 진료팀의 분야별로 보면 진료를 위한 의사들이 있고 목사님들은 특수 사목활동으로 노동자들의 인권이나 임금 문제와 체류 기간 연장 등에 대한 상담과 해결을 해주었다. 옆에서 듣다가 보면 괘씸한 사업주가 많았다. 불법 체류자라는 약점을 이용해서 노임을 후려치기도 하고 떼어먹기도 했다. 합법의 경우도 악질 업주는 돈을 떼어먹기도 했고 좋은 사장이라도 경기가 좋지 않으면 봉급을 주지 못했다. 노동자들은 나보다 나이도 어리고 학력도 모자라는데도 한 사람도 화를 내며 이야기하는 경우를 보지 못했다. 마치 남의 말을 하는 것처럼, 차분하게 표현했다. "몇 달 치 봉급을 받지 못했으면 먹고사는 건 어떡해요?"라고 물으면 "주변에서 도와줘서 굶지는 않아요." 그들은 과장해서 말하지 않고 흥분해서 떠들지 않았다. 내가 만약 외국에서 이런 꼴을 당했다면 이렇게 담담하게 말할 수 있을까? 입에 거품을 물고 억울함을 토해냈을 것이다. 업주를 욕하고 나아가 그 나라 사람 전체를 욕했을 것 같다. 많은 노동자가 봉급 문제로 상담하건만 한 사람도 예외 없이 차분하게 그들의 입장을 말하는 모습이 아직까지도 눈에 선하다. 경제적으로 가난한 사람들이지만 예의와 염치가 있는 모습을 보며 많은 걸 배웠다. 법적으로 해결해야 할 경우는 변호사님들에게 의뢰하게 된다. 변호사님들은 한번 상담으로 끝나는 게 아니고 때에 따라서는 몇 날 며칠씩 그분들의 사무실에서 문제를 도와주는 경우도 많았다.

의과대학생들은 경북의대와 영남의대 두 곳에서 봉사를 나왔다. 이 학생들은 일요일 봉사 말고도 딴 곳에서도 의료 봉사활동하고 있는 동아리였다. 나는 의과대학에서 강의도 하고 전공의도 가르쳤지만, 속으로 의사나 의대생들은 항상 자기밖에 모르는 이기주의자들의 집단이라고만 생각했다. 그러나 적십자 대구병원에서 만난 이 젊은 의사나 학생들은 이런 편견을 한꺼번에 박살을 내주었다. 어떤 학생들은 시험 기간 중에도 봉사를 나오기도 했다. 인간이란 좁은 곳에서 작은 눈으로 본 편견을 자신의 마음속에 새겨두고는 그것으로 사물의 전체를 평가하는 잣대로 평생 쓰고 산다. 이런 곳에서 활동을 해보지 않았다면 나의 선후배들에 대한 편견을 평생 갖고 살았을 것이다. 젊은 의사와 학생들이 그렇게 예쁘고 사랑스러울 수가 없었다. 고마운 마음에 진료를 마치고는 함께 저녁을 먹게 되고 노래방에서 뒤풀이할 때도 많았다. 경북대 의대 '장승팀'과 영남대 의대 '나눔 자리'는 서로 교류가 없었던 탓에 같은 일을 하면서도 처음에는 서로가 서먹서먹했다. 하지만 내가 이런 자리를 만들어 먹고 마시는 가운데 두 학교는 형제자매처럼 친해져 갔다. 학생들에게 나중에 전공의가 되어서도 봉사를 나오고 전문의가 되어서도 봉사를 계속하자고 세뇌교육을 꾸준하게 시켰다. 이 사람들과 회식에서 술에 취해 오면 우리 집사람이 자주 핀잔을 주었다. 전공의 때 우리 주임교수가 2차까지 따라와서 분위기가 다 깨졌다고 그렇게 욕을 했으면서도 나이가 드니, 나 또한 그런 행동을 한다는 것이다.

적십자 부녀봉사회에서 대개 10명 정도로 봉사를 나오는데 40대에서 60대쯤의 부인네들이었다. 텔레비전이나 각종 언론에서 연말에 국군 위문품 주머니 만들기나 가을 적십자사 주최의 바자회 같은 곳에 봉사하는 주인공들은 고관대작들의 부인들이다. 그런 분들은 우리 모임 같은 곳에는 흥미가 없다. 이렇게 초라하게 꾸려지는 모임에는 살기가 빠듯한 부녀봉사자들만 모인다. 이해하기가 어려운 일은 어렵게 사는 사람이 어려운 사람을 도와준다는 사실이다. 언뜻 생각하면 여유 있는 사람들이 남들 잘 도와줄 것 같은데 말이다.

처음에는 봉사자들이 별 할 일이 없었는데 나중에 환자들에게 점심을 주기 시작하면서 이분들의 할 일이 많아지고 역할이 중요하게 되었다. 부녀봉사자들은 봉사하면서도 없는 살림살이에서 몇 푼씩 모아 점심 대접에 보태 쓰라며 월 10만 원씩을 내어놓았다. 적십자사나 그 산하 단체에서는 아무 도움을 받은 적도 없건만 이 부녀봉사회에서는 '빈자의 등불'이라는 말처럼 이분들의 성금은 다른 일요일 봉사자 모두에게 말없는 교훈을 주고 소리 없는 큰 격려였다. 그 10만 원은 내게는 1억 원과 같은 귀중한 돈이었다.

  초기의 점심 식단은 어묵, 김밥, 바나나, 초코파이, 닭튀김, 돼지고기 수육과 순대, 컵라면과 봉지 커피 등이었다. 처음에는 김밥이 가장 인기가 있으리라, 생각하고 많이 준비했다. 그러나 김밥은 항상 남아돌았다. 이상한 일이다. 누구나 좋아하는 김밥이 남다니 알다가도 모를 일이었다. 알고 보니 김밥은 우리나라와 일본 사람밖에 먹지 않는다고 한다. 노동자들은 조선족 말고는 김밥을 먹는 민족이 없었기에 김밥이 늘 남았던 것이다. 처음에는 조선족만 김밥을 먹었다가 나중에 중국 출신도 먹게 되었다. 회교를 믿는 나라에서 온 사람들은 돼지고기를 먹지 않아 차츰 식단도 날이 가면서 많은 변화를 겪게 되었다. 이주노동자들은 식사 때 꼭 자신이 먹을 만큼만 손을 대었다. 진료 끝에 음식이 남아 싸가라고 주어도 절대 사양했다. 기왕에 남는 음식이라면 싸가서 저녁으로 먹거나 친구에게 줄 만도 한 데, 그들은 절대로 그렇게 하지 않았다. 이런 행동은 그들 나라에서 해 오던 습관 탓인지 아니면 가난한 적십자 살림을 알고 일부러 체면을 차리는 것인지 알 수가 없었다. 가난해도 인격을 팔지 않는 모습을 보는 것 같아 자주 감동을 받았다.

  한 봉사자 할머니는 딸이 직장 생활을 하기 때문에 외손녀를 데리고 병원에 왔다. 처음에 업고 다니던 갓난아기가 어느덧 걸어 다니는 소녀가 되었다. 이 소녀는 우리 진료실의 마스코트처럼 되어 자주 오는 외국인들과 장난도 치고 웃고 떠들어 따뜻한 분위기를 만드는 데 일조를 했다. 이 소녀의 성장을 보며 우리의 보이지 않는 진료도 점차 저렇게 성장하고 있을 것이다라는 자부를 가져보곤 했다. 통역 봉사자도 중요한 몫을 했다. 가장 쓰임새가 많은 말은 중국말이었는데 '위군'이라는 경북대학교 공과대학에 유학 온 학생이 주로 맡아주었고 또 한 여학생도 자주 왔었는데 이름은 기억나지 않는다. 위 군은 상하이 출신으로 부모들은 모두가 공산당원으로 두 분 다, 학교 선생님이라고 했다. 위 군은 학교에서 밴드부에서도 활약했는데 이 팀들이 병원 외국인 노동자 잔치 모임에서 연주도 해주었다. 위 군은 학업이 끝나면 중국으로 돌아갈 생각은 하지 않고 일본이나 한국에서 직장 생활을 계속하고 싶다며 일자리를 알아보고 있었다. 동료 학생들은 "위군은 자본주의 나라에 잘못 와서 완전히 버린 자식이 되었다"라며 자주 농담으로 그를 놀리곤 했다. 그 위군은 나중에 경북대에서 박사학위를 마치고 계명의대 의공학부 교수로 취업이 되었다. 그가 추천사를 부탁했을 때 나는 당당하게 신일희 총장님께 이 인물을 만난 것은 총장님의 복이라고 썼다. 당시 봉사하던 사람들이 취업할 때는 자주 추천서를 써달라고 왔다. 이런 시간이 정말 기분이 좋았다. 좋은 인재를 뽑게 되는 그 직장도 행운이고 또 그런 훌륭한 인재를 추천하는 나 자신도 행운아라는 생각했기 때문이다. 파키스탄인들의 통역은 그 나라 출신인 샤이드가 해주었고 나머지 나라는 영어로 통역을 했다. 영어 통역은 계명대 영어과 이경희 교수가 담당해 주었는데 항상 제자들과 함께 와서 봉사를 해주었다. 병원의 직원들도 조를 짜서 나왔는데 약제실, 주사실, 심전도, 방사선, 임상병리, 그리고 물리치료 등의 일을 했다. 이 사람들은 정말 봉사의 의지가 있었는지 몰라도 내가 지시해서 일요일에 병원에 출근하게 되었으므로 늘 미안한 마음을 가지고 있었다. 후일 세월이 가면 일요 진료 봉사가 자신들의 인격 성장에 도움이 되었다는 것을 알게 되리라 애써 자위해 본다.

나의 목표는 의료봉사에만 그칠 것이 아니라 외국인 근로자들이 우리 병원에 온 김에 밥도 먹고 마당에서 놀다 가게 하는 것이다. 이런 시간을 통해 서로서로 이국의 외로움을 달래고 우리 문화와 그들의 문화도 함께 체험하게 만들어 주자는 것이었다. 모임이 커지고 궤도에 올라가자, 사업 철학을 옳게 세우고 일의 효율성을 위해 회장직을 만들었다. 목사님 대표와 학생들 대표 둘을 공동대표로 정했다. 이렇게 조직까지 정비되어 본격적인 진료가 되던 중 어느 날부터 환자들과 방문객 수가 서서히 줄어들고 대표되는 목사님이 나오지 않기 시작했다. 서너 분씩 오던 목사님들이 어떤 때는 아예 한 사람도 오지 않았다. 어느 날 학생들이 내게 하소연했다. 환자 수가 줄어들어 노동상담소에 가서 옛날처럼 도와달라고 협조를 구했다는 것이다. 그곳 목사님 한 분이 "너희들이 의료봉사가 뭔지 알고 설치는 거야!"라고 핀잔을 주며 꾸중하더라는 것이다. 학생들이 나하고 아무 의논 없이 갔기 때문에 화도 났지만, 그 목사님들의 태도가 이해되지 않았다. 어린 학생들이 모르면 가르쳐 주면 되는 것이고 할 말이 있으면 하면 될 텐데 성직자가 외국인들은 그렇게 사랑한다면서 막상 우리 학생들에게 그런 상처를 주다니 나도 화가 났다. 그런 일이 있은 뒤로 학생들은 자력으로 이 모임을 키워나갈 생각을 하고 기왕에 하고 있던 동대구역의 노숙자 진료소와 성서공단의 국내 노동자 무료 진료소에서 기웃거리는 외국인 노동자들에게 전단지를 나눠 주며 우리 모임을 홍보하고 다녔다.

우리 병원 옆에 오래되고 큰 교회인 남산교회에도 많은 외국인 노동자가 출입하고 있었다. 이쪽 목사님들도 일요 예배가 끝나면 환자들을 보내주었다. 이런저런 이유로 남산교회 목사님들과도 친하게 지냈다. 이런 행동이 외국인 노동자 상담 목사님들의 비위를 상하게 한지도 모르겠다. 이러던 중 외국인 노동자 상담소에 일하던 목사님 세 분이 찾아왔다. 상담소 내에서 서로 의견이 맞지 않아 딴 살림을 차렸다며 인사를 하러 왔다. 그분들은 얼마 전까지 일요일마다 우리 모임에 왔기 때문에 나와는 친숙한 분들이었다. 이 목사님들은 자신들에게 오는 외국인들을 진료에 데리고 오겠다고 했다. 그러나 전에 있던 곳의 책임자 목사님이 선배가 되어 그분의 눈치가 보인다며 그쪽에 먼저 양해를 구해주면 자신들이 우리 모임을 적극적으로 돕겠다고 했다. 병원 관리부장이 그쪽에 협조를 요청하러 갔는데 '왜 언제는 협조를 안 했어요? 무슨 문제가 있습니까?'라고 비아냥거리며 핀잔을 주더라는 것이다. 말로는 앞으로 협조를 잘하겠다고 하며 딴 살림 차린 목사들은 못 오게 해달라는 대답을 듣고 왔다. 뭔가에 많이 삐져있는 모습이었지만 딱히 생각나는 잘못도 없고 해서 우리는 아무 말도 않고 그냥 기다리고 있을 뿐이었다. 그 후로도 환자들은 보내주지 않았고 대신에 못 보던 목사님 한 분을 우리에게 고정으로 파견해 주었다. 그분은 그동안 농촌에서 특수 사목을 하다 왔는데 외국인 노동자 사목은 이번이 처음이라고 했다. 이 목사님은 사회주의적 사고를 갖고 있는 분이었는데 나와는 대화가 잘 통하는 분이었다. 순수하고 맑은 분이었다. 약점이랄까 특징이랄까 생각이 이상적이어서 너무 한 쪽에 치우쳐 있었고 남들과 자신 생각이 다름을 틀렸다고 착각하고 자주 투쟁적인 행동 경향이 있었다.

변호사님들과는 잘 맞지 않았다. 우리 모임에 오는 변호사님들은 보수적인 단체에서 파견된 분들이 되어 이 목사님과는 근본적으로 생각이 달랐다. 상담자가 없는 시각에는 같이 앉아 심심파적으로 이런저런 이야기를 할 때가 있는데 서로 생각이 달라 얼굴을 붉히는 경우도 가끔 있었다. 이렇게 한 부분이 삐거덕거리면서도 모임은 잘 이루어 가고 있었다.

창립기념일 잔치는 언제나 흥겨웠다. 그런 날에는 각국 출신들이 그들의 고유복장을 하고 자기 나라의 악기를 연주하고 노래를 부르는 걸 보노라면 눈물도 나고 신도 났다. 그 중에는 우리 가요를 아주 잘 부르는 파키스탄 노동자가 있어 그가 최고의 인기인이었다. 기념행사의 날에는 경북대학교 밴드부 학생들이 신나는 팝송 연주를 하고 적십자 부녀봉사회의 풍물패가 놀이와 춤을 보여주는 걸 보노라면 마치 국제음악제라도 보는 듯 신이 났다. 파키스탄에서 온 불법취업자 샤이드 부부는 아들까지 하나 있었는데도 결혼식을 못 올리고 있었다. 이런 딱한 사연을 듣고 적십자 부녀회장을 마친 우수정 님이 결혼식 경비를 대주었고 주례는 내가 섰다. 우 회장님은 교도소 쪽에서 사형수의 어머니라고 해서 많은 사형수를 엄마처럼 돌봐준 분으로 유명하다. 결혼식을 마친 뒤 우 회장님은 샤이드 부부를 우리 전통 혼례복을 입혀 사진을 찍어 커다란 액자를 만들어 주었다. 이 사진 액자는 나중에 파키스탄으로 공수되었다. 샤이드는 파키스탄 노동자의 큰 형 노릇을 해 매번 진료 일에 찾아와 자기 나라 노동자들의 진료와 상담을 할 때, 통역을 해 주고 성격이 붙임성이 있어 나에겐 커다란 동지였다.

우리나라에는 정말 엉터리 같은 사람들이 많다. 남들 다 가는 군대 빼먹고, 땅 투기하고, 위장 전입하는 고관대작들, 그리고 고국을 팔아먹고 전복시키기 위해 안간힘을 쓰고 있는 일부 좌파적, 극우적 성직자와 시민단체들, 이런데도 나라가 망하지 않고 굴러가는 것이 신기한 일이다. 이런 기적이 일어날 수 있는 것은 도처에 아무도 몰라주는 일을 이렇게 소리 소문 없이 소매를 걷어붙이고 십시일반으로 돕고 같이 뛰는 소금과 빛 같은 사람들이 있는 덕이라는 것을 일요일 봉사하면서 알게 되었다. 일요 진료의 효율성을 위해 각, 나라마다 리더를 정해서 그 사람을 통해서 우리 병원의 방사선과 김기원 실장이 이들과 항상 접촉하게 했다. 이 방법은 점점 크게 효과를 보았다. 이런 조직은 평소에라도 응급환자가 생기면 신속하게 조치해 줄 수 있고 임금을 떼인 일의 법적 흐름도 알 수 있어 좋았다. 또 행사가 있을 때 연락도 쉬워 인원 동원도 잘 되었다. 이렇게 조직이 안정되어 가자 학생들은 더 이상 환자 유치를 위한 홍보를 다니지 않아도 되었다. 상담소에서는 계속 이 목사님을 보내주고는 환자는 더 이상 보내주지 않았다. 계획이 들어맞아 무료 진료일에 진료를 받지 않아도 외국인 노동자들은 친구를 만나러 오기도 하고 온 김에 점심을 먹고 가기도 했다. 우리 병원이 대구 시내 한가운데 있었던 탓에 많은 노동자들이 놀이 겸 오기가 편리했다. 자주 놀러 오는 사람 중에는 안젤라라는 인도 여성이 있었다. 이 사람은 캘커타 의과대학 출신이라고 소문이 나 있었지만 아마 중퇴한 것 같았다. 한때는 서울서 대사관 근무도 했던 지식인이었다. 대구에 온 것은 남편의 근무처가 있었기 때문이라고 했다. 이 남편은 원래는 임상병리 기사였는데 어쩌다가 둘이 만나 우리나라에서 자그마한 인도 요리 식당을 하고 있었다. 안젤라는 간단한 무역을 하고 통역도 하고 다녔지만, 주된 종목은 음식점을 경영하고 있는 것이었다. 안젤라는 계명대학교 동문 쪽에서 카레 전문 음식점을 하고 있어 우리 직원들 하고 일부러 부조 겸해서 가끔 그 집에서 회식도 하곤 했다. 입맛이 둔한 나로서는 그 식당 음식 맛이 다 똑같이 느껴졌다. 닭고기, 소고기로 만든 여러 가지 음식 메뉴가 있었지만, 모두가 카레로 뒤범벅되어 있으니 그게 그 맛 같이 똑같이 느껴지고 매워서 나에게는 그다지 매력적인 식당이 되지 못했다.

그 식당에는 인도, 스리랑카, 파키스탄 사람들이 주로 많이 모여들었는데 그 사람들은 음식을 먹으러 오는 사람보다는 그들의 사랑방처럼 마실 온 사람들이 모여 정보도 제공하고 웃고 떠드는 장소였다. 안젤라는 진료 날 자주 와서 통역을 해주다가 친해졌는데 남편이 임상병리사로 근무할 수 있게 해달라고 자주 부탁해 입장이 약간 서먹하기도 했다.
그런 날들이 흘러가고 있던 중에 나의 환갑날이 되었다. 요즘 환갑잔치하는 사람들은 거의 없다. 하지만 나는 자식들에게 잔치하겠다고 통보하였다. 오랜 객지 생활을 하며 몸에 밴 습관대로 생일날도 별로 챙기지 않고 살아왔는데 새삼 이렇게 호들갑을 떠니 멋모르는 집사람과 애들은 어리둥절 하는 눈치였다. 생일이 있던 그 주 일요일 중앙로에 있는 '민들레 영토'에서 환갑잔치가 벌어졌다. 이날의 풍경은 친구 박순해 군이 우리 중·고등학교 홈페이지에 실었던 참관기로 대신하겠다.

[한산 권영재의 환갑잔치]

〈2006-09-27 - 9월 24일 일요일 오후 5시 30분〉

약속대로 나는 한산 권영재 가족의 전폭적인 지지를 받아 외국인 노동자들을 초청해 식사를 한 끼 대접한다는 걸 알고 있었다. 그것은 명백한 회갑연인데도 한산은 굳이 외부의 초청 인사들에게 외국인 노동자들과 그냥 스테이크 한 접시 같이 하자는 가벼운 말로 100여 명을 초청하여 이 '영토'를 꽉 메우게 했었다. 한산이 젊게 보여 오해받는다는 어 부인과 자녀와 손자를 소개하여 다복함을 느끼게 했다. 그리고 또 다른 가족이라며 오늘 행사에 걸맞게 파키스탄 불법 체류자 '샤이드'와 '아니샤' 부부를 소개했다. 한산이 이들의 주례를 서 주었고 지금까지 아버지 역할을 잘하고 있는 모양이다. 훤칠한 키에 미남인 샤이드도 약간 물기가 서린 우리말로 아버지의 회갑을 축하한다고 말했다. 불법 체류자는 우리 사회에서 약자다. 아무런 혜택을 받지 못하는 사각지대 속에서 돈을 벌기 위해 때로는 핍박을 받으면서도 꿋꿋하게 살아간다. 샤이드의 아들 파리샤는 학령아동인데도 초등학교 입학을 못 하고 있어 안타깝단다. 애틋한 연민의 정이 느껴진다. 이러한 외국인 이주노동자가 한두 명뿐이겠는가!

 권 원장은 이러한 환경에 처한 많은 사람들에게 무료로 의료혜택을 주고 있다. 또 경북대, 영남대 의과 대학생들도 권 원장을 도와 돈 없는 이들에게 무료로 의료봉사를 하고 있단다. 내일부터 중간고사 시험인데도 이 의대생들은 오늘도 자원봉사를 하고 적십자병원에서는 숨어서 봉사하는 많은 사람들의 도움을 받아 이들 외국인 이주노동자뿐 아니라 탈북자, 장기수, 성매매 여성들, 원폭 피해자 등등 의료 사각지대에 있는 이들에게 무료로 상담도 하고 검진과 치료 혜택을 주고 있단다. "좋은 추억을 함께 나누자!"는 한산의 건배 제의 후 '사형수의 어머니'인 우수정 평화봉사단장의 꽃다발 증정, 다음은 권 원장이 2001년에 부임한 후 어려운 사람들을 위해 봉사하겠다는 꿈의 실현과 중국 홍십자 및 일본 나가사키 적십자병원과의 자매결연을 성사한 것 등 많은 업적 소개가 있어 정말 훌륭한 친구를 가져 흐뭇한 느낌을 갖지 않을 수 없었다. 오늘 초청된 인사들 대부분은 한산의 회갑연인 줄 모르고 왔다며 섭섭한 듯 말했으나 한편으론 감동을 더욱, 찐하게 받는 느낌이었다. 적십자협의 회장, 남산 복지관 변창식 목사, 200명을 무료로 안과 수술을 한 '난초 꽃피다' 병원의 조희태 원장 등등의 인사말이 그랬다. 우리 462명 친구 대표로서 인사말은 구국본 원장이 오랜 친구의 뜻깊은 회갑연을 축하한다고 조리 있게 말했다.

한산의 생일을 위한 외국인 이주 근로자들의 생일 축하 노래가 많았다. 필리핀 찬양팀 중창단 15명, 중국팀 6명, 또 우간다, 남아공화국, 방글라데시, 스리랑카 등이 한 팀을 이루어 축하 노래를 불러 주었다. 한산은 무대로 나와서 고맙다며 일일이 악수를 해주었다. 우리 462명 대표로 축하 노래는 권경 동기가 '송학사'를 구성지게 불러 박수를 많이 받았고, 좌중의 요청으로 특별히 권 원장이 화답으로 '삼팔선의 봄'을 불러 갈채를 받았다. 다른 462명들은 백 코러스를 하면서 신이 났다. 오늘 환갑잔치에서 흥을 돋운 것은 대구사회복지관 풍물봉사단 아주머니들이다. 이들도 한산을 위해 자원봉사를 한 것인데 좌중을 제일 신명 나게 해주었다. 신명과 한풀이는 맥이 같다. 한풀이 하다 보면 신명이 나고 신명이 나다보면 이슬이 맺힌다. 이 국악봉사단의 창작 무용, 민요 춤, 그리고 사물놀이를 할 때의 신명은 흥에 겨워 마음을 들뜨게 만들었다. 마치 회갑을 맞은 한산의 신명으로 해외 이주 근로자의 한을 풀어주는 타악기의 음향이었다. 샤이드의 7살 아들 파리샤도 꽹과리 음에 맞춰 온몸으로 춤을 추고 있었다. 불법체류자 아들로 태어난 한을 풀고 있는 것이다.

한산! '민들레 영토'라는 이름도 오늘 행사와 잘 어울리는 것 같소. 진심으로 회갑을 축하하며 뜻깊게 잔치한 것 보며 합시다!

— 방곡(박순해) —

옛부터 잔치 때면 거지들이 몰려온다. 이러다 보면 주인 측과 다툼도 심심찮게 벌어진다. 특히 시내에서 무슨 행사가 있을라치면 양아치들이 몰려와 음식만 얻어먹는 게 아니고 돈을 달라고 떼를 쓰고 소란을 피워 잔치 분위기를 망치는 경우가 종종 있다. 그날도 그럴 가능성이 있었다. 그래서 우리 친구가 건달 노릇하는 후배에게 '사람 부조'를 좀 하라고 했다고 한다. 그들의 지역이 여기니까 한 두 사람 정도만 나와 자동차 주차도 돕고 쓸데없는 손님이 오면 쫓아 보내면 된다. 그런데 그날은 약, 십여 명의 정장한 깍두기들이 나타났다. 이들은 민들레 영토 행사장 입구에 두 줄로 서서 오는 손님마다 90도 고개를 하며 인사를 했다. 나는 원래 이 친구들을 잘 아니까 재미도 있고 우습기도 해서 이런 행동을 말리지 않고 그냥 보고 있었다. 그러나 마음 약한 사람들은 많이들 놀라는 눈치였다. 외국인 노동자들이야 한국 잔치 풍습이 원래 이런가보다 하고 아무도 이상하게 생각하는 사람은 없었는데 우리나라 손님들은 오는 사람마다 의아한 표정을 하고 있었다. 무슨 이상한 단체의 모임도 아닌데 덩치 큰 장정들이 최경례를 하고 있으니 흐뭇하다기보다 무섭기도 해서 어떤 심약한 친구는 이들이 행패 부리러 온 양아치 무리인가 해서 두려워하기도 했다. 나는 원래 출생지가 대구 한복판이 되어 중앙초등학교를 졸업하였는데 우리 학교 동창생들은 여러 분야에서 활약하고 있다. 시내의 주먹세계에도 후배들이 많이 있어 그들은 나를 형님이나 큰형님으로 부르고 있었다. 우리 후배들이 큰형님의 생일날 이런 정도의 부조는 마땅하지 않는가.

그날 적십자 여성봉사단 중에서 풍물놀이 패가 왔었는데 이는 봉사단 회장님의 덕이었다. 지난번에 샤이드의 결혼식을 치르게 해준 바로 그분이었다. 우수정 회장님이 집사람을 그날 만나 '성질 더러운 원장님 만나 얼마나 고생하느냐'라고 위로 겸 농담하는 쑥스러운 풍경이 벌어졌었다. 나아가 우 회장님은 잔치 축사를 하는 시간에도 공개적으로 이런 말을 반복해서 한편으로 친한 표시로 고맙기도 했고 한편으로 민망하고 부끄러운 마음도 들었다. 그 풍물패들은 훗날 그날 고마웠고 또 우리 집사람의 노고를 칭찬한다며 새끼손가락 끝마디만 한 금송아지 한 마리를 선물해 주었다. 여태껏 살면서 출연진에게 주인 선물을 주는 법은 있어도 거꾸로 출연진이 주인에게 선물한다는 이야기는 처음 들었다. 그날 요리 접시는 식당 종업원들이 날랐지만, 손님들이 100여 명이 넘어 그들의 힘만으로는 모자랐다. 그리고 간식과 기념품이 있어 이것마저 식당 측의 서비스를 받을 수는 없어 우리병원 정신과 간호사들과 나의 아들딸들이 이런 일을 했다. 돈도 없는 자식들에게 일부러 돈을 내라고 강요했고 또 쉬는 날 서울에서 대구까지 와서 내키지 않는 봉사까지 하였으니 정말 내 뜻을 이해하고 따르는 것일까 염려가 되었다. 하지만 그동안 나와 함께 진료 봉사를 하는 동지들에게 이렇게라도 고마움을 표시하고 싶었다. 친구들과 적십자 봉사원들은 이런 모습이 참 좋았다고 말해주어 그나마 안심이 되었다.

일요일 무료 진료는 내가 병원 근무하는 7년 동안 계속 한 사업이었기에 두고두고 기억에 남아 있다. 지금은 대구적십자병원이 없어지고 그와 함께 무료 진료도 없어졌다. 누군가가 이런 일을 할 수는 있을 것이다. 그러나 그때 환자나 진료팀이

나 각자가 어려운 생활을 하면서도 서로에게 기쁨을 주고 행복감을 주었다는 사실은 어디서나 쉽게 얻을 수 있는 일은 아닐 것이다. 적십자병원은 가난한 사람들의 병원이다. 대구에서는 대구의료원과 적십자병원 두 곳밖에는 이런 사람들을 돌봐 주는 곳이 없다. 크게 적자를 내서는 안 되겠지만 돈을 많이 남겨서도 되지 않는다는 것이 나의 공공의료기관에 대한 철학이었다. 이런 철학 탓에 임기 내내 서울 적십자 본사와는 사사건건 궁합이 맞아 티격태격 싸우느라 무척 힘이 들었다. 대구적십자병원은 시내 한가운데 있는 공공의료기관이다. 그러나 환자의 대부분은 가난한 사람들이었다. 그런 탓에 환자 숫자는 많았지만, 돈벌이가 되지 않았다. 종합병원이지만 봉급이 적어 의사들이 잘 오려고 하지 않았다. 새카만 후배인 진료과장들이 떠날까 봐 항상 눈치를 보고 아양을 떠느라 원장으로 군림은커녕 숨조차 크게 쉴 수 없었다. 이 의사들은 소수를 제외하고는 공공의료에 대한 개념도 열의도 별로 없었다. 더 한심한 것은 대한적십자사 본부 사람들의 생각이었다. 병원이 맨날 파리만 날리면서 적자라면 병원 직원들을 족쳐도 이해가 가지만 환자의 숫자는 적지 않는데도 의료보호 환자들이 주된 수입이 되니까 의료 수입도 적었다. 그런 적자를 따지지도 않고 결과만 보고 우리는 억울하게도 맨 날 꾸중만 듣고 살았다. 흑자를 만드는 큰 병원들은 대개가 의료 외의 수입이다. 대학병원들도 지정 진료이니 비급여 종목이니 하면서 수입을 늘리고 있고 가장 큰 수입은 병원 내 장례식장, 매점과 식당 등으로 그들의 적자를 메우고 있는 곳도 많다. 이런 형편에 적십자병원의 적자 내용을 살펴보면 악성이라고 할 수가 없는 것이다.

환자들도 애를 많이 먹였다. 조금이라도 직원들의 태도가 마음에 들지 않으면 공공기관이 이런 곳이 어디 있냐고 고함치며 온 병원을 휘젓고 다녔다. 더구나 정신과는 정신병 외에도 술 중독된 사람들도 많이 입원했는데 그중에는 예의와 범절과는 전혀 거리가 먼 사람들이 많았다. 외출을 나가서 귀원 할 때는 만취되어 돌아오는 경우도 많았다. 병실에 가서는 난동을 부렸다. 이때 꾸지람이라도 하면 전화로 인권위원회에 신고한다. 이곳에 신고 되면 일의 선후는 뒤로 가고 인권만 따져 직원들이 혼날 때가 많다. 어떤 때는 입원 며칠밖에 안 되었는데도 술이 깨면 또 술을 마시러 마음대로 퇴원했다가 밤에 만취되어서는 콜택시 부르듯이 119를 불러 타고 응급실로 온다. 다시 입원시켜달라고 고래고래 고함치고 거절하면 진료 거부로 보건소에 신고하는 사람들도 자주 있다. 이런 사람들에게까지 친절하기가 부처님이나 예수님도 현장에 와보면 어려울 것이다. 우리 병원 주변은 향촌동과 동성로가 있어 유흥업소가 많다. 따라서 입원 환자도 이런 유흥가 출신들이 많았다. 개중에는 아무 소속도 없이 설치고 다니는 양아치도 있고 또 조직원인 사람도 있었다. 술 중독자 중에는 정신과에는 입원하기 싫어서 내과에 입원했다가 술 생각이 나면 괜스레 직원들에게 시비를 걸며 화를 내고는 맞고 있던 수액의 바늘은 뽑아버리고는 병원을 뛰쳐나갔다가 며칠 뒤에 다시 술에 취해 돌아와 입원을 시켜달라고 조른다. "너희들은 우리 같은 사람 덕에 먹고 사는 주제에 왜 우릴 이렇게 괄시하나?"라며 고래고래 고함을 질러댄다. 불쌍한 것은 원무과 직원들과 병실 간호사들이다. 어떤 사람은 술에 취해 밤새껏 간호사실로 전화질을 해댄다. 만약에 전화를 끊기라도 하는 날에는 불친절 직원이라고 인터넷에 욕하는 글을 싣고 보건소에 신고를 했다.

굽은 소나무가 산을 지킨다는 말이 있다. 초등학교 때 공부에 취미가 없던 내 친구들이 동성로를 많이들 지키고 있었다. 이런 어린 시절 동무들 덕에 시내 한가운데서 온갖 이상한 사람들이 드나드는 병원에서 기죽지 않고 원장 노릇을 할 수 있었다. 그들은 내 방에 놀러도 오고 또 부탁하려고도 왔다. 이들 중에 랭킹이 높은 건달들은 가끔 그 부하들을 몇 데리고도 왔는데 내 방에서 인사를 시키면 이들은 마치 군대처럼 일제히 "잘 부탁합니다. 큰형님!"하고 90도로 인사를 해 내 어깨를 으쓱하게 했다. 옛 고향 친구들 덕에 자연 나의 계급도 올라가 '동성로의 큰 형님'이 되어가기 시작했다. 이렇게 위치가 올라가니까 나를 아끼는 몇몇 사람들은 사람 유치해졌다고 혀를 찼다. 그러나 그동안 소규모의 프리랜서 격인 동네 양아치들은 감히 우리병원에 와서 큰소리를 칠 수가 없게 되어 속이 다 후련했다. 정신과는 인권 개념이 도입되면서 진료하는 의료인들은 거꾸로 환자들에게서 인권의 탄압을 받는 일이 시작되었다. 현재까지도 계속되고 있으나 별 대책도 없이 견뎌내고만 있는 실정이다. 과거에는 심한 정신과 환자의 입원이나 퇴원은 가족과 의사들이 의사결정의 주도권을 갖고 있었다. 환자들이 현실감이 없고 병에 대한 인지기능이 떨어져 있으니까 할 수 없는 일이었다. 그러다 보니 간혹 입, 퇴원이 남용되고 당사자인 환자의 의견이 무시되어 인권의 경시 현상까지 있을 수도 있었다. 현재는 그런 과거의 잘못된 관습을 고쳐 나간다는 명분하에 망상과 환각이 심한 환자라도 당사자가 원하면 퇴원을 시키라는 것이 인권위원회의 지시사항이다. 만약에 이런 현실감 없는 사람들이 동네에서 헛소리의 지시에 따라 폭력을 휘두르고 망상 때문에 자살하게 되면 누가 책임을 지는 걸까? 환자들의 권리와 인권 문제로 역차별 받고 있는 그들의 가족이나 의료인들의 인권은 어떻게 할 것인가?

적십자 부녀봉사회 회원들이 병실에서 환자의 밥도 먹여주고 대소변도 받아 주며 각종 놀이치료나 작업요법, 예술치료 등의 봉사를 해주었다. 한편으로는 작은 기업체에 가서 일거리를 떼어 와서 작업요법에 이용하고 그들의 용돈도 벌 수 있게 주선했다. 머플러 접기, 고무지우개 포장 등 비교적 간단한 작업이었지만 환자들은 시간도 잘 가고 재활에도 도움이 되었다. 적십자 대구지사에도 협조를 구해 한 달에 한 번씩은 버스를 타고 야외로 놀이 겸 드라이브도 다녔다. 시간표를 짜서 장보기, 골목 투어도 다녔다. 돈은 없어도 이리 뛰고 저리 뛰어 최대한 협조를 얻고 봉사를 받아 가난한 병실이었지만 환자들은 부자처럼 대접을 받았다. 주먹패들을 어느 정도 평정한 어느 날 외래 환자를 보고 있는데 대기실이 소란하다. 나가보니 중년의 남자 환자 한 사람이 외래 조무사에게 쌍욕을 하고 삿대질하고 있었다. 이런 사람들은 자신이 잘못하는 줄을 알고 있으면서 일부러 이런 행동을 한다. 남들을 화나게 하려는 목적이나, 또는 주위 사람들에게 소란을 끼쳐 상대방을 곤혹스럽게 하려는 의도에서 그런다. 작정하고 난동을 부리는 까닭에 조용히 하라고 부탁해도 말이 통하지 않는다. 이 사람에게 지금 환자를 보는 중인데 너무 소란해서 면담할 수 없으니 조용히 좀 해달라고 부탁 조로 타일렀다. 그러자 이 사람은 잘되었다 싶었는지 온갖 욕을 하면서 내 넥타이를 잡고 늘어졌다. 이 지경이 되자 더 이상 참을 수가 없었다. 성질 같아서는 한주먹에 때려눕히고 싶었다. 하지만 형편이 그러질 못했다. 그러나 넥타이에 매달려 온몸을 발로 차는데 그냥 맞고 있을 수만은 없었다. 어쩔 수 없이 그 사람 멱살을 잡고 질질 끌어 대기실 밖으로 내몰아버렸다. 며칠 뒤 경찰서에서 출두 명령이 왔다. 환자를 폭행했으므로 조사가 필요하다는 이야기였다. 경찰서에 가서 나름대로 해명했지만, 형사는 막무가내다.

"정황은 이해가 가지만 그렇다고 환자를 때려서는 되나요?"라고 훈계조로 비웃으며 내 말을 묵살했다. 의아한 표정을 하자 그는 진단서를 보여주며 전치 2주일의 진단이 나왔는데 뭘 그리 변명이 많으냐며 오후에 다시 오라고 했다. 형사는 즐거운 표정이었다. 의사들이 평소에 고깝게 느껴졌던 모양이다. 오후에는 대질 신문을 했다.

"말을 듣고 보니 원장님이 직접 저 사람을 때린 것은 아니군요. 하지만 목에 저렇게 붉은 자국이 생긴 건 원장님이 그렇게 만든 것이지요. 그래서 원장님이 폭행했다는 말이 됩니다."

그러자 "저 사람은 의사가 아니고 깡패예요. 그중에서도 두목입니다. 힘이 장사라요. 동성로 가서 물어보세요. 모르는 사람이 없어요. 다들 큰형님이라고 하지."라고, 그 고소인이 고래

고래 고함을 지른다.

이 사람은 나를 알고 있는 눈치였다. 평소에 병원서 제정신이 아닌 환자와 그 가족들에게 소 새끼, 개새끼 하는 욕을 얻어먹다, 이제 새로운 욕을 얻어먹으니, 소나 개보다 차라리 깡패라는 말이 더 마음에 들었다. 그때 그 취조실의 분위기는 나는 깡패 같은 의사이며 공공병원의 의사로서 죽을죄를 지었고, 상대는 선량한 소시민으로 별 잘못도 없이 폭행당한 너무도 억울하고 불쌍한 사람이 되어가고 있었다.

형사는 내일 또 보자고 한다. 사건을 한쪽으로 몰아가려는 형사가 미웠다. 더 참을 수가 없어 경찰서를 나오자말자 고위 공무원인 친구에게 전화를 했다. 정형외과에 가서 맞은 자리를 보여주고 2주일 진단서를 떼었다. 다음 날 아침 경찰서에서 전화가 왔다. 오늘 출두할 때는 형사계로 오지 말고 수사과장 방으로 오라고 한다. 수사의 강도가 더 높아지는 건가? 이건 또 무슨 일이지, 하며 다음 날 수사과장 방에 갔다. 수사과장은 지금 서장님이 어디를 가셔서 죄송하지만, 자신이 모신다고 한다. 사건 내용은 보고 받아 잘 아는데 상습 전과자에게 재수 없게 걸려들었다고 하면서 세세하게 사건의 전말을 내게 확인해 준다. 그 사람은 무고와 공공기관 소란죄의 다중 전과자로 현재도 벌금을 물지도 않은 채 또 그러고 다닌다며 나의 편을 화끈하게 들어준다. 친구의 위력이 대단하다는 것을 느꼈다. 조금 있으니까 취조 받으러 오라는데 등 뒤에 대고 과장이 하는 소리가 들린다.

"우리 직원들이 알아서 할 거니까 원장님은 그저 대답만 하십시오"라고 친절하게 요령까지 설명해 준다. 그날의 분위기는 전날과 달라도 너무 다른 분위기였다.

"제가 조사를 해봤는데요. 이놈이 상습범이더군요. 원장님은 그놈이 멱살을 잡고 흔드니까 무심코 방어를 한 거지 일부러 때린 건 아니잖아요?"라고 형사가 말했다.

사건 당시 나의 행동에 관한 해석이 어제와는 너무도 다르다. 기분 좋게 담당 형사의 물음에 답만 하면 되었다. 그날은 질문도 간단하고 화기애애하게 끝났다. 나를 고소한 사내가 수갑을 차고 나가고 있었다.

"쌍방이 서로 고소한 상태인데 왜 저 사람은 저렇게 해요?"라고 물었다.

"저 새끼는 지난번에도 이런 사건을 일으켰다가 무고죄로 입건되어 검찰에서 벌금형을 선고 받았습니다. 그동안 돈을 내지 않고 도망 다니다 오늘 바로 걸린 거죠. 우리도 원장님 덕분에 한 건 했습니다." 홀가분한 마음으로 경찰서를 나섰다. 다음 날 전화로 문자가 왔다.

"원장님, 이번 사건은 무혐의로 끝났습니다. 그 사람은 벌금을 물게 되었습니다"라는 담당 형사의 친절한 결과 보고였다.

4. 대구 지하철 참사

 2003년 2월 18일 대구에 비극적인 사고가 터졌다. 우리나라 모든 사람이 기억하는 '대구지하철 참사'이다. 사고의 첫 시발은 한 정신이상자가 제1080호 열차에서 불을 지른 자그마한 화재였다. 그 화재를 지하철 당국의 미숙한 사건처리로 교행하는 열차의 바람에 불꽃이 커져 무려 136명의 귀중한 생명을 앗아간 전대미문의 사건이 된 것이다. 대구적십자병원에서 멀지 않은 중앙로 지하역에서 사고가 났다. 화재가 났다는 소식을 듣고 중앙로로 나가보니 지하도에서 연기가 조금 나오고 있었다. 별일 아니구나 하는 생각을 하며 병원으로 되돌아왔다. 라디오에서 두 사람이 질식해서 병원으로 실려 갔다고 했다. 그때까지만 해도 화재는 쉽게 진화가 될 줄 알았다. 점심을 먹는데 소방차 사이렌 소리가 요란하다. 중앙로에 다시 나가 보았다. 지하철 입구에서 시커먼 연기가 꽉 차서 올라오고 있었다. 지하에서 들것에 실려 부상자들이 속속 올라오고 있었다. 불이 꺼지기는커녕 심해지고 있었다. 우리도 진료에 필요한 최소한의 인원을 두고 모두 현장으로 뛰쳐나갔다. 화재 현장인 지하철역으로는 내려 갈 수가 없고 입구에서 기다리고 있다가 소방관에 의해 올라오는 환자들을 우리병원으로 데려오고 또 각 병원에서 온 구급차에 옮겨 싣는 것을 도왔다. 사람이라기보다 숯덩이처럼 된 물체들이 속속 올라오고 있었다. 구조에 나섰던 우리 직원들은 석탄 캐다 온 광부 같은 차림새로 돌아왔다. 화재는 몇 시간 동안 지속되었다. 사고 현장에서 가장 가까운 거리에 있고 또한 공공병원인 우리가 가장 많은 환자를 돌봐야 됨에도 불구하고 의료진이나 장비 부족으로 많은 환자를 다른 큰 병원으로 보내는 것이 부끄러웠다. 명색이 종합병원이라 일반외과도 있었지만, 화상 환자를 치료할 시설과 도구도 없고 과장 한 사람으로는 이런 환자를 치료할 형편이 되지 못한다. 급하게 우리한테 왔던 환자들도 다시 다른 병원으로 보냈으니, 누가 알까 봐 고개를 들 수가 없었다. 시간이 지나 화재는 진압이 되었으나 문제는 그때부터 시작이었다. 136명이 숨지고 몇 백 명의 희생자들이 생겼으니, 조용하게 일이 끝날 수가 없었다. 그 후 중앙로는 몇 달 동안 화재의 원인 규명과 희생자 뒤처리 등에 대한 불만과 불평으로 연일 가족과 시민단체 시위로 마치 전장과 흡사한 광경이 펼쳐졌다. 이 바람에 중앙로 부근의 번화가인 향촌동, 동성로까지 모든 상가는 폭탄 맞은 도시처럼 그 기능을 잃고 말았다.

대구역 앞에는 분향소가 차려지고 그 앞에서 반월당 네거리까지는 연일 외쳐대는 시위꾼들의 함성과 무질서가 난무했다. 이 바람에, 이 지역의 큰 건물에는 모임에 참석한 사람들이 몰려들어 제 맘대로 화장실도 쓰고 세수도 하는 무질서한 행동들이 계속되었다. 건물 주인들은 벙어리 냉가슴 격으로 말도 못하고 속으로 울고 있었다. 그런 건물 중 특히 아카데미극장은 가장 크고 시설이 잘되어 있었으므로 자연 군중들은 주로 그곳으로 몰려가 북적거렸다. 이런 북새통에 사장은 벙어리 냉가슴으로 죽을 지경인데 극장 구경하러 오는 관객을 보고 "이런 판국에 영화 보러 오는 놈도 있어?"라고 욕을 하는 시위꾼도 있있다. 이런 인간들의 행태를 이해할 수가 없다. 일본은 2차 대전 중에 미국과 싸우면서도 영어를 교육했고 영국도 전쟁 중에 오페라를 공연하고 사람들은 그걸 보러 다녔다. 전장에서 싸우는 사람들도 내 부모 내 형제들이 내 덕에 그런 공연을 본다면 마음이 흐뭇할 것이지 화가 나진 않을 것이다. 아무리 비상시라고 하여도 몇 달이 걸릴지도 모르는 일들 때문에 일상사를 벗어난다는 것은 정말 속 좁은 생각이 아닐 수 없다. 아카데미 극장 사장은 크게 화가 났다. 누구도 양해를 구하지 않고 자신의 극장에 무단으로 들어와 용변을 보고 세수를 하고 시설을 쓰고 더럽히는데도 아무 말도 못 하고 꾹 참고 지냈다. 그런데 이제는 더 나아가 그의 밥그릇까지 뺏으려는 소리가 들리니 화가 날 수밖에 없었다. 당시 나는 '새대구시민회의'라는 시민단체에 속해 있었다. 그 단체는 여러 시민단체의 원로나 책임자들이 운영하고 있어서 나라로 치면 상원 국회쯤의 역할을 하고 있었다. 모임에 가서 이런 상황을 설명하고 친구가 하는 업소라고 편을 드는 것은 아니다. 사람이 염치가 있어야 실컷 남에게 신세 져 놓고서는 그 사람에게 침을 뱉으면 되겠는가라고 항의를 했다. 새대구시민회의는 원로들이 모여 있었음으로 상식이 통하는 단체였다. 설명을 듣고서는 장주효 대표와 다른 간부들이 아카데미극장에 가서 신세 지고 있음에 고마움을 표시했다. 그리고 말을 함부로 한 사람은 누구인지 몰라도 알면 혼내주겠다고 사과를 해 일은 깨끗이 해결되었다. 그런 모임 이후로는 그 극장을 내왕하는 사람들도 미안함이 덜한 채로 쉽게 드나들 수 있게 되었고 몰상식한 말을 하는 인간도 없었다.

    사건이 어느 정도 수습이 되고 나서 현장이 공개되었다. 계단을 내려가 보니 입구에서부터 꽉 차 있는 하얀 국화 꽃동산, 그 꽃들이 무서웠다. 온통 새카맣게 그을려 있는 벽, 그곳에는 헤아릴 수 없는 진혼의 문장이 적혀 있었다. 눈물은 물론이고 감정마저 메말라 다만 멍한 상태로 서 있었다. 참혹한 현장에서 멀지 않은 대구역 옆에 있는 분향소인 시민회관을 멀리서 보면 여느 분향소와 다름이 없다. 하지만 가까이 가서 136명 희생자 사진이 빼곡히 걸려 있는 모습을 보면 이게 내가 살아 있는지 죽었는지 구별이 되지 않는다. 정신도 쇼크 받아 다만 멍한 상태로 한참이나 그 자리에서 떠날 수가 없게 된다. 조문장 밖에는 여러 단체에서 설치해 둔 부스가 많이 있었다. 여기 와보면 인간이란 결코 악한 존재만은 아니구나, 하는 느낌을 받는다. 부스마다 조문객들을 위해 뭔가를 해주려고 만들어진 천막은 비극의 결말을 보는 것 같아 슬픔을 주지만 한편으로는 그 가운데 피어나는 인간애를 볼 수 있어 흐뭇한 마음도 들었다.

적십자사는 봉사 나온 기업들에 비하면 구호 사업 한 지가 오래되었고 또한 전문 단체이다. 그런데도 재난 시 하는 행동을 보면 구태의연하기 짝이 없었다. 그저 밥과 국을 장만하여 오가는 사람들을 대접하고 있을 따름이었다. 그런 탓에 별로 찾아오는 손님도 없었다. 가끔 오는 사람도 문상객이나 희생자 가족들이 아니고 같이 봉사하고 있는 다른 단체의 사람들이 밥을 먹으러 오고 있었다. 어떤 기독교 단체에서는 여성들의 생리대도 준비하고 남자들을 위해서는 면도기까지 준비하고 있었다. 이런 광경을 보니 정말 이분들은 상대를 배려하는 진심 어린 봉사라는 생각이 들었다. 이런 대형사고 시 본사의 구태의연한 태도들은 도무지 국민의 호응을 얻지 못하고 있었다. 총재는 과거에는 총리 출신들이 하다가 진보 정권이 되면서 별 무게가 없는 의외의 인사들이 자리를 차지했다. 그런 인사가 하기에 따라 썩은 정신을 도려내고 오히려 신선한 일일 수도 있었다. 하지만 대통령이 명예총재인 적십자사에 함량 미달 인사가 총재가 되어 개인 성향을 노골적으로 들어내어 자신보다 더 똑똑한 국민을 계몽하려는 우를 범한다. 그래서 국민 정서가 이를 잘 받아들이지 않는 것이었다. 자신의 편향된 이념을 시민단체도 아닌 적십자에서 그 뜻을 펴려는 것이다.

이렇게 시대를 따라가지 못하고 국민 정서를 외면하니 적십자 회비 납부율이 해마다 줄어드는 것이었다. 이 현상은 바로 국민의 적십자에 대한 사랑이 그만큼 식어간다는 사실을 말해준다. 적십자는 국민이 감동할 수 있게 철학을 재정비하고 조직과 인원의 쇄신을 가져오지 못하면 미미한 조직의 일반 시민단체보다 못한 단체로 전락될 위험성도 있다.

5. 나가사키 적십자사

어느 날 관리부장이 한 통의 공문을 갖고 왔다. 일본 적십자사 나가사키지부에서 그 직원들과 의사들이 우리 병원을 방문해 대구 경북 원자폭탄 피폭자를 면접하고 그 실태조사를 하러 오니 협조하라는 본사의 지시였다. 일본 의사들은 우리나라에서 진료행위를 할 수 없으니, 진료는 우리 병원 의사들이 하고 그들은 견학하면 된다고 했다. 몇 달 뒤 나가사키 의사들, 시청 직원, 그리고 적십자사 직원들이 피폭자 관찰을 위한 대구 방문이 있었다. 본사에서 내려온 직원들과 통역들 그리고 대구지사 직원들이 일본 적십자 직원들과 의료진들을 뒤치다꺼리한다고 신경이 많이 쓰였다. 그 사람들은 병원에서 멀지않는 곳에 잠자리를 정해 놓고 일주일 동안 일을 했다. 아침마다 병원 면담장을 찾아가 인사를 나누고 점심시간에는 그 의사들이 쉴 마땅한 공간이 없어 내 방을 내주었다. 내가 있으면 쉬지 못할 것 같아 자리를 피해주었다. 우리나라 피폭자들은 대부분이 경상도 특히 대구 경북 출신들이 많았다. 그런 까닭에 우리 병원이 선택된 된 모양이었다. 대구보다는 경북 출신들이 많았고 경남서도 피폭자들이 모여 왔다. 진료 마지막 날 저녁 일본 적십자 직원들에게 저녁을 대접하겠다고 했다. 하지만 일본 측은 대접받기가 곤란하다는 대답이다. 나는 상대방의 호의를 무시하는 사람들을 소인배로 보기 때문에 옳은 것은 가르쳐야 된다고 생각한다. 사양하는 나가사키 사람들에게 로마에서는 로마법을 따라야 된다고 하며 억지로 불고기 식당으로 데려갔다. 식사 뒤에는 노래방으로 일행들을 데리고 갔다. 처음 그들은 어리둥절한 표정이었지만 나중에 나의 진심을 알고는 화기애애한 분위기로 식사했고 노래방을 가자고 하니 흥미진진한 모습으로 따라왔다. 노래방에는 일본 노래도 있어 그들은 마음껏 노래를 불렀다. 우리 유행가 또한 그들의 것과 흡사하니 모두 취기도 오른 데다 노래도 비슷하니 흥겨운 시간이 흘러가고 있었다. 이런 중 누가 먼저랄 것도 없이 앞으로 우리가 형제처럼 지내자는 말을 했다. 나중에 아예 양쪽 적십자병원이 서로 자매결연 맺으면 좋겠다는 말로 발전되었다. 나는 그런 이야기들을 그저 술김에 소리로 치부하고 그런 말을 까마득하게 잊고 있었다.

몇 달 뒤 일본에서 공문이 왔다. 전에 의논한 대로 양측이 자매결연의 과정을 의논하고 일정을 잡자는 내용이었다. 일본인들은 농담이 없었다. 이 사람들과 상대하다 보면 나처럼 생각이 두서없이 함부로 말하는 사람들은 큰코다치는 경우가 많았다. 이런저런 서류가 왔다 갔다 한 뒤 드디어 대구적십자병원과 나가사키적십자병원이 자매병원이 되기로 합의를 하고 그 조인식을 나가사키에서 하기로 했다. 나가사키시에서는 매년 원자폭탄 피폭자들과 그 관련된 연구를 하는 의과대학 교수들, 합천에 있는 피폭자 요양원 직원, 그리고 적십자사 직원들을 초대하여 연수를 시켜오고 있었다. 이번에도 그 연수를 받으러 나가사키시를 가면서 아울러 양쪽 병원의 자매결연도 하기로 했다. 2003년 9월 27일 나가사키 공항에 내리니 키가 작은 일본인 한 사람이 우리를 마중 나와 있었는데 나가사키 시청에 근무하는 '쿠사바'라는 사람이었다. 우리말을 유창하게 했다. 쿠사바 씨는 한국어를 공부하기 위해 연세대 한국어학당에 유학까지 갔다 온 엘리트였다. 일본인들은 무엇을 한다면 진지하고 열심히 하는 줄을 알고는 있었지만 이렇게까지 사업을 위해 남의 말까지 공부하다니 놀라운 일이었다. 우리 적십자사에서 일본어를 배운다는 사람은 본 일이 없는데도 말이다. 공항에서 나가사키 시내까지는 그다지 멀지 않았다. 우리는 아침에 출발한 덕에 오후에 도착해서는 시간이 남았다. 쿠사바 씨는 오늘 오후에는 일정이 없으니 '구로바 엔' 구경이나 하자며 일행을 데리고 갔다. 구로바는 '글로브'란 영국 무역상의 일본식 발음인데 개화기에 돈을 많이 벌어 자그마한 동산 위에 아름다운 집을 짓고 살았다고 한다. 그 동산에는 글로버 말고도 함께 살던 '그린거'와 '구오르트' 등 다른 유럽인들의 옛날 집도 아직 남아 있었다.

나가사키는 도시 전체가 동화의 세계처럼 아름다운 곳인데 특히 구로바엔은 그런 곳에서도 특히 꿈처럼 아름다운 곳이다. 이 공원에는 입장료를 받는다. 곳곳에 있는 가파른 언덕으로는 에스컬레이터가 있어 편리하고 경치도 좋아 돈이 아깝지 않은 곳이다. 이 동산에는 동화 같은 집도 집이거니와 화초들도 아름답게 가꾸어져 있다. 산들바람은 간지럽게 불어오고 내려다 보이는 항구에는 배들이 미끄러지듯 흘러간다. 오페라 나비 부인의 여주인공을 맡았던 '미우라 다마키'의 동상이 있어선지 하늘에서는 나비부인의 '허밍 코러스'가 울려 퍼지는 것 같다. 오래 앉아 있다 보면 무릉도원이 여긴가 싶은 곳이다. 우리 일행은 구로바엔을 나와 일주일 동안 묵을 호텔에 도착했다. 매일 아침 9시가 되면 쿠사바 씨가 우리를 데리러 왔다. 일과는 주로 하루 종일 교육과 현장 견학이었는데 전부가 원자폭탄 피해와 관계있는 것들이었다. 2차 대전 막판 일본은 이미 모든 것이 다 파괴되어 싸울 힘이 없어져 패망이 짙었다. 그러나 막대한 재산과 인명 피해를 입으면서도 끝까지 미국과 무모한 전쟁을 하고 있었다. 참다못한 미국은 1945년 8월 6일 히로시마에 우라늄으로 만든 원자폭탄 암호명 '리틀보이'를 투하했다. 8시 9분 히로시마는 쑥대밭이 되었다. 그럼에도 불구하고 일본은 계속 미국에 대들자 3일 뒤 또다시 한 발의 원자폭탄을 싣고 일본 본토로 날아갔다. 미국은 원자폭탄을 투하할 도시 5개를 이미 정해 두고 있었다. 니가타, 교토, 히로시마, 고쿠라, 나가사키였는데 히로시마 다음은 고쿠라 차례였다.

두 번째 원자폭탄을 투하하기 위해 미 공군이 가던 날 고쿠라 상공은 구름이 잔뜩 끼어 시야가 좋지 않아 폭탄을 투하할 수가 없었다. 할 수 없이 다음 목표인 나가사키로 날아갔다. 날씨는 여기도 좋지 않았다. 상공을 몇 차례 돌다가 폭격기 B-29 '에놀라 게이'의 연료가 다 해 포기하고 돌아가려는데 마침 나가사키 상공한 곳에 둥글게 구름이 없는 곳이 보였다. 미 공군은 그 빈 공간으로 원자탄을 투하했다. 히로시마 때의 것보다 더 폭발력이 강한 푸라토늄으로 만든 원자탄 암호명 '패트 맨(뚱뚱한 남자)'은 현재의 평화공원, 나가사키 의과대학, 우라카미 천주당 상공 600m에서 폭발을 했다. 시각은 11시 2분이었다. 패트 맨은 7만 3천 884명을 죽였다. 이 바람에 우리나라 사람도 1만 명 가까이 죽었다. 생존자는 1만 명이고 생존자 중에 8천 명은 귀국하고 2천 명은 그곳에 계속 살고 있었다. 죽은 사람들도 문제였지만 산 사람들 역시 문제가 컸다. 원폭의 피해자들은 직접 원자탄을 맞은 사람과 2주일 짧은 기간 동안 피해지역에서 살았던 사람 그리고 피해지역에 들어가 구호 활동과 복구 사업을 하던 사람들로 나누어진다. 일본과 우리의 적십자사는 이 원폭 피해자의 진료에 대해 서로 교류하고 있는 것이었다. 일본 피해자들은 '피폭자 건강수첩'을 갖고 있었지만, 우리나라 사람들은 '원폭 피해자 등록증'만 갖고 있었다. 원폭에서 살아남았다고는 하지만 그 후유증으로 60년이 지난 아직까지도 평생을 병마로 고생하는 사람이 많았다. 그 후유증은 죽음으로 이르게도 했지만 그렇지 않은 사람들도 여러 가지 장애를 입어 생업에 종사하지 못하고 수십 년이 지난 오늘날까지 장애자로 비참하게 사는 사람도 많다. 이런 분들을 만나 보면 차라리 죽는 게 더 낫다고 이야기를 한다.

우리 피폭자들은 아무 보상도 없이 소액의 진료비만 받아 적십자병원에서 치료를 받고 있다. 이런 억울한 피폭자들의 일에 일본에서는 시민단체들까지 합세하여 자신의 정부에 항의하는 모습도 자주 보았다. 그중에 히로시마에 사는 '이치바'라는 여자분은 책도 쓰고 도대체 한국 정부는 뭐하냐면서 흥분해서 나에게 찾아온 일도 있었다. 우리 피폭자들은 일 년에 한 번씩 그것도 수첩이 있는 분들만 일본에 가서 신체검사를 받고 온다. 그 사람들의 이야기를 들어보면 어떤 때는 현지에서 아무도 안내하는 사람이 없어 병원 가는 날 아침에 어디로 가야 되는지 방법을 몰라 헤맨 적도 있다고 했다. 개 중에 아직도 조금 일본어가 가능한 분들이 나머지 일행을 이끌고 시청이나 병원을 가는 때도 있다고 한다. 우리 정부나 적십자사는 이런 일을 알고나 있는지 궁금하다. 하도 과묵하니 말이다.

교육과 견학은 하루 종일 **빡빡하게** 일정이 짜여 있었다. 단장인 나도 쉴 틈 없이 힘든 일정에 참여해야 했다. 나는 좀 봐 줄 줄 알았는데 어림없는 일이었다. 피폭자들이 살고 있는 요양원을 갔을 때의 가슴 아련한 광경이 아직도 가슴 속에 남아 있다. 그 당시 90세가 넘은 남자 노인네를 사무실에서 만났다. 원자탄이 떨어지던 날 자신은 인근 산에서 군용 연료용 소나무 관솔을 채취하고 있었는데 갑자기 시내 쪽에서 공습 사이렌이 울려, 내려다보니 커다란 섬광이 번쩍했다고 한다. 나중에 들으니, 미국의 신형 폭탄이 하늘에서 터졌다고 했다. 집에 가보니 피폭 중심지에서는 사람과 집들이 후폭풍에 흔적도 없이 다 사라지고 없었다고 한다. 폭심지 밖에 보이는 시체는 온통 화상으로 시커멓게 타버렸고 사지가 찢겨진 시체도 많았다고 한다. 간혹 만나는 부상자들은 모두가 "물, 물을 달라"고 외쳤다고 한다. 시내를 흐르는 강과 도로에는 시체와 부상자와 바람에 날려 온 온갖 쓰레기로 아비규환을 이루고 있었다고 했다. 그 위군은 나중에 경북대에서 박사학위를 마치고 계명의대 의공학부 교수로 취업이 되었다. 그가 추천사를 부탁했을 때 나는 당당하게 신일희 총장님께 이 인물을 만난 것은 총장님의 복이라고 썼다. 당시 봉사하던 사람들이 취업할 때는 자주 추천서를 써달라고 왔다. 이런 시간이 정말 기분이 좋았다. 좋은 인재를 뽑게 되는 그 직장도 행운이고 또 그런 훌륭한 인재를 추천하는 나 자신도 행운아라는 생각을 했기 때문이다.

파키스탄인들의 통역은 그 나라 출신인 샤이드가 해주었고 나머지 나라는 영어로 통역을 했다. 영어 통역은 계명대 영어과 이경희 교수가 담당해 주었는데 항상 제자들과 함께 와서 봉사를 해주었다. 병원의 직원들도 조를 짜서 나왔는데 약제실, 주사실, 심전도, 방사선, 임상병리, 그리고 물리치료 등의 일을 했다. 이 사람들은 정말 봉사의 의지가 있었는지 몰라도 내가 지시해서 일요일에 병원에 출근하게 되었으므로 늘 미안한 마음을 가지고 있었다. 후일 세월이 가면 일요 진료 봉사가 자신들의 인격 성장에 도움이 되었다는 것을 알게 되리라 애써 자위해 본다. 나의 목표는 의료봉사에만 그칠 것이 아니라 외국인 근로자들이 우리 병원에 온 김에 밥도 먹고 마당에서 놀다 가게 하는 것이다. 이런 시간을 통해 서로서로 이국의 외로움을 달래고 우리 문화와 그들의 문화도 함께 체험하게 만들어 주자는 것이었다. 모임이 커지고 괘도에 올라가자는 사업 철학을 옳게 세우고 일의 효율성을 위해 회장직을 만들었다. 목사님 대표와 학생들 대표 둘을 공동대표로 정했다. 이렇게 조직까지 정비되어 본격적인 진료가 되던 중 어느 날부터 환자들과 방문객 수가 서서히 줄어들고 대표되는 목사님이 나오지 않기 시작했다. 서너 분씩 오던 목사님들이 어떤 때는 아예 한 사람도 오지 않았다.

어느 날 학생들이 내게 하소연했다. 환자 수가 줄어들어 노동상담소에 가서 옛날처럼 도와달라고 협조를 구했다는 것이다. 그곳 목사님 한 분이 "너희들이 의료봉사가 뭔지 알고나 설치는 거야!"라고 핀잔을 주며 꾸중하더라는 것이다. 학생들이 나하고 아무 의논 없이 갔기 때문에 화도 났지만, 그 목사님들의 태도가 이해되지 않았다. 어린 학생들이 모르면 가르쳐 주면 되는 것이고 할 말이 있으면 하면 될 텐데 성직자가 외국인들은 그렇게 사랑한다면서 막상 우리 학생들에게 그런 상처를 주다니 나도 화가 났다. 그런 일이 있은 뒤로 학생들은 자력으로 이 모임을 키워나갈 생각을 하고 기왕에 하고 있던 동대구역의 노숙자 진료소와 성서공단의 국내 노동자 무료 진료소에서 기웃거리는 외국인 노동자들에게 전단지도 나눠 주며 우리 모임을 홍보하고 다녔다.

우리 병원 옆에 오래되고 큰 교회인 남산교회에도 많은 외국인 노동자가 출입하고 있었다. 이쪽 목사님들도 일요 예배가 끝나면 환자들을 보내주었다. 이런저런 이유로 남산교회 목사님들과도 친하게 지냈다. 이런 행동이 외국인 노동자 상담 목사님들의 비위를 상하게 한지도 모르겠다. 이러던 중 외국인 노동자 상담소에 일하던 목사님 세 분이 찾아왔다. 상담소 내에서 서로 의견이 맞지 않아 딴 살림을 차렸다며 인사를 하러 왔다. 그분들은 얼마 전까지 일요일마다 우리 모임에 왔기 때문에 나오는 친숙한 분들이었다. 이 목사님들은 자신들에게 오는 외국인들을 진료에 데리고 오겠다고 했다. 그러나 전에 있던 곳의 책임자 목사님이 선배가 되어 그분의 눈치가 보인다며 그쪽에 먼저 양해를 구해주면 자신들이 우리 모임을 적극적으로 돕겠다고 했다. 병원 관리부장이 그쪽에 협조를 요청하러 갔는데 '왜 언제는 협조를 안 했어요? 무슨 문제가 있습니까?'라고 비아냥거리며 핀잔을 주더라는 것이다. 말로는 앞으로 협조를 잘하겠다고 하며 딴 살림 차린 목사들은 못 오게 해달라는 대답을 듣고 왔다. 뭔가에 많이 삐져있는 모습이었지만 딱히 생각나는 잘못도 없고 해서 우리는 아무 말도 않고 그냥 기다리고 있을 뿐이었다. 그 후로도 환자들은 보내주지 않았고 대신에 못 보던 목사님 한 분을 우리에게 고정으로 파견해 주었다. 그분은 그동안 농촌에서 특수사목을 하다 왔는데 외국인 노동자 사목은 이번이 처음이라고 했다. 이 목사님은 사회주의적 사고를 갖고 있는 분이었는데 나와는 대화가 잘 통하는 분이었다. 순수하고 맑은 분이었다. 약점이랄까 특징이랄까 생각이 이상적이어서 너무 한 쪽에 치우쳐 있었고 남들과 자신 생각이 다름을 틀렸다고 착각하고 자주 투쟁적인 행동 경향이 있었다. 변호사님들과는 잘 맞지 않았다. 우리 모임에 오는 변호사님들은 보수적인 단체에서 파견된 분들이 되어 이 목사님과는 근본적으로 생각이 달랐다. 상담자가 없는 시각에는 같이 앉아 심심파적으로 이런저런 이야기를 할 때가 있는데 서로 생각이 달라 얼굴을 붉히는 경우도 가끔 있었다. 이렇게 한 부분이 삐거덕거리면서도 모임은 잘 이루어 가고 있었다.

창립기념일 잔치는 언제나 흥겨웠다. 그런 날에는 각국 출신들이 그들의 고유복장을 하고 자기 나라의 악기를 연주하고 노래를 부르는 걸 보노라면 눈물도 나고 신도 났다. 그중에는 우리 가요를 아주 잘 부르는 파키스탄 노동자가 있어 그가 최고의 인기인이었다. 기념행사의 날에는 경북대학교 밴드부 학생들이 신나는 팝송 연주를 하고 적십자 부녀봉사회의 풍물패가 놀이와 춤을 보여주는 걸 보노라면 마치 국제음악제라도 보는 듯 신이 났다. 파키스탄에서 온 불법취업자 샤이드네 부부는 아들까지 하나 있었는데도 결혼식을 못 올리고 있었다. 이런 딱한 사연을 듣고 적십자 부녀회장을 마친 우수정 님이 결혼식 경비를 대주었고 주례는 내가 섰다. 우 회장님은 교도소 쪽에서 사형수의 어머니라고 해서 많은 사형수는 엄마처럼 돌봐준 분으로 유명하다. 결혼식을 마친 뒤 우 회장님은 샤이드 부부를 우리 전통 혼례복을 입혀 사진을 찍어 커다란 액자를 만들어 주었다. 이 사진 액자는 나중에 파키스탄으로 공수되었다. 샤이드는 파키스탄 노동자의 큰 형 노릇을 해 매번 진료 일에 찾아와 자기 나라 노동자들의 진료와 상담을 할 때, 통역을 해 주고 성격이 붙임성이 있어 나에겐 커다란 동지였다.

우리나라에는 정말 엉터리 같은 사람들이 많다. 남들 다 가는 군대 빼먹고, 땅 투기하고, 위장 전입하는 고관대작들, 그리고 고국을 팔아먹고 전복시키기 위해 안간힘을 쓰고 있는 일부 성직자와 시민단체들, 이런데도 나라가 망하지 않고 굴러가는 것이 신기한 일이다. 이런 기적이 일어날 수 있는 것은 도처에 아무도 몰라주는 일을 이렇게 소리 소문 없이 소매를 걷어붙이고 십시일반으로 돕고 같이 뛰는 소금과 빛 같은 사람들이 있는 덕이라는 것을 일요일 봉사하면서 알게 되었다. 일요 진료의 효율성을 위해 각, 나라마다 리더를 정해서 그 사람을 통해서 우리 병원의 방사선과 김기원 실장이 이들과 항상 접촉하게 했다. 이 방법은 점점 크게 효과를 보았다. 이런 조직은 평소에라도 응급환자가 생기면 신속하게 조치해 줄 수 있고 임금을 떼인 일의 법적 흐름도 알 수 있어 좋았다. 또 행사가 있을 때 연락도 쉬워 인원 동원도 잘 되었다. 이렇게 조직이 안정되어 가자 학생들은 더 이상 환자 유치를 위한 홍보를 다니지 않아도 되었다. 상담소에서는 계속 이 목사님을 보내주고는 환자는 더 이상 보내주지 않았다. 계획이 들어맞아 무료 진료일에 진료를 받지 않아도 외국인 노동자들은 친구를 만나러 오기도 하고 온 김에 점심을 먹고 가기도 했다. 우리 병원이 대구 시내 한가운데 있었던 탓에 많은 노동자들이 놀이 겸 오기가 편리했다. 자주 놀러 오는 사람 중에는 안젤라라는 인도 여성이 있었다. 이 사람은 캘커타 의과대학 출신이라고 소문이 나 있었지만 아마 중퇴한 것 같았다. 한때는 서울서 대사관 근무도 했던 지식인이었다. 대구에 온 것은 남편의 근무처가 있었기 때문이라고 했다. 이 남편은 원래는 임상병리 기사였는데 어쩌다가 둘이 만나 우리나라에서 자그마한 인도 요리 식당을 하고 있었다. 안젤라는 간단한 무역을 하고 통역도 하고 다녔지만 주된, 종목은 음식점을 경영하고 있는 것이었다.

안젤라는 계명대학교 동문 쪽에서 카레 전문 음식점을 하고 있어 우리 직원들 하고 일부러 부조 겸해서 가끔 그 집에서 회식도 하곤 했다. 입맛이 둔한 나로서는 그 식당 음식 맛이 다 똑같이 느껴졌다. 닭고기, 소고기로 만든 여러 가지 음식 메뉴가 있었지만, 모두가 카레로 뒤범벅되어 있으니 그게 그 맛같이 똑같이 느껴지고 매워서 나에게는 그다지 매력적인 식당이 되지 못했다. 그 식당에는 인도, 스리랑카, 파키스탄 사람들이 주로 많이 모여들었는데 그 사람들은 음식을 먹으러 오는 사람보다는 그들의 사랑방처럼 마실 온 사람들이 모여 정보도 제공하고 웃고 떠드는 장소였다. 안젤라는 진료 날 자주 와서 통역을 해주다가 친해졌는데 남편이 임상병리사로 근무할 수 있게 해달라고 자주 부탁해 입장이 약간 서먹하기도 했다.

6. 칭타오 적십자병원

적십자 대구지사 직원들, 그리고 봉사원들과 함께 출국을 했다. 2005년 9월 8일 칭타오 비행장에 내렸다. 중국의 의전절차는 일본과는 많이 달랐다. 칭타오 비행장에는 일본과는 달리 그곳 적십자 직원들이 여럿 나와 있었다. 일본에는 사무적이고 딱딱 했지만 여기서는 그동안 알고 지냈던 사람들처럼 초면에도 전혀 어색하지 않게 웃으며 악수를 하고 차에 올랐다. 일단 '헤이티안' 호텔로 안내가 되었다. 호텔은 크고 호화로웠다. 일본의 조그마했던 비즈니스호텔과는 너무도 차이가 나는 크기였다. 특히 마음에 드는 것은 호텔이 바로 바닷가에 자리 잡고 있는 것이었다. 매일 새벽에 산책하는 나에게는 알맞은 곳이었다. 다음 날부터 이곳저곳 견학을 다녔는데 같은 시내의 한 구라고 해도 굉장히 멀었다. 구와 구 사이가 멀어 우리나라 한 개의 도시와 딴 도시와의 간격으로 자리를 잡고 있는 듯했다. 도시 구조도 그러했지만, 그곳 사람들의 손님 접대하는 방식이나 스케일은 우리나라와 다르고 일본과 또 달랐다. 스케일이 컸다. 배정된 숙소도 비즈니스 급이 아닌 관광호텔이었고 어디를 가다가 끼니때가 되면 적당히 아무 곳에서 적당히 때우고 가는 것이 아니고 일부러 차를 몰아 커다란 음식점을 찾아간다. 점심인데도 풀코스로 음식이 나오는 식당을 갔다. 이렇게 점심을 거창하게 먹고 또 오후 견학을 갔다. 이번 칭타오 방문은 양쪽 병원의 자매결연이 주된 행사이고 나머지 견학은 방문 온 김에 가보는 정도여서 일행들은 견학에는 큰 흥미를 갖고 있지 않았다.

어떤 날은 공장지대를 방문하게 되었는데 이런 곳이 적십자 사업과 무슨 관계가 있는가 하는 의문이 들었다. 발전하는 자신들의 모습을 자랑하고 싶은 의도가 숨겨져 있는 느낌이었다. 광활한 넓은 벌판에 자리 잡고 있는 공장들을 보니 시샘과 더불어 두려운 마음이 들었다. 바로 이웃에 우리와 같은 업종의 공장들이 이렇게 많고 같은 제품이 생산되는데 그럼 우리나라 공장들은 어떻게 되나 하는 걱정이 먼저 들었다. 60, 70년대 우리나라를 다시 보는 느낌이었다. 활기를 띠고 있었다. 곳곳에서 헌집을 부시고 새집을 짓고 있었고 수출 컨테이너들은 항구를 가득 채우고 있었다.

통역을 하는 사람들은 우리말을 아주 능숙하게 했다. 모두가 그 공업단지에 자리 잡고 있는 우리나라 기업에 종사하고 있는 사원들인데 우리나라 교포들의 후손들이라고 한다. 그쪽 말로 하자면 조선족들이었다. 우리나라에 품 팔러 온 가난한 조선족만 보다가 이렇게 대학을 나오고 잘생긴 조선족을 보니 같은 민족이라도 교육과 근무처에 따라 사람의 모습이 이렇게 다른데 놀라움이 앞섰다. 이 사람들은 자신의 조국은 한국이요, 고국은 중국이라고 했다. 무슨 뜻인지 확실히는 몰라도 양다리 걸친다는 뜻으로 들렸다. '만약에 우리가 못살았다면 자신들은 중국인들이라고 했겠지'라는 생각이 들었다. 하긴 그들은 3대, 4대 전의 조상 때부터 중국에서 살며 우리 도움도 받지 못하고 살았으니, 한국이 뭐 그렇게 자신들의 나라라는 생각이 들까 하는 마음도 들었다. 매일 아침 일어나면 호텔 옆길을 건너 바닷가를 산책했다. 칭타오 새벽 해변은 요란하다. 아침 산책길에 항상 처음으로 눈에 띄는 무리는 남자 노인들이다. 이 사람들은 각자 자전거를 타고 와서 약 한 시간 정도 수영을 하고 간다. 이 사람들은 누가 보든 말든 상관하지 않고 자전거에 내려 길에서 바지를 벗고 내의 위에 수영복을 입고 모자는 쓰지 않고 물속으로 헤엄쳐 간다. 어느 정도 물속으로 들어가서는 10여 명이 둥글게 모여 발헤엄을 치며 서서 웃고 이야기를 한다. 그 부근에는 자그마한 드럼통 두 개에 나무판자를 걸쳐 마치 옛 시골의 변소 모양의 배에서 낚시하는 사람들도 있다. 이 사람들은 취미인지 본업인지를 통 알 수가 없었다. 물고기를 잡아 와서 갯벌에 널어놓은 걸 보면 크기도 각각이고 종류도 각각이어서 상품성도 없어 보였고 실제로 아무도 사 가는 사람을 보지 못했으니 말이다. 바닷길은 커브를 이루며 계속 이어지게 되는데 그곳에는 낚시꾼들 십여 명 정도가 항상 나와 있다. 평일 새벽부터 여러 명이 낚시하는 광경도 눈에 익숙하지 않거니와 매일 이 낚시꾼들 뒤에 서서 구경하는 사람들도 있으니 이 사람들은 직장도 없는 걸까 정말 이해가 가지 않는 사람들이다.

사오십 분쯤 걸어가면 넓은 공간이 나오는데 5.4공원과 음악공원이 잇달아 있다. 그곳은 나의 아침 산책의 반환점인데 넓고 바람이 많고 바로 옆이 시내의 중심지이다. 바람 탓인지 연날리는 사람들이 많다. 일과 시간을 맞추기 위해서는 이쯤에서 돌아와야 시간을 맞출 수가 있다. 이 두 공원은 칭타오시가 자랑하는 장소이다. 5.4운동은 우리나라 3.1운동과 흡사한 항일운동인데 우리와 같이 항일운동의 한 역사로 그들의 자랑이 늘어지는 곳이다. 나는 우리가 먼저 3월에 민중항쟁을 시작하는 걸

보고 중국에서 5월에 따랐다며 그들을 놀렸으나 별 반응이 없었다. 음악공원은 정말 흥미가 있는 공원이다. 평소에는 시간이 없어, 그냥 지나치다가 어느 일요일 작정을 하고 그 모임을 자세하게 관찰을 했다. 커다란 뾰족 천막 모양의 베로 만든 천막 건축물 아래 이른 아침부터 사람들이 모여든다. 보통날은 수십 명 정도가 모여 노래를 부르는데 일요일은 100명 가까이 모이고 악기를 가진 사람까지 찾아왔다. 호궁이 가장 많았고 기타, 하모니카까지 있었는데 때로는 바이올린, 첼로도 보였다. 아마도 각자 재능이 있는 것은 다 동원하는 것 같았다. 사람들이 다 모였다 싶으면 지휘자가 나타난다. 그 사람을 보는 순간 깜짝 놀랐다. 우리나라 가수 태진아 씨와 똑같았기 때문에 한참 혼자 웃었다. 원형의 천막 건물의 가운데는 둥근 기둥이 있는데 거기에 악보를 걸어 두었다. 악보에는 가사가 달려 있지만 우리가 보는 서양식의 그런 5음표는 아니고 숫자로 표시가 되어 있었다. 가사는 칭타오를 자랑하는 내용, 자연 경치를 칭찬하는 내용과 영웅들의 모험담들인데 한문 실력이 없어 자세한 내용은 알 수가 없었다. 지휘자와 합창단 그리고 악기 연주가 어울려 매일 아침에 울려 퍼지는 노랫소리는 나의 가슴도 뻥 뚫리게 해 기분이 좋았고 때로는 감동이 되어 눈물이 났다. 연주자들은 대개가 중늙은이들이었는데 그런 중에는 중학생쯤으로 보이는 어린 바이올리니스트가 있어 감동적인 모습이었다. 이게 애국 행사인지 취미 활동인지는 구별하지 못하겠지만 누이 좋고 매부 좋은 것으로 해석하기로 했다.

이 공원에서는 우리로서는 도저히 이해가 가지 않는 장면이 연출되기도 한다. 말로는 음악공원이라고 하지만 공원이 워낙에 넓은 탓에 운동하는 사람도 많은 데 운동의 종류가 우리와는 너무 다르다. 빙 둘러서서 제기차기하는 무리가 있고 또 우리 풍물패 같은 사람들이 중국 고유의 악기를 갖고 와서 요란하게 두들기고 불어댄다. 넓은 곳이니까 좀 떨어져 이런 놀이를 해도 될 텐데 하나 같이 합창하는 건물 옆에서 이런 운동과 연주를 한다. 노래 도중에 제기가 날아들고 풍물패의 연주가 노래패들의 소리를 방해한다. 나 같은 사람들의 성미로는 도저히 공존할 수 없는 분위기건만 이 사람들은 아무도 짜증을 내는 사람이 없다. 마치 바람이 그물을 스쳐가듯이 그들은 각자 제 할 일들에만 몰두한다. 감성이 무딘 것인지 아니면 대범한 것인지 도무지 알 수가 없었다. 합창단 속으로 제기가 날아들면 화를 내지 않고 아무 말 없이 그냥 집어서 던져 준다. 이게 대륙과 반도의 심성 차이인지도 모르겠다.

어느 날 통역하는 교포 청년에게 물었다.
"천안문에 모택동의 사진이 걸려 있던데 그곳에는 등소평의 사진이 걸려 있어야 하는 거 아니오?"

"그래요. 이치 적으로는 그 말씀이 맞아요. 중국이 이렇게 경제적으로 번성하고 강성 대국이 된 것은 등소평의 공로이지요. 하지만 모택동이 없었으면 중국이 사회주의 국가가 될 수 없었잖아요. 오늘날 사회주의인 중국은 저 사진을 뗄 수가 없죠. 만일 사진을 뗀다면 오늘의 자신을 부정하는 것과 같으니까요."라고 그는 대답했다.

칭타오는 독일의 지배도 받았었고 일본의 식민지 노릇도 한 탓에 동서양 문화가 섞여 있는 매력적인 도시였다. 그런 풍습 중, 하나가 독일식 맥주를 만들고 그것들을 좋아하는 것이다. 하긴 어느 나라든 맥주야 다 좋아하는 술이지만 이곳에는 좋아하는 방법이 특이하다. 가정에서 맥주 판매소에 가서 맥주를 사 오는 데 비닐봉지에 담아서 온다. 우리가 어릴 때 금붕어를 사면 비닐봉지에 물과 함께 고기를 넣어 주듯이 그런 식으로 맥주를 넣어서 판다. 시내도 서양식 건물들이 많이 남아 있어 중국과 서양의 정취를 한껏 보여주는 매력적인 도시이다. 그리고 거리를 걷다 보면 벌거벗은 남자들이 테이블에 모여 앉아 카드놀이를 하고 있다. 보통 중국인들은 마작을 많이 한다고 들었는데 이곳에는 주로 카드놀이였다. 카드놀이도 그런 풍습의 영향인지도 모르겠다. 칭타오는 산둥반도에 있어 공자의 고향 곡부와 가까운 곳인데 이렇게도 아무 곳에서나 옷을 벗고 또 그런 차림으로 백주 대낮에 놀이하고 있으니 죽은 공자가 일어나 보면 무슨 말을 할까 자못 궁금하였다.

아침 산책이 끝나면 호텔 부근에 있는 공중목욕탕을 찾아간다. 이곳은 값도 싸고 양쪽 나라말을 다 쓰는 종업원들이 많고 또 한국 돈도 받으므로 쉽게 드나들 수 있는 곳이다. 목욕탕에 가면 수부의 남자 직원만 깨어 있고 대부분, 직원들은 마루 여기저기에 흩어져 자고 있었다. 수부 직원은 돈을 받고 나면 안에다 대고 큰소리로 "야! 손님 왔다."라고 북한 투의 말로 외친다. '손님 왔다가 뭐냐 손님 오셨다고 해야지'라고 속으로 중얼거리며 탈의실로 간다. 총각으로 보이는 키 큰 종업원은 자다가 일어나 인사는커녕 하품하며 옷장 열쇠를 받아 문을 열어 준다. 옷장 문을 열어 주는 사람이 왜 필요한지도 모르겠다. 목욕탕은 우리나라 변두리 동네의 그것과 흡사한데 크기는 크다. 목욕을 마치고 나오면 예의 그 키 큰 총각이 수건을 들고 와서 등을 훔쳐 준다. 다 필요 없는 행동이다. 나는 수건을 그에게서 **빼앗아 스스로** 물기를 닦았다. 매일 이러다 보니 안면이 익게 되고 대화도 조금씩 하게 되었다. 그 청년은 20대 초반 교포인데 흑룡강에서 돈을 벌기 위해 왔다고 했다. 칭타오는 물산의 왕래가 풍부하여 중국의 여러 곳에서 사람들이 모여와 살고 있었다. 그 역시 그런 사람이었다. 아직은 돈벌이가 안 되지만 숙식이 해결돼 우선 이렇게 지낸다고 한다. 자신의 아버지도 중국에서 태어났는데 할아버지가 경북 경산에서 일제 강점기 때 중국으로 왔다고 했다. 그 사람은 중국이든 한국이든 아무 관심이 없었다. 심지어 자신의 앞날에 대한 계획도 전혀 세워 놓은 게 없었다. 공부도 못하고 궁벽한 시골에서 자란 탓에 남보다 나은 특기도 하나 없다. 늘 봐도 답답한 인간이었다.

　사회주의에서는 인간이란 날 때는 능력의 차별 없이 태어나는데 어떤 가문에서 출생하느냐 등의 환경에 따라 그들의 앞날이 천차만별로 달라진다고 주장한다. 즉 멍청한 사람이 따로 없고 그들의 환경 탓에 그렇게 되었다고 한다. 그럼, 이 착하고 무능하기만 한, 이 청년은 앞으로 어떻게 중국 정부가 제자리를 찾아 주는 것일까? 짧은 중국 생활에서 아무리 봐도 똑똑한 사람들만 잘 먹고, 잘 살지 어릿한 사람들은 호구지책마저 어렵게 살고 있었다. 가난은 공산당도 대책이 없어 보였다. 목욕탕 입구에서 손님을 받고있는 청년은 아주 똘똘했다. 이 사람도 일제 강점기 때 할아버지가 만주에 오는 탓에 조선족이 되었다고 했다. 아버지는 이미 한국에 돈을 벌기 위해 가 있는데 자신만 가지 못하고 있다고 했다. 할아버지가 만주의 봉천이나 신경(교포들은 중국 지명을 꼭 우리말로 부르고 우리만 엉터리 중국말 지명을 쓴다)을 이사 다니면서도 가첩을 버리지 않고 다녔기에 한국 사람으로 인정을 받는다고 했다. 그 덕에 아버지는 한국에서 취업이 가능했다고 한다. 가첩은 그 집안의 족보를 간단하게 정리해 놓은 책이다. 그냥 조상을 잊지 않는다는 일념 하나로 갖고 다닌 가첩이 이렇게 쓰일 줄 몰랐다고 한다. 한국과 중국이 국교를 트자 소위 조선족이라고 불리는 사람 중에 가첩이 있는 사람은 우리나라 교포로 인정해 주어 쉽게 귀국이 되었다고 한다. 아버지 덕에 그 아들이 조국을 찾게 된 것이다. 그런데 가첩이 있어도 그 손자는 해당이 안 된다는 것이다.

2005년 9월 9일 칭타오 홍십자병원과 대구적십자병원의 자매결연식 날이 왔다. 우리 일행은 아침에 홍십자병원에 도착했다. 병원 마당이 떠들썩했다. 병원 건물에는 대구적십자병원의 직원을 열렬히 환영한다는 플래카드가 걸렸고 마당에서는 스무 명쯤 되는 그들의 고유악기를 연주하는 사람들이 모두가 붉은 옷을 입고 모여 있다가 우리가 도착하는 동시에 요란한 음악을 연주하기 시작했다. 신이 나는 음악이었다. 내가 그들을 보며 박수를 치자, 연주자들은 크게 웃으며 더욱 더 요란하게 악기를 두드렸다. 홍십자병원 옆에 시립병원도 있었는데 크게 증축 중이었다. 원장은 양쪽 병원을 함께 운영하는 책임자였다. 그는 신축 병원 일이 더 큰 일이었는지 모르지만, 조인식에는 넥타이도 매지 않고 그냥 와서 그 자리에서 넥타이를 매었다. 조인식은 병원 홀에서 열렸는데 참석자는 우리나라 사람들 외에 그쪽의 몇 명 안 되는 병원 직원들만 모였다. 양쪽 병원장이 간단한 축사를 한 뒤 그냥 도장만 찍고 식은 끝났다. 그리고 중국 쪽 원장은 그 자리에서 넥타이를 풀고 사라졌다. 그 사람은 정말 바쁜 것인지 아니면 이번 행사가 자기 마음에 들지 않아선지 이해가 가지 않았다. 우리가 떠날 때 또다시 그 풍물패들이 요란한 연주를 하는 것을 보면 우리를 푸대접하는 것은 아닌 것 같았다. 아마도 이것이 중국 식인가보다 하고 더 깊이 따져보지 않고 그 자리를 떠났다.

떠나오기 전날 밤 시내에서 큰 행사가 있었다. 호텔의 커다란 연회장에 송곳 세울 곳도 없이 사람들이 모였다. 그날은 대구와 칭타오가 자매도시 맺는 기념일이라고 해서 눈에 익은 대구시의 인사와 상공인들이 왔고 그 잔치에 우리 적십자직원들도 함께 참가하게 된 것이다. 모여든 사람 숫자와 공연의 가짓수도 많고 또한 규모가 커서 통역하는 사람에게 물어 보았다. "왜 간단히 해도 될 기념식을 이렇게 요란하게 하는 거요?" "칭타오 공산당은 손님들에게 그들의 세력을 과시하고 싶은가 봐요. 그들은 무엇이든지 마음만 먹으면 무엇이든 다 할 수 있어요. 날아가는 비행기라도 땅에 착륙시킬 수가 있어요"라고 말했다. 그 말은 과장이 아니었다. 칭타오의 홍십자사 지사 회장은 시청의 여러 부시장 중, 한 사람이었다. 시찰이나 견학을 갈 때 그 지사 회장과 동행한 적도 있었는데 복잡한 시내를 갔을 때도 이 사람의 차는 망설이지 않고 중앙선을 넘어 앞차를 추월했다. 그곳의 트럭들도 그런 식의 운전을 했는데 중국에서는 공산당원이거나 아니면 덩치가 크고 힘이 세면 다 그 사람들 뜻대로 되는 듯하였다. 중국은 왕과 지주가 사라진 자리에는 공산당이라는 새로운 착취자와 독재자가 군림하고 있었다.

행사는 흥겹게 진행되고 있었다. 얼굴을 휙 돌릴 때마다 모양과 색깔이 변하는 놀라운 변검 놀이부터 혀가 내둘러지는 체조의 묘기 대행진, 그리고 노래와 춤 등등. 이날은 두 도시의 우호 증진을 위한 모임이므로 중국팀과 더불어 우리나라 팀의 행사도 함께 진행되었다. 우리나라에서 못 보던 우리 고유의 음악이나 무용을 거기서 보았다. 남의 나라에서 봐서 그런지 엄숙하며 예술성 있는 우리 고유의 춤과 음악이 자랑스럽게 느껴졌다. 칭타오에 유학 중인 우리 대학생들의 팝송 연주와 풍물놀이도 선을 보였는데 아마추어 냄새가 물씬 났지만 그래서 더욱 자랑스러웠다. 공부하면서 저렇게 우리 것을 연습하여 남들에게 보일 수 있다는 자부심과 부지런함에 가슴이 뿌듯했다. 그날 기념식은 공산당들이 "썩어 빠졌다"라며 욕하는 자본주의 그것들보다 더 호사스럽고 웅장하게 행사를 끝마쳤다.

칭타오 시내 중심지에 가면 높은 빌딩들이 많다. 마치 도쿄나 뉴욕에 와 있는 기분이 들 정도이다. 그러나 그런 나라의 도시와 다른 점은 빌딩 사이사이에 너무도 허름한 목조 건물들이 끼어있다는 점이다. 이 초라한 건물들은 만두집, 세탁소, 음식점, 생선가게, 채소가게, 구멍가게 등등 너무나 정답고 친숙한 가게들이다. 내가 사회주의를 너무 이상적으로 보는지 모르겠지만 도대체 고층 빌딩과 초라한 가게들이 공존하는 것은 도대체 무슨 조화란 말인가. 어느 날 밤 혼자 골목 산책을 하던 중 만두가게를 지나는데 웃음소리가 요란하다. 그 소리에 이끌려 그 가게로 들어갔다. 중학생만 한, 소년 소녀들이 모여 만두를 빚으며 웃고 떠드는 소리다. 나는 그 청소년들이 그 집 아이들인 줄 알았다. 나중에 알고 보니 그 아이들은 중국 각지에서 돈 벌러 온 청소년들이라고 했다. 국제연합에도 이 나이 또래의 아이들은 노동을 못 하게 하고 있는 것으로 알고 있다. 인간을 그렇게 소중하게 여긴다는 중국 공산당이 아이들의 노동을 착취하고 있다. 아무것도 모르고 객지에 돈 벌러 와서 철모르게 웃고 있는 모습을 보니 모양은 좋게 보였지만 내 가슴은 아팠다.

짙은 화장을 하고 의자에 앉은 여자가 해바라기씨를 질겅질겅 씹으며 껍질을 땅바닥으로 뱉어내고 있었다. 이 여자는 화류계 여성인지는 모르겠지만 얼굴이 너무 험상궂었다. 그 여자는 빌딩 주인들에 대한 원망인지 아니면 자신 업소의 종업원들에 대한 불만인지 심기가 매우 불편한 모습으로 의자에 앉아 있었다. 그녀는 불만을 질겅질겅 씹어 재주도 좋게 땅바닥에 껍질만 뱉으며 밤을 지키고 있었다.

사회주의 국가의 본산이라는 중국 칭타오의 뒷골목은 호화롭고 커다란 가게와 초라한 구멍가게가 대비된 비참한 모습만 보이고 있다. 가진 자는 으스대며 살고, 없는 자는 처량한 모습으로 기죽어 산다. 중국의 실정이 이러하지만, 바깥세상을 알지 못하는 중국의 철모르는 소년 소녀들은 그들이 착취당하는 줄도 모르고 저렇게 마냥 웃고 있다. 중국에서 며칠 숙식하며 본 새로운 이념인 공산주의 역시 인간이 창조한 엉터리 이론에 지나지 않는다는 사실을 실감했다. 이 세상에 이상적인 이념은 실현되기 어려운가보다 생각하며 칭타오를 떠나왔다. 공산주의에서 사회주의로 가고 있는 중국, 막상 가보니 왕과 귀족은 없어지고 군벌과 재벌은 없어졌다고 하나 공산당이란 새로운 돈과 권력을 한꺼번에 가진 강자가 눈에 띄었다. 자본주의도 아니고 공산주의도 아닌 새로운 주의는 없을까 생각하면서 서해 바다를 넘어왔다.

7. 선량한 간첩

서부전선의 임진강 보병부대에서 근무할 때 북쪽에서 북한군, 간첩, 그리고 게릴라들이 가끔 내려왔다. 이런 무리 때문에 비상도 자주 걸렸다. 특히 추운 계절에는 짜증을 넘어 화도 많이 났다. 하여간 간첩이나 게릴라 등은 귀찮고 증오의 대상이었다. 그러나 적십자병원에 근무하면서 간첩에 대한 약간의 변화가 생겼다. 적십자병원에는 특수 신분의 환자들이 많이 오는데, 그중에 '미전향 장기수'라고 해서 이북서 내려와 암약하다가 잡힌 간첩 출신들도 있었다. 이분들은 나이가 대부분이 70대 후반에서 90대 초반까지 있었는데 대구에는 10여 명이 살고 있었다. 한 사람만 제외하고 나머지는 미혼이었다. 간첩이었던 이분들을 '미전향 장기수'라고 흔히들 부르는데 사실은 그말이 맞지 않다. 사실은 전향 간첩들이다. 만약에 미전향 했다면 그들은 사형을 당해 살아남지 못했을 것이기 때문이다. 미전향이라는 용어는 좌파나 운동권에서 주로 쓰는 말인데 당시에는 공식 용어처럼 쓰였다. 그 용어의 뜻은 그들이 전향은 했지만, 마음속으로는 전향하지 않았다는 말이다. 이분들은 노인들이니까 가벼운 고혈압이나 당뇨병 등이 있었지만 건강상 크게 문제가 되는 병들은 없었다. 정신과 질환도 없었기 때문에 나와는 진료 때문에 만난 사람들은 없었다. 이분들은 그들의 지병으로 평소에도 우리 병원에 오지만 전체적으로 오는 때는 일 년에 한 번씩 종합건강검진을 하러 병원에 온다. 아침을 굶고 혈당이나 내시경 등 기타 검사를 하러 오기 때문에 검사가 끝나면 서비스로 늦은 아침을 대접했다. 병원 가까운 식당에서 나름대로 성의를 기울여 대접하며 많은 이야기를 하였다. 이분들과는 그때 기탄없는 이야기를 많이 나누었는데 이럴 때 속으로는 호감을 많이 느낀 것 같았다. 이 노인네들을 언뜻 보기에도 무언가 말투나 눈초리가 예사롭지 않음을 느낀다. 그런 느낌이 드는 것은 북쪽에서 이미 엄선된 사람들이어서 그런지 아니면 죽다가 살아난 사람의 수양 된 모습인지는 몰라도 말수도 적고 농축된 표현을 하며 깨끗하고 단순한 인간의 승화된 모습을 보였다. 이분들은 전향하였기에 살아난 사람들로 죽기 싫어 스스로 전향했을 것인데도 자신들은 정부에서 술책을 써서 혹은 강압해서 원치 않는 전향을 했다고 말했다. 그들의 주장은 독방을 쓰는 사형수 방에 깡패를 넣어 송곳으로 찌르고 때리고 해서 전향시켰다고도 하고, 혹은 어떤 조건을 내걸어 전향을 유도했다는 말도 했다.

　나는 아직도 이 사람들이 죽지 않고 굴욕을 참으며 살아남았다는 자부심을 가져야 하는지 아니면 그들의 정부를 배신한 비

겁한 인간인지는 판단이 서지를 않는다. 하지만 사는 건 좋은 일이었다. 살아서 과거를 묻지 않고 상대를 비난하지 않고 자신들의 이념을 서로 강요하지 않고 식사를 하고 있으니 참 기분이 좋았다. 그래서 그분들을 따뜻하게 상대해 주었다. 나아가 무언가를 더해주고 싶었던 것이다. 당시 정부의 고위층까지 포함된 많은 얼치기 사회주의자, 감상론적 종북주의자들의 상스러운 말투와 구역질나는 행동이 이들과 비교되어 더욱 이 늙은 진짜 공산주의자들이 존경스러울 뿐이었다. 우리 병원에 입원해 있으면서 자신을 먹여주고 재워주는 우리 정부를 욕하고 배신하고 떠나온 자신의 나라를 뻔뻔스럽게 치켜세우는 철없고 유치한 공산당 탈북자들과 또 그런 행동을 부추기는 얼치기 사회주의자와 종북주의자 등 이런 저질의 탈북자와 진짜 빨갱이 노인들을 비교해 보니 같은 이념을 가졌어도 너무도 다른 말과 행동을 보였다. 인간 애증의 기원은 사실 그 이념 때문이 아니고 그 인간성에 의해 좌우되는 것이 아닌가 하는 생각이 들었다.

우리나라에는 미전향수를 돕고 보호하고 그들을 대변해 주는 시민단체가 있다. 그런 곳에 일하는 자원봉사자들 중에는 말도 되지도 않는 억지 이론을 펴면서 정작 당사자들은 조용히 참고 견뎌내고 있는데 그들이 괜히 입에 거품을 품고 난리를 떠는 모습을 가끔 보게 된다. 간첩이었던 이 노인들은 청춘의 나이로 남파된 뒤 계속 홀아비 생활을 하다 이제 노인이 되고 말았다. 그들의 현재 삶이란 고작 숨만 쉬고 있을 따름이지 인간으로 누려야 할 기본 복지를 누리지 못하고 살고 있다. 그런 노년의 허전한 일부를 채워주고 싶었다. 잘 먹고, 잘 살아도 노인의 삶이란 힘든 것이다. 죽을 때 죽더라도 그때까지 덜 외롭게 살도록 돕고 싶었다. 적십자 부녀회장을 만나 이런 뜻을 전하자, 내 뜻을 잘 이해하고 적극적으로 돕겠다고 말했다. 구체적인 계획도 의논해 보았다. 그분들을 자주 찾아가 말동무도 해주고 고독한 삶의 동무가 되어주는 것이다. 나중에 친해지면 일주일에 한 번 정도 모시고 자동차로 나들이하면서 음식도 대접하는 계획을 세웠다. 다음에는 양심수 모임의 회장을 만났다. 이분은 자주 우리 병원에 오는 분이다. 양심수 일 말고도 본인의 건강을 위해서도 자주 진료를 받고 있다. 그 회장님도 좋다고 말했다. 내가 적극적으로 끼이면 억지로 모임이 진행될 것 같아 두 여자 회장님들을 따로따로 만나 일이 성사되도록 했다. 나중에 그분들끼리 만나기로 했다는 소식을 듣고 나는 빠져나와 그 후의 이야기를 듣고 있었다.

일은 예상과 달리 진행되지 않고 있었다. 적십자 봉사단장 이야기가 자꾸 저쪽에서 차일피일 일을 미룬다는 것이다. 양심수 회장을 만났는데 이분은 심드렁한 표정으로 "곧 만나야지요"하고 말했다. 이 분위기는 내가 무슨 이익을 위해서 그들에게 굽히고 들어가는 느낌이었다. 하지만 결과만 좋으면 되지 하는 생각으로 조금 더 세월을 기다렸다. 적십자회장 쪽에서 연락해도 양심수 모임과 연결이 잘되지 않았다고 했다. 적십자 쪽은 나의 부탁이어서 일을 해보려는 것이지 다른 봉사활동으로도 바쁜 분들이다. 결국 그쪽에서 그렇게 회피적인데 더 이상 굽실거리며 봉사할 이유가 없다고 봉사원 쪽에서 손을 들고 말았다. 그 후 양심수 쪽 회장이 찾아왔는데 모임에 관한 이야기는 전혀 하지 않고 자신의 질환 진료에 관한 경비에 대한 질문만 했다. 왜 이 모임이 성사되지 못했는지 모르겠다. 그러나 다른 모임도 이런 식으로 흐지부지되는 것을 몇 번 보았으므로 짐작이 되는 것이 있다. 모임을 해서 명예나 이익을 바라는 사람이 끼이면 일이 되지 못했다. 상대는 순수하게 봉사만 하고자 하는데 이쪽에서는 주도권이 상대방에 넘어가면 언론보도나 정부 기관에서 찬조를 받을 때 자신의 입지가 좁아지게 된다고 생각하는 것 같았다. 또는 외부 사람들에게 자신들의 조직을 노출하기 싫어하는 어떤 숨은 이유도 있을 수 있는 것 같았다. 아무튼 미전향 장기수들에 대한 봉사의 꿈이 깨졌고 적십자를 떠나오니 그 노인네들과는 다시 만날 기회가 없어졌다. 가끔 생각날 때가 있다. 비록 초라한 노인네들이었지만 자세가 꼿꼿하고 눈빛이 형형하게 빛났던 그 사람들 말은 간결하고 감정은 단순했다. 나와 이념은 달라도 그분들에 깊은 정을 느끼고 많은 것을 배우고 싶었다.

어느 해 추석, 그 노인들이 나에게 국산 토속주를 갖고 온 일이 있었다. 돈도 없으면서 명절이라고 술을 사 온 것이었다. 해준 것도 없는데 나이든 어른들에게 선물을 받으니 송구스러웠다. 하지만 오래 기억에 남는 귀중한 선물이었다. 인간이란 짧은 만남이라도 순수하면 이렇게 상대방에게 감정이 전달되는구나, 하는 생각을 했다. 적십자병원장을 하면서 마음 상하는 일도 많았지만 가끔은 이런 가슴 뭉클한 추억이 있어 혼자 뿌듯하게 생각하고 살았다. 간첩 출신 노인들을 보면서 비록 국가의 지시를 받고 그런 행동을 했지만, 면면히 보이고 있는 성숙 된 모습에 존경이 갔다. 이분들을 보면서 정말 우리나라에 사이비 빨갱이들이 많구나, 하는 생각을 한다. 나는 일본의 극우파들이나 중국의 공산당 고위층, 그리고 심지어 이북 관리들을 만나 보아도 대화가 다 잘 통했다. 물론 적십자사 근무를 하고 있으니, 기본적인 공통 된 이념과 믿음이 있어서 그럴 수 있었는지도 모르겠다. 그러나 막상 우리나라에서는 사회주의자나 민족 근본주의자만 만나면 이야기가 되지 않는다. 좋은 인간관계란 믿음의 바탕 위에 서로의 인간성이 소중하다는 것을 느꼈다. 스스로 전향을 했든 아니면 강제로 전향을 했든 현재 우리나라에 살고 있는 간첩 출신 노인들은 그들의 사상은 버리지 않은 듯했다. 그러나 주위 사람들의 호의나 진심에 대해서는 의심하지 않고 옳게 받아들였다. 무슨 꼬투리를 잡거나 영웅적 모습을 보여주려 하지 않았다. 그러므로 나 역시 그 사람들과 생각은 달라도 인정이 오가고 존경심이 생긴 것 같았다. 이 장기수 출신들을 돌보고 있는 시민단체 사람들은 그들만이 옳은 일을 한다는 자부심의 결과인지 아니면 도움을 주려는 사람들을 의심해서인지는 몰라도 도움을 주려는 적십자 부녀봉사회의 호의를 흐지부지하게 생각하는 행위는 정말 장기수 노인들에 대한 진정한 애정을 갖고는 있는가 하는 의심을 들게 하였다.

8. 후기

적십자병원 근무를 하면서 여느 병원에서 보고 들을 수 없는 귀중한 경험을 많이 했다. 남들에게 이야기해 주고 싶은 추억이다. 욕심은 많고 글재주는 없는데 원고는 장수의 제한이 있어 큰 사건만 추려서 의미를 전달하려다 보니 이도 저도 아닌 글이 되고 말았다.

부끄러움을 무릅쓰고 이 원고를 쓴 이유는 역사가 책에 있는 것처럼 어떤 몇몇 영웅에 의해서 이루어지지 않는다는 것을 말하고 싶었다. 수많은 일꾼개미가 그것들의 집을 만들고 새끼를 키우고 먹이를 채집한다. 여왕개미는 알만 낳을 뿐이다. 인간의 역사도 소리 소문 없는 수많은 이름 없는 사람들에 의해 만들어진다는 것을 알았다.

대구적십자병원 이야기에 나오는 많은 내외국의 이름 없는 소시민들에게 고마움을 표시하며 그들은 청초한 이슬처럼 아름다운 존재이기에 존경하고 사랑한다는 말을 전하며 이글을 마칩니다.

샘문시선 4005

한용운문학상 수상 기념 소설집
악인과 담장 위 그녀와의 사랑

권영재 제2소설집

발행일 _ 2025년 8월 22일
발행인 _ 이정록
발행처 _ 도서출판 샘문
저자 _ 권영재
감수 _ 이정록
기획 _ 박훈식
편집디자인 _ 신순옥, 한가을
인쇄 _ 도서출판 샘문
주소 _ 서울특별시 중랑구 동일로 101길 56, 3층(면목동, 삼포빌딩)
전화번호 _ 02-491-0060 / 02-491-0096
팩스번호 _ 02-491-0040
이메일 _ rok9539@daum.net / saemteonews@naver.com
홈페이지 _ www.saemmoon.co.kr (사단법인 문학그룹샘문)
　　　　　www.saemmoonnews.co.kr (샘문뉴스)
출판사등록 _ 제2019-26호
사업자등록증 등록 _ 113-82-76122(사단법인 도서출판샘문)
　　　　　　　　　 677-82-00408(사단법인 문학그룹샘문)
　　　　　　　　　 501-82-70801(사단법인 샘문뉴스)
　　　　　　　　　 116-81-94326(주식회사 한국문학)
샘문사이버교육원 (온라인 원격)-교육부인가 공식교육기관 _ 제320193122호
샘문평생교육원 (오프라인)-교육부인가 공식교육기관 _ 제320203133호
샘문뉴스 등록번호 _ 서울, 아52256
ISBN _ 979-11-94817-27-7

본 소설집의 구성은 작가의 의도에 따랍니다.
이 책의 저작권은 저자와 도서출판 샘문에 있습니다.
무단 전재 및 표절, 복제를 금합니다.

파손된 책은 구입처에서 교환해 드립니다.
본지는 한국간행물 윤리위원회 윤리강령 및 실천요강을 준수합니다.

문집 출간 안내

📖 빅뉴스

이정록 시인의 〈산책로에서 만난 사랑〉이 네이버 선정 베스트셀러로 선정 된 이후 〈내가 꽃을 사랑하는 이유〉, 〈양눈박이 울프〉, 〈꽃이 바람에게〉, 〈바람의 애인, 꽃〉 시집이 연속 교보문고 베스트셀러에 선정 되고 5권 전부 출간 순서대로 골든존에 등극하였다. 평생 한 번도 어렵다는 자리를 이정록 시인은 5년 동안 5번에 오르고 현재도 이번 2022년 5월경에 출간된 [바람의 애인, 꽃] 영문판과 [담양장날]이 출간을 기다리고 있다

〈서창원 시인, 2회〉, 〈강성화 시인〉, 〈박동희 시인〉, 〈김영운 시인〉, 〈남미숙 시인〉, 〈최성학 시인〉, 〈이수달 시인〉, 〈김춘자 시인〉, 〈이종식 시인〉 외 한용운문학상 수상 시인인 〈서창원 수필가〉, 〈정세일 시인〉, 〈김현미 시인〉가 올랐고, 2022년 올 봄에는 〈정완식 소설가〉 「바람의 제국」이 소설집으로는 최초로 「네이버 선정 베스트셀러」 반열에 올랐고, 〈이동춘 시인〉에 「춘녀의 마법」 시집이 「네이버 선정 베스트셀러」 반열에 올랐다. 그리고 컨버전스공동시선집과 한용운공동 시선집도 간간히 베스트셀러를 하고 있는 〈베스트셀러 명품브랜드〉 「샘문시선」 이다

〈샘문시선〉은 〈베스트셀러_명품브랜드〉로서 고객님들의 〈평생가치를 지향〉하는 〈프리미엄 브랜드〉입니다. 고객이신 문인 및 독자 여러분, 단체, 기관, 학교, 기업, 기타 고객분들을 〈평생고객〉으로 모시겠습니다. 많은 사랑 부탁드립니다

📖 샘문특전

📣 교보문고, 영풍문고, 인터파크, 알라딘, 예스24시, 11번가, Gs Shop, 쿠팡, 위메프, G마켓, 옥션, 하프클럽, 샘문쇼핑몰, 네이버 책, 네이버쇼핑몰, 네이버 샘문스토어 등 주요 오프라인 서점, 온라인 서점, 오픈마켓 서점에서 공급 및 유통하고 있습니다.

📣 기획, 교정, 편집, 디자인에 최고의 시인 및 작가, 편집가, 디자이너, 평론가, 리라이팅(첨삭 감수) 및 감수 전문가들이 참여하여 감성, 심상이 살아 있는 시집, 수필집, 소설집, 등 각종 도서를 만들어 드립니다.

📣 인쇄, 제본, 용지를 품질 좋은 우수한 것만 사용합니다.

📣 당 출판사 〈한용운공동시선집〉, 〈컨버전스공동시선집〉과 〈한국문학공동시선집〉, 〈샘문시선집〉을 자사 신문인 (샘문뉴스)와 제휴 신문인(내외신문), 글로벌뉴스와 홈페이지(2군데), 샘문쇼핑몰, 네이버 샘문스토어, 페이스북, 밴드, 카페, 블로그를 합쳐서 10만명의 회원들이 활동하는 SNS 20개 그룹 공개 지면 및 공개 공간을 통해 홍보해 드립니다.

📣 당 출판사를 통해 국립중앙도서관 및 국회도서관 및 전국 도서관에 납본하여 영구적으로 보존해 드립니다.

📣 당 문학그룹 연회비 납부 회원은 30만원 상당에 〈표지용 작품〉을 제공 받습니다.

문집 출간 안내

도서출판 샘문 에서는

베스트셀러 명품브랜드 〈샘문시선〉에서는 각종 시집, 시조집, 수필집, 동시집, 동화집, 소설집, 평론집, 칼럼집, 꽁트집, 수상록, 시화집, 도록, 이론서, 자서전 등 문집을 만들어 드립니다.
도서출판 샘문에서는 저자님의 소중한 작품집이 많은 독자님들에게 노출되고 검색되고 구매하여 읽히고 감상할 수 있도록 그 전 과정을 기획, 교정, 교열, 퇴고, 윤문(첨삭,감수), 디자인, 편집, 인쇄, 제본, 서점 등록(납품,유통), 언론홍보, SNS홍보 등, 출판부터 발매 까지의 전략을 함께해 드립니다.

📖 출판정보

샘문시선은 도서출판비를 30% 인하 하였습니다. 국제원자재값 폭등으로 인하여 문집 원자재인 종이값 등이 3번에 걸쳐 43% 상승하였으나 이를 반영하지 않았습니다.

📢 저자가 필요한 수량만큼 드리고 나머지는 서점 유통

📢 시집 표지는 최고급으로 제작함 – 500부 이상

📢 제목은 저자 요청시 금박, 은박, 에폭시로도 제작함

📢 면지는 앞뒤 4장, 또는 칼라 첨지로 구성해드림

📢 본문은 100g 미색 최고급지 사용함(눈 보안용지, 탈색방지)

📢 본문 200페이지 이상은 80g 사용

📢 저서봉투 – 고급봉투 인쇄 무료 제공

📢 출간된 책 광고(본 협회 =〉 홈페이지, 샘문뉴스, 내외뉴스, 페이스북 13개그룹(독자& 회원 10만명), 카페 3개, 블로그 2개, 카톡단톡방 12개, 유튜브, 카카오스토리, 인스타그램, 문예지 4개, 문학신문 등)

📢 견적 ▷ 인세 계약서 작성 ▷ 기획 ▷ 감수 ▷ 편집 ▷ 재감수 ▷ 재편집 ▷ 인쇄 ▷ 제본 ▷ 택배 ▷ 서점 13개업체 납품 ▷ 저자에게 납품 ▷ 유통 ▷ 홍보 ▷ 판매 ▷ 인세지급

📢 출판기념회는 저자 요청시 본사 문화센터(대강의실) 무료 대여 가능(70명 수용가능) 현수막, 배너, 무대 조명, 마이크, 음향, 디지털 빔, 노트북, 줌시스템, 모니터, 컴퓨터, 석수, 커피, 차, 무료 제공

📢 저자 요청시 저자의 작품 전국대회에서 수상한 시낭송가가 낭송하여 유튜브 동영상 제작 =〉 출판기념식 및 시담 라이브 방송

📢 저자 요청시 네이버 생방송 출판기념회 가능(유튜브 연동) – 네이버 라이브 커머스쇼

📢 뒷 표지에 QR코드 삽입가능 – 저자의 작품 시낭송 유튜브 동영상 등(요청시)

📢 교정, 교열, 감수, 윤필(첨삭감수), 평설, 서문 등(유명한 시인, 수필가, 소설가, 문학평론가, 항시 대기)